KNAUR

Von Markus Heitz sind bereits folgende Titel erschienen:
Sanctum
Kinder des Judas
Blutportale
Judassohn
Judastöchter
Oneiros – Tödlicher Fluch
Totenblick
Exkarnation – Krieg der Alten Seelen
Exkarnation – Seelensterben
AERA – Die Rückkehr der Götter
Wédōra – Staub und Blut
Wédōra – Schatten und Tod
Des Teufels Gebetbuch
DOORS – Staffel 1
Die dunklen Lande

Über den Autor:
Mystery und Historie, Action und Abenteuer plus eine Prise Finsternis – Markus Heitz steht für ungewöhnliche Mischungen. Millionen von Leserinnen und Lesern begeistern sich für seine Romane, die abwechslungsreicher kaum sein könnten. Ob lebendige Schatten, geheimnisvolle Spiegelbilder oder andere Kreaturen der Dunkelheit – der Saarländer hat sie alle. Und vieles mehr.
Mit DOORS öffnet er buchstäblich neue Türen und mit ihnen unendliche Möglichkeiten. Wagen Sie es, über die Schwelle zu treten und unbekannte Welten zu besuchen?

MARKUS HEITZ

DOORS

WÄCHTER

ROMAN

KNAUR

Besuchen Sie uns im Internet:
www.knaur.de
Facebook: https://www.facebook.com/KnaurFantasy/
Instagram: @KnaurFantasy

FSC
www.fsc.org
MIX
Papier aus verantwortungsvollen Quellen
FSC® C014496

Originalausgabe August 2019
Knaur Taschenbuch

Ein Imprint der Verlagsgruppe
Droemer Knaur GmbH & Co. KG, München

Ein Projekt der AVA international GmbH
Autoren- und Verlagsagentur, Herrsching
www.ava-international.de
Redaktion: Hanka Leo
Covergestaltung: Isabella Materne
Coverabbildung: Shutterstock.com/ Nejron Photo, tomertu,
Bruce Stanfield, Nigel Killeen, Tithi Luadthong
Illustration im Innenteil: Nejron Photo / Shutterstock.com
Satz: Adobe InDesign im Verlag
Druck und Bindung: GGP Media GmbH, Pößneck
ISBN 978-3-426-52463-3

2 4 5 3 1

Wenn Sie erfahren wollen, welche tödliche Entdeckung die Hackerin Suna Levent macht, lesen Sie von Beginn an.

Wenn Sie den Schreinermeister Wilhelm Pastinak warnen wollen, beginnen Sie auf Seite 22.

INTRO

DEUTSCHLAND, FRANKFURT AM MAIN, SPÄTSOMMER

Der Vorteil an der Frankfurter Freßgass war, dass sich niemand über Menschen in einem Café wunderte, die zwei Smartphones, einen Tabletcomputer und einen Laptop auf dem Tischchen deponierten. Im Schatten der Banktürme gehörte es zum Alltagsbild.

Auch die Bluetooth-Sprecheinrichtung im rechten Ohr von Suna Levent war in Mainhattan normal. Sie lauschte den Dankesworten ihres Gesprächsteilnehmers, der Aberhunderte Kilometer entfernt in seinem Büro saß und via Internet über eine sichere Leitung auf Englisch mit ihr redete, während sie die braunen Augen wechselweise auf die Displays richtete. Der gravierende Unterschied zu anderen Leuten in Frankfurt bestand darin, dass es in diesem Gespräch nicht um Bankgeschäfte ging.

»Um es nochmals zu betonen: bester Stoff, den Sie geschickt haben«, sagte der Mann.

Suna grinste. »Habe ich Ihnen doch gesagt, Takahashi-san.«

Die junge Deutschtürkin, der man ihre Volljährigkeit zu ihrem eigenen Bedauern nicht ansah, nippte an ihrem schwarzen Kaffee, in den sie Kardamom, Zimt, Nelken, Pfeffer, Piment und Muskatnuss gestreut hatte. Sie führte die Gewürze stets mit sich.

»Wie sind Sie da rangekommen, Miss Levent?«

»Hat lange gedauert, bis ich einen Hersteller dafür fand.« Suna beobachtete die Anzeigen, auf denen beständig neue Infos aus dem Internet und dem Darknet erschienen. In ihrem Anzug und dem weißen Hemd mit dem locker gebundenen

Schlips wirkte sie wie eine Praktikantin eines Investmentbüros. Die abgeranzten Sneakers brachen das Bild jedoch. »Verraten Sie mir: Was hat am meisten geknallt?«

»Bei mir oder meinen Freunden?«

»Beides. Damit ich weiß, was ich Ihnen als Nächstes schicken kann.«

»Waldmeister«, lautete die Antwort. »Auch das Toffee-Salzkaramell war extrem gut. So was wie Ihre Schaumküsse findet man in Tokio nicht.«

»Immer wieder eine Freude. Sie sehen, ich lege das Geld aus dem Stipendium Ihrer Stiftung gut an. Die kleine Firma fertigt die besten an. Ich mag die mit flüssigem Kern am liebsten.« Suna lehnte sich vor, öffnete ein Befehlsfenster und änderte den Suchalgorithmus von einem ihrer selbst geschriebenen Stöberprogramme. Dieses nannte sie *Akilli ihtiyar*, nach einem türkischen Märchen. »Ich habe ein paar Neuigkeiten für Sie, Takahashi-san.«

»Oh, sehr gut.«

»Die Berichte sende ich Ihnen vom neuen Spot, also in etwa« – Suna blickte auf die eingeblendete Uhr – »einer halben Stunde. Aber ich wollte schon mal sagen, dass ich meine Schätzchen verbessert habe.« Stolz schwang in ihrer Stimme mit.

»Könnten Sie das ausführen?«

»Sagen wir, ich komme jetzt in die Chatverläufe nicht weniger Kommunikationsanbieter und lasse dort nach Ihren Stichworten suchen. Inland und Ausland. Und auch Videoverbindungen, wobei die Spracherkennung bei der Auswertung noch Schwierigkeiten macht. Je nach Sprache.« Suna trank vom Kaffee und gab zwei weitere Stück Zucker hinein. Wie gerne hätte sie einen Vanilleschaumkuss gegessen. *Mit flüssigem Kern.* »Aber es funktioniert nicht schlecht. Die Filter reagieren inzwischen auf Ark, Arkus, Meteoritgestein, Particulae und Particula, Tür, Durchgang und die anderen Parameter, die ich von Ihnen bekommen habe, Takahashi-san.«

Suna wusste, dass ihr Tun hochgradig illegal war: das Ausspionieren von digitaler Kommunikation, wie es die CIA, der MI6, das chinesische Ministerium für Staatssicherheit, der FSB und so ziemlich jeder Geheimdienst der Welt tat. Sunas Software trojanerte sich in legale und illegale Behörden, suchte mit deren Rechnerfarmen nach den vorgegebenen Schlagworten und prüfte im nächsten Schritt autonom, ob sie miteinander in Beziehung standen.

Dafür bekam Suna als Lohn ein sogenanntes Stipendium von der Kadoguchi-Stiftung, offiziell für ihr Studium. Bei zehntausend Euro pro Monat ein schönes Sümmchen, plus Gratifikationen bei zusätzlichen Leistungen. Steuerfrei.

Suna betrachtete es als Testlauf ihrer Software, die später Behörden und illegale Rechnerzentren von Regierungen nutzen würden. Abgesehen davon klangen die Suchworte Türen, Meteoriten, Ark, Particulae weder gefährlich noch terroristisch. Mehr nach Esoterikspinnern und niedlichen Weltverschwörern.

»Ich bin auf eine Sache im CERN gestoßen, Takahashi-san.« Suna vergrößerte die Anzeige, um sie besser lesen zu können. »Sie wissen, was das europäische Forschungszentrum in der Schweiz macht?«

»Sicherlich, Miss Levent. Physikalische Grundlagenforschung auf allerhöchstem Niveau.« Takahashi klang angespannt. »Der Unfall?«

»Ja. Nur dass es womöglich *kein* Unfall war. Jemand schreibt in einem Chat, dass es unverantwortlich gewesen sei, das *Fragment* mit Teilchen zu beschießen, ohne die Beteiligten in der Anlage zu warnen.« Suna überflog den Nachrichtenverlauf. »Die erwartete Detonation des Particula sei glimpflich verlaufen. Der andere Teilnehmer des Chats wiederum geht von Sabotage aus.«

»Sehr gut, Miss Levent! Bitte alle Details dazu an uns. Was noch?«

»Einen toten Museumswächter in London, während der langen Nacht der Museen, in der Ägyptischen Abteilung«, las Suna vom nächsten Artikel auf dem Monitor ab. »Ein nicht benannter Augenzeuge behauptet, es habe etwas mit dem Sarkophagdeckel zu tun. *Die unglückselige Mumie* wird das Exponat genannt. Ziemlich abgefahrene Sachen. Wie in den alten Gruselfilmen.«

»Wieso reagierte Ihr Suchprogramm darauf?«

»Weil im Bericht steht, dass der Augenzeuge auf *Steine aus der Sonne*, also Meteoriten, aufmerksam machte, die angeblich im Deckel dieses Sarkophags eingelassen sind.«

»Ist der Deckel verschwunden?«

»Dazu steht hier nichts.« Suna hatte sich abgewöhnt, diese wirren Meldungen in Einklang bringen zu wollen. Sollte Takahashi selbst schauen, was davon für ihn zusammenpasste. »Und natürlich berichtete ein Junge vom Fluch einer altägyptischen Priesterin, der dabei eine Rolle spielt.«

»Natürlich.« Takahashi lachte. »Fehlen noch lebendige Mumien.«

»Solange es keine Zombies sind. Mumien sind cool.« Sunas Blicke wanderten auf den Monitor des Laptops. Neue Fenster waren aufgepoppt. »Takahashi-san, eben kamen noch zwei Sachen rein.«

»Lassen Sie hören, Miss Levent.«

»Es ist die Rede von einem Professor Sergej Nikitin, der in Cadarache Versuche mit Particulae vornehmen soll, damit jemand anderes weiter an *Lithos* arbeiten kann. Im Jules-Horowitz-Reaktor.« Suna prüfte in einem neuen Tab, wovon die Rede war. »Das ist ein Materialtestreaktor, der noch gar nicht in Betrieb ist. In Südfrankreich. Eigentlich startet er erst 2021.«

»Anscheinend läuft er bereits«, fügte Takahashi an. »Spannend.«

»Jedenfalls ist der Wortlaut der Nachricht recht unfreundlich. Scheint, als stünde der Professor kurz vor dem Rauswurf.«

Suna leerte den Kaffee mit einem großen Schluck, das Gewürzpulver verteilte sich auf ihrer Zunge. »Dann habe ich noch einen Wilhelm Pastinak. Er soll den Schlüssel zu einem Ark haben, durch das, was er bei sich zu Hause eingelagert hat.« Sie las die Nachricht erneut und verstand nichts davon. »Ich lass das jetzt mal. Da kommt ein Dialog, der nach Kochrezept klingt. Verfasst ist das Original auf Russisch. Hab ich von einem Programm übersetzen lassen. Keine Ahnung, wie genau das ist.«

»Ich kümmere mich darum, Miss Levent.«

»In einer halben Stunde haben Sie alles. Ich bin hier schon zu lange im Hotspot.«

»Fühlen Sie sich verfolgt?«

Suna zögerte. »Nur von meinem psychotischen Ex. Weswegen fragen Sie?«

»Nur so. Man … weiß ja nie.«

Suna runzelte die Stirn. »Ich kann mir denken, dass es nicht ganz so harmlos ist, was mich die Stiftung suchen lässt, auch wenn ich nicht verstehe, was es soll.«

»Sie müssen sich keine Sorgen machen.«

Nervös schaute sich Suna um. »Oder liegt es an der Kadoguchi-Stiftung? Haben Sie Stress mit irgendwelchen Behörden? Steuerfahndung? Werden Sie observiert?«

Takahashi lachte. »Nein, da ist nichts.«

»Nun ja, die Struktur Ihrer Einrichtung ist nicht ohne. Letztlich führt die Finanzierung über Umwege zum Konsortium der Van-Dam-Familie.« Suna hatte sich informiert. »Dann der Name der Stiftung: Kadoguchi. Dass das Wort *Portal* oder *Tor* bedeutet und ich meine Spürprogramme nach *Türen* suchen lasse, ist vielleicht kein Zufall. Was meinen Sie?«

Schweigen.

»Takahashi-san?«

»Ich würde Ihnen raten, nicht die Hand zu beißen, die Sie füttert, Miss Levent«, sprach Takahashi kühl. »Halten Sie sich an Ihren Auftrag, und senden Sie mir bitte die Berichte. Richten Sie Ihre Programme vorerst auf Herrn Pastinak und Professor Nikitin. Mehr müssen Sie nicht tun. Und *sollten* Sie auch nicht. Einen guten Tag.« Der Mann legte auf.

Suna hob die Augenbrauen. »Wow«, murmelte sie. So kannte sie den kontrollierten Japaner nicht. Innerhalb weniger Sekunden hatte sie den Eindruck bekommen, in üble Scheiße geraten zu sein. Ganz ohne ihren psychotischen Ex-Freund.

Zur Nervosität gesellte sich Paranoia, die ihr als Hackerin bekannt war; mal unterschwellig, mal ausgeprägt, bis hin zu Phasen mit akuten Schüben und Angststörungen, bei denen Suna sich tagelang in ihrer Wohnung verschanzte oder sich rund um die Uhr mit dem ÖPNV bewegte, um kein leichtes, stehendes Ziel zu sein.

Schnell weiter. Hastig legte sie die neuen Suchparameter für *Akilli ihtiyar* fest, raffte die Smartphones an sich, packte Tablet und Laptop weg. Mit wenigen Handgriffen waren die Ladekabel der Powerbank angeschlossen, damit den Geräten unterwegs nicht der Saft ausging. Sie platzierte das Geld für den Kaffee auf den Tisch und verließ das Café.

Auf dem Weg zum nächsten Hotspot sah Suna sich immer wieder um, nutzte Scheiben und reflektierende Oberflächen, um hinter sich zu blicken.

Noch wusste sie nicht, was es mit den Particulae auf sich hatte, im regulären Netz fand sie nichts darüber. Dank ihrer anderweitig gewonnenen Erkenntnisse nahm sie an, dass es sich dabei um extraterrestrisches Gesteinsmaterial handelte. Offenbar gab es verschiedene Interessenten dafür; wer genau und wofür, war ihr nicht klar.

Mit den Meldungen über CERN und den Forschungsreaktor im französischen Cadarache, der offiziell noch nicht lief, erreichten die Infos einen neuen Level.

»Du hättest es Takahashi nicht sagen sollen«, schimpfte Suna leise vor sich hin und bog in eine Nebenstraße der Freßgass ab. In der Öffentlichkeit kamen ihre Selbstgespräche selten gut an, aber sie halfen ihr beim Nachdenken und Verarbeiten. »Da hast du dich mal schön selbst reingeritten.«

In den Spionagefilmen wurden Hacker und Mitwisser ausgeschaltet, wenn sie vom Plan und ihrem Auftrag abwichen. Ihr Puls stieg, Schweiß brach ihr aus und rann unter dem Hemd hinab.

»Scheiße.« Suna griff in ihre Jacke und nahm einen Blister mit Beruhigungstabletten heraus. Sie würden sie körperlich träge machen, aber die guten Medikamente gegen Panikattacken stellten sie gedanklich kalt.

»Erledige deinen Job«, raunte Suna. In einer ruhigeren Gasse ging sie in die Hocke, lehnte sich mit dem Rücken an die Mauer, nahm den Laptop heraus und loggte sich in das offene WLAN ein, um den Router von Frieda Illmann zu nutzen, die offenbar hinter dieser Wand wohnte. »Mach einfach deinen Job. Nicht einmischen. Hab ich dir immer gesagt.«

Mit den hastig ausgepackten Smartphones ging sie in zwei weitere, schlecht gesicherte WLAN von Bewohnern der Straße, Peter Uschmann und Theo Reuters, verband ihr Tablet damit und schaute, welche Neuigkeiten ihre emsigen Programme farmten.

Die Leute bemerkten nicht, dass Suna auf ihre Netzwerke zugriff und was über ihre Router und durch ihre Leitungen rann, bis sie möglicherweise eines Tages Besuch bekamen von dem Netzanbieter oder einem Sicherheitsteam. Das kam davon, wenn man die Passwörter nie änderte.

Während sie den Bericht an Takahashi fertig machte und eine Entschuldigung formulierte, flogen weitere Informationen herein. Zu Wilhelm Pastinak.

Sunas Finger kamen jäh auf der Laptoptastatur zum Erliegen. Sie starrte mit offenem Mund auf die Anweisung, die sie abgefangen hatte.

Auf dem Display blinkte in Englisch:

BRINGT DEN ALTEN PASTINAK ZUM SCHWEIGEN!
UND DAS UMFELD EBENSO.
ALLES ABGREIFEN, WAS IHR DORT FINDET.
AUF AUFZEICHNUNGEN ZU TÜREN ACHTEN.
PRÄMISSE: KEINE PARTICULAE ZURÜCKLASSEN.

Suna blinzelte, eine Hitzewelle rollte durch sie. Wurde sie soeben Zeugin eines Mordauftrages?

»Scheiße. So eine beschissene Scheiße!« Aus einer simplen Beobachterin war plötzlich jemand geworden, der entscheiden konnte, was als Nächstes geschah. Das ging weit über das hinaus, was die Stiftung von ihr verlangte.

Was mache ich jetzt?

Es wäre ihr ein Leichtes, Wilhelm Pastinak zu kontaktieren und zu warnen – aber mit welcher Begründung? Dass sie aus Versehen die Nachricht erhalten hatte, glaubte ihr kein Mensch.

Eine weitere ging ein.

LITHOS IN GEFAHR.
LIQUIDIERUNG VON NIKITIN NÖTIG.
UNFALLVERSCHLEIERUNG EINLEITEN. HEUTE NOCH.
BEI NACHFRAGEN: LIQUIDIERUNG JEDER BETREFFENDEN PERSON.
CODE: NACHTSCHWARZ.
AUTORISIERUNG: FOR THE UNIFORM

»Ihr wollt mich doch verarschen«, wisperte Suna. »Das … das kann nicht sein!«

Sicher steckte Takahashi dahinter, um ihr eine Lektion zu erteilen und ihr indirekt zu drohen. *Nein, das ist zu abwegig.*

Aber sollten es ernst gemeinte Befehle sein, wurden zwei Menschen mit ihrem Wissen eliminiert. Das machte sie zur Beteiligten.

»Fuck!«, rief sie und starrte das Display an. »Was soll die Scheiße? Ich will nicht mit reingezogen werden!«

Sunas eigenes Smartphone klingelte, der Rufton meldete ihren Kumpel Egon. Sie betätigte die Annahme über die Bluetooth-Verbindung.

»Was?«, blaffte sie. »Ich hab jetzt echt keine Zeit für Schaumkuss…–«

»Jemand hat im Darknet ein Kopfgeld auf Nótt ausgesetzt«, unterbrach er sie. »Gerade eben!«

Suna gab einen Laut von sich, der zwischen Hilflosigkeit und Wahnsinn schwankte. Nótt. Das war ihr Hackerinname. Noch so ein Märchen- und Mythending. »Verarsch mich nicht, Alter. Ich hack dir deinen Spieleaccount tot, wenn –«

»Eine Million Euro. Für deinen Tod. Und wer deine Daten besorgen kann, *sämtliche* Daten«, fuhr Egon fort, »bekommt noch eine obendrauf.«

»Was heißt *für meinen Tod?* Kaltstellen und –«

»Nótt steht auf der Abschussliste, Suna! Einer *echten,* beschissenen Abschussliste! Es ist nicht irgendeine Drohung, um dich einzuschüchtern«, redete Egon aufgeregt weiter. »Was hast du gemacht? Wo bist du reingeraten? Welchem Arschloch bist du auf die Füße getreten? FSB? CIA? MI6? Mossad?«

Suna warf sich zwei weitere Pillen ein, um die Panik zu dämpfen, auch wenn sie damit mehr oder weniger zu einem Faultier werden würde. *Was war der Auslöser?* Ihre Nachforschungen für die Kadoguchi-Stiftung konnten es keinesfalls sein, dafür war die Liste der Suchbegriffe zu banal, zu harmlos. Es ging weder um Staatsgeheimnisse noch Bankzugänge oder Aktienmanipulationen. Sondern nur um Dreckstüren. Und elende Particulae – was immer das war. *Oder sind das in Wahrheit irgendwelche Regierungscodewörter?*

Dann fiel ihr noch eine Möglichkeit ein.

»Mein Ex. Irgendeine Scheiße von meinem Ex«, sprach Suna. Ihre Kehle und der Mund waren trockener als die Sahara. »Er kann diesen Kack angezettelt haben. Wie soll das Geld bezahlt werden?«

»Über Netcoins.« Im Hintergrund klapperte er auf einer Tastatur. »Der Aufruf verbreitet sich extrem schnell. Zwei Leute haben sich bereits gemeldet, die den Job machen wollen. Ex-Söldner. Nótt hat kaum Freunde, ne? Weißte selbst.« Egon senkte die Stimme. »Suna, sobald sie persönliche Daten von dir finden, bist du –«

»Das war so klar!« Aus dem Schatten einer Mülltonne trat ein junger Mann, den Suna bestens kannte. Orangefarbene Jeans zu weißen Shirts trug nur einer in ihrem Umfeld. »Immer noch die alte Hotspot-WLAN-Route. Es ist so leicht, dich zu finden.«

»Scheiße, der auch noch«, flüsterte sie. »Egon?«

»Ja?«

»Finde raus, wer das Kopfgeld aussetzte. Ich ruf dich gleich wieder an.« Suna beendete die Verbindung und erhob sich langsam, blieb dabei mit dem Rücken gegen die Hauswand gelehnt und hielt das Tablet in der Hand.

Ihre Finger flogen über die digitale Tastatur und setzten warnende Mails auf: eine an die Schreinerei von Wilhelm Pastinak, eine an die persönliche Website von Professor Nikitin. Sollten die Männer selbst entscheiden, was zu tun war.

Ohne aufzublicken, fragte Suna: »Was willst du, Stefan?«

Mit einem langen Schritt stand der dunkelblonde junge Mann vor ihr und nahm ihr das Tablet weg, bevor sie die Mails absenden konnte. »Schau mich gefälligst an, dumme Bitch!«

Sie ballte die Hände zu Fäusten und sah ihren einstigen Liebhaber an. Sie hatte ihn bereits nach einem Monat abgeschossen, weil er ihr nachgeschnüffelt und versucht hatte, an ihre Daten zu kommen. An ihre Programme. Er hatte an Nótts Geheimnisse und Wissen herangewollt, über die Gefühle der Frau. Der älteste Trojaner der Welt.

»Gib es mir zurück.« Sie entdeckte Abschürfungen, Prellungen und Blutergüsse in seinem eigentlich ansprechenden Gesicht. »Was ist mit –«

»Das waren Freunde von dir!«, schrie er sie an. »Du feiges Stück! Hetzt mir deine Türken-Assis auf den Hals.«

»Ich? Nein, ich …« Suna grabschte nach dem Pad. »Los, her damit!«

Stefan zog das Gerät weg und verpasste ihr eine Ohrfeige, die Suna zur Seite warf und auf die Knie fallen ließ. »Sie hatten sich maskiert, die Dönerficker. Der eine wurde von den Wichsern Xatar genannt. Wie der Türsteher vom *Shishaversum*. Dein guter Kollegah.«

Suna sah wütend zu ihm auf. »Ich hatte damit nichts zu tun.« Sie wich seinem ersten Tritt aus. Die Schuhspitze streifte die Wand, Putz bröckelte ab. »Bist du irre? Du –«

Der zweite Tritt traf sie in die Seite. Unwillkürlich krümmte sie sich und hielt sich die brennenden Rippen. Das Atmen tat weh, Tränen schossen ihr in die Augen.

»Das bezahlst du mit Schmerzen«, brüllte er und zertrampelte ihre Tasche. »Wie konnte ich dich mal geil finden, hä?« Knackend barsten die Smartphones und der Laptop unter der Wucht und dem Gewicht.

»Nein!«, rief Suna und wollte sich über die Computertasche werfen. Aber es war zu spät. Der stechende Geruch von sich zersetzenden Akkus und der Rauch verrieten, dass die zerstörte Powerbank durch eine Spannungsspitze eine Katastrophe angerichtet hatte.

»Und wenn sie dich im Krankenhaus zusammenflicken, wirst du an mich denken.« Stefan zog ein Klappmesser. »Und wenn du mir deine Kümmel-Assis wieder schickst, bringe ich dich um. Mir scheißegal, was du denen vorlügst.« Er machte einen Schritt auf sie zu und ließ den Tabletcomputer achtlos fallen, der halb aus seiner Hülle rutschte. »Du kannst sagen, du wärst mit dem Gesicht durch eine Glasscheibe gefallen.«

Suna stemmte sich hustend in eine sitzende Position. Sie hatte Xatar einmal von Stefan erzählt und was er mit ihr abgezogen hatte. »Ich wusste nicht, dass er losgeht und dich verprügelt.« Sie betastete ihre Seite. »Aber gerade wünsche ich mir, er hätte dir die Eier abgerissen.«

Stefan rammte ihr das Knie ins Gesicht.

Suna konnte sich eben noch wegdrehen, das Knie traf sie daher nicht frontal auf die Nase, sondern seitlich am Kopf und warf die junge Deutschtürkin gegen die Wand.

Eine Platzwunde tat sich auf. Benommenheit breitete sich gnädig in ihrem Denken aus. Sie sah Stefan undeutlich, schmeckte ihr eigenes Blut im Mund. Die Lippe war gerissen, und sie hatte sich auf die Zunge gebissen. Sie war ihm hoffnungslos unterlegen.

»Hey, Sie!«, erklang unvermittelt eine Frauenstimme. »Was machen Sie da?«

Stefan wandte sich um. »Geht Sie nichts an. Verschwinden Sie.«

»Ist das ein Messer in Ihrer Hand?«

»Verpiss dich!« Stefan hob den Arm und ließ die Klinge im Licht aufleuchten. »Und nicht die Bullen rufen.«

»Werde ich nicht.« Die unscheinbare Frau kam mutig näher – und zog eine Pistole unter dem Kurzmantel hervor. »Ganz sicher nicht.«

»Mit der Schreckschusswaffe machst du mir –«, setzte Stefan an.

Es knallte zweimal.

Suna sah das Shirt auf Stefans Rücken zucken, dann entstand dort ein centgroßes Loch, an dessen ausgefransten Rändern Blut haftete. Roter Sprühnebel verteilte sich hinter ihm, darüber schoss eine armlange Fontäne aus dem Hinterkopf. Leise prasselte das Rot auf den Asphalt.

Zuerst regte sich Stefan nicht. Dann verlor er das Messer und fiel steif wie ein Stück Holz rückwärts um und schlug auf der Straße auf. Es roch nach frischem Blut.

Suna wollte schreien, vor Angst, vor Grauen und um Hilfe. Doch aus ihrem geöffneten Mund drang nur ein leises, heiseres Fiepen.

Die Frau in Alltagskleidung kam näher und warf einen Blick auf die offene Tasche und die zerstörten Elektrogeräte. Sie ging vor Suna in die Hocke, um auf Augenhöhe mit der Verletzten zu sein. Sie war etwa vierzig, die halblangen blonden Haare hatte sie im Pferdeschwanz nach hinten gebunden. Aus dem Lauf ihrer Halbautomatik stieg gräulicher Rauch, die abgefeuerte Waffe hielt sie lässig in der Rechten. »Suna Levent?«

»Nein. Nein, das bin ich nicht«, stieß Suna aus und atmete hektisch, trotz der brennenden Rippen. »Das ist eine Verwechslung.«

»Was wissen Sie über die Türen?«

»Welche –«

»Particulae? Das Ark-Projekt?«, hakte ihre Retterin nach. »Cadarache. Versuche mit Particulae. Lithos. Jules-Horowitz-Reaktor. CERN. Schreinermeister Pastinak.«

»Keine Ahnung. Wirklich, keine Ahnung! Es ist eine Verwechslung.« Suna hasste das Zittern, das sich über ihren Körper ausbreitete. »Sie müssen mich –«

»Aber Sie sind doch Nótt?«

»Ich weiß nicht, von wem Sie sprechen.«

»Sie haben Erkundigungen eingezogen.« Die Frau blickte auf die qualmende Computertasche. »Schade, dass das alles nur noch Schrott ist. Sonst hätte ich die Wahrheit gleich vor Augen gehabt.«

Sie weiß nicht, dass das Tablet unbeschädigt ist. Suna sah ihre Chance, Nikitin und Pastinak doch noch zu warnen. Das Auftauchen der Killerin bewies, dass nichts von dem, wonach sie gesucht hatte, harmlos war. Suna hasste Takahashi und die Stiftung aus ganzem Herzen dafür, sie in diese Lage gebracht zu haben. »Ich bin nicht Sundra Lovend oder wen immer Sie suchen.«

Die Frau lächelte kalt, knapp und müde. »Netter Versuch, Kleines.« Die Mündung schwenkte hoch und richtete sich auf die Stirn der Hackerin. »Tut mir leid. Wissen schützt vor Strafe nicht. Den Rest lasse ich mir von deinem Freund Egon erklären. Er weiß gewiss, wie ich an dein Back-up komme. Oder deinen Cloudspeicher.«

Die wird mich abknallen! Suna stieß sich mit ganzer Kraft von der Wand ab und warf die Frau um.

Fluchend ging die Killerin zu Boden. Krachend löste sich ein Schuss und verfehlte Suna um Zentimeter.

Suna hechtete nach Stefans Messer und packte es, schleuderte es mit einem Schrei nach der Frau und versuchte dann, das Tablet unter der Leiche ihres Ex-Freundes herauszuziehen.

Die Klinge wirbelte durch die Luft und traf überraschend präzise den zur Abwehr erhobenen Unterarm der Killerin, was die Frau zum Aufschreien brachte. Die Finger gaben die Pistole frei, sie klapperte auf die Straße. »Fuck! Team Alpha, greift sie euch!«

Sie ist nicht allein! Suna bekam das Tablet nicht unter Stefans totem schwerem Körper hervorgezogen. Die Hülle hatte sich verkantet. Blut verteilte sich über das geborstene Display, füllte die Sprünge und Risse. Sie erkannte zwei offene E-Mail-Fenster.

Ein weiterer Schuss krachte, neben Suna platzte ein Stück Mauer ab.

Die Killerin tastete mit ihrem unverletzten Arm nach der verlorenen Pistole. »Das war es für dich, Nótt!«

Schritte verrieten, dass das alarmierte Team anrückte. In etwa drei Sekunden wären die Leute hier.

Die Zeit reichte allerhöchstens aus, um eine Mail auf den Weg zu schicken – aber an wen?

Professor oder Schreinermeister?

Und wenn sie stattdessen die Flucht ergriff? Drei Sekunden Vorsprung waren entscheidend. Lebenswichtig.

»So eine Scheiße!«

Nikitin und der Reaktor, der offiziell noch gar nicht lief und Experimente mit etwas namens Lithos machte?

Pastinak und seine Türen mit Particulae samt Aufzeichnungen?

Oder ihre eigene Sicherheit, um dem Mysterium auf den Grund zu gehen, das zu ihrem Kopfgeld geführt hatte?

Die Schritte näherten sich rasend schnell.

Die Killerin bekam ihre verlorene Pistole zu greifen.

Sunas drei Sekunden waren fast um.

Eine Entscheidung musste getroffen werden.

Eine Entscheidung auf Leben und Tod …

KAPITEL I

DEUTSCHLAND, ANNWEILER AM TRIFELS, SPÄTSOMMER

»Waaas?« Anton sah gespielt entsetzt über die kleine Runde, die sich in der Küche von Wilhelm Pastinak versammelt hatte. »Die Teller der Monsterchen sind schon wieder leer?«

Einmal im Monat war er bei dem betagten Schreinermeister zu Gast, mit Kind und Kegel. Es wurde erzählt, gealbert, gelacht sowie über Aufträge, die Werkstatt und Handwerksfragen gefachsimpelt. Sein ehemaliger Ausbilder, dessen Betrieb Anton übernommen hatte, sparte nie und tischte ordentlich auf.

»Der Kuuuchen ist sooo leckeeer!« Antons Tochter Annabell reckte den leer gegessenen Teller mit einem breiten Lächeln zu Wilhelm, der am nächsten an der Platte mit dem restlichen Beerenkuchen saß. Sie war acht Jahre alt und so hinreißend wie ihre vierjährige Schwester Evelin, die neben ihr hockte und sich rasch den letzten Bissen in den Mund stopfte. Mit Wimpernklimpern bat sie ebenfalls um Nachschlag. Die farbenfrohen Sommerkleidchen standen den brünetten Mädchen prächtig.

»Anton, sieh nur! Als gäbe es bei uns nichts zu essen«, sagte Antons Frau Kathrin lachend. Sie trug Shorts und Bluse und hatte den zweijährigen Hans, das jüngste Mitglied der Familie Gärtner, vor sich auf dem Schoß, der mit sichtlichem Appetit von den Früchten naschte. Nach einem Biss in eine saure Stachelbeere verzog er das Gesichtchen und hangelte nach den süßen roten Erdbeeren.

»Schon. Aber nicht *so* einen Kuchen.« Wilhelm gab den glücklichen Mädchen je ein Stück und einen Klacks frische Sahne. »Schlagt nur zu. Ich habe noch.«

»Zu Hause essen sie wie die Spatzen, aber bei dir …« Anton,

die halblangen braunen Haare im Pferdeschwanz gebändigt, grinste und schenkte Wilhelm Kaffee nach.

Er wusste, dass sie der Ersatz für die Familie waren, die Pastinak selbst nicht hatte. Allen Nachfragen, warum es niemals geklappt hatte, eine Frau zu finden und eigene Kinder großzuziehen, war er stets ausgewichen. Seit seinem Ruhestand machte der graubärtige Mann immerhin Andeutungen, sprach von einer Aufgabe, die es ihm nicht erlaubt habe.

Doch ohne Kinder keine Erben.

Und so hatte Wilhelm seinem besten Absolventen vor vier Jahren die Werkstatt überschrieben. Mit Mitte sechzig war es Zeit gewesen. *Dafür bin ich ihm ewig dankbar.*

Anton hatte die Gunst genutzt und die Schreinerei weitergebracht. Sein hoher Anspruch hatte ihm weltweit einen guten Ruf und mehrere internationale Preise für innovative Designs eingebracht. Die Aufträge flatterten vom ganzen Erdball herein, und so schnitzte, hobelte, verkleidete und veredelte Anton die Zimmer der Reichen und Superreichen in den unterschiedlichsten Ländern, während seine Angestellten im beschaulichen Annweiler weiterhin vom Fensterrahmen über Tür bis zum Raumteiler kleinere Bestellungen ausführten. Natürlich nach seinen Plänen.

Auf Antons Renommee war Wilhelm fast noch stolzer als er selbst.

»Geht doch mal raus, ihr Lieben. Im Garten wartet eine Überraschung«, sagte der alte Schreiner zu den Mädchen, als die Teller leer und abgeleckt waren.

»Eine Überraschung!«, rief Annabell freudig und schlug die Hände vor Nase und Mund.

»Für uuuns!«, krähte Evelin, und schon waren sie von den Stühlen aufgesprungen und flitzten lärmend durch das alte Haus.

Kathrin lächelte Wilhelm an. »Ist es der Dinosaurier, mit dem sie mir die ganze Zeit in den Ohren liegen?«

Wilhelm nickte und rieb sich einige Kuchenkrümel aus dem kurzen Silberbart. »Aber er ist nicht ganz so groß wie ein echter.«

»Mama!«, schrie Annabell glücklich durch die Zimmer, begleitet vom fröhlichen Quietschen ihrer kleinen Schwester. »Komm schnell! Das ist sooo toll und … doppeltoll!«

»Dann gehe ich mal den Dino bewundern.« Kathrin erhob sich mit dem kichernden Hans und verließ die Küche.

»Aussterben kann er nicht mehr«, rief ihr Wilhelm nach.

Als die Schritte und die hohen Stimmen der begeisterten Mädchen verklungen waren, stand Wilhelm auf und nahm aus der Kommode einige zusammengerollte Karten, deren Papier vergilbt und stockfleckig war. Der Geruch von Keller und Moder stemmte sich gegen den Duft von Kuchen und Kaffee.

»Ich habe neue Unterlagen«, verkündete Wilhelm, als sei es ein Staatsgeheimnis.

Anton nahm einen Schluck aus seiner Tasse und setzte das verständnisvolle Lächeln auf, das er seit Jahren auflegte, wenn der alte Mann seine Märchenstunde einläutete. »Du lässt nicht locker.«

»Weil ich denke, dass nur *du* es zu Ende bringen kannst.« Wilhelm rollte die Aufzeichnungen auseinander und nutzte Tassen, Zuckerdosen und Besteck zum Beschweren der Ecken. »Meine Hände sind zu ungenau geworden. Die Gicht, das Alter.« Er hob die Rechte, an der zwei Finger fehlten. »Das macht es auch nicht leichter.«

Anton räusperte sich und sah aus Höflichkeit auf die unterschiedlich großen ausgebreiteten Blätter. Absonderliche Schnitzanweisungen für eine Tür standen in unterschiedlichen Sprachen darauf, mal mit Schablone aufgebracht, mal in verschiedenen Handschriften hingekritzelt, mal mit geschwungenen Lettern notiert. Es wirkte wie ein Marsch durch Jahrhunderte und Generationen von verrückt gewordenen Schreinern. Wie oft hatte sein ehemaliger Ausbilder ihm schon solche

Zeichnungen hingelegt. *Er ist besessen davon. Woher hat er das ganze Zeug immer? Bei welchem Händler bekommt man so was?*

»Wirkt spannend«, sagte Anton vorsichtig. »Im Winter habe ich –«

»Ich höre, dass du mir nicht glaubst. Wie in den letzten Jahren. Wie beim ersten Mal, als ich dir davon berichtete«, unterbrach ihn Wilhelm unwirsch. »Wo diese Pläne herkommen, entstanden weitere Türen. Mit verschiedenen Eigenschaften.«

»Konnten sie Monster ausspucken?« Anton pickte eine lose Beere von der Kuchenplatte und aß sie. Er musste seinen wunderlichen Meister einfach foppen.

»Wer weiß?«, gab der zurück.

Anton tat ihm den Gefallen und fragte: »Und was kann *diese* Tür?«

Zufrieden tippte Wilhelm mit dem Zeigefinger der vollständigen Hand auf einen Zettel, dessen Beschriftung in einem Code verfasst worden war. »Ich musste es lange versuchen, bis ich es übersetzen konnte.«

»Oh! Und?« Anton hörte selbst, dass er weder aufrichtig noch neugierig klang.

Wilhelm massierte seine Handgelenke. »Die Tür ist so etwas wie … eine Mastertür.« Er suchte die richtigen Worte. »Der übersetzte Text besagt, sie sei einstellbar.«

»Einstellbar?« Anton riss sich zusammen und verbarg sein Grinsen. Erst letztens hatte er an sonderbare alte Menschen gedacht, die voller Überzeugung von Dingen berichteten, die sie niemals selbst erlebt hatten. Die sich in absurde Vorstellungen hineinsteigerten, die jeden Verschwörungstheoretiker wie einen Anfänger wirken ließen. Sein alter Meister gehörte definitiv in diese Kategorie, was Anton bedauerte. Den Verstand zu verlieren, ohne es zu merken, war vermutlich nur für den Betroffenen tröstlich. *Ich sollte ihn zu einem Arzt bringen, der ihn untersucht. Aber wie?*

»Ja, einstellbar durch veränderte Anordnung der Particulae.«

Wilhelm deutete auf die Löcher im Türblatt und im Rahmen. Er war voll und ganz in seinem Element. »Man kann damit durch Jahrhunderte reisen oder zu fremden Welten gelangen, in Regionen jenseits der Vorstellungskraft vordringen und –«

Anton blendete die Ausführungen aus. Etwas anderes erregte seine Aufmerksamkeit. Durch das Küchenfenster hatte er einen guten Blick auf die Straße, die abseits des beschaulichen Annweilers lag und zur Naturbegräbnisstätte Trifelsruhe führte. Wer hierherfuhr, hielt normalerweise nicht vor Wilhelms Haus an.

Aber der unbeschriftete, weiße Transporter tat es.

Auf der Fahrerseite schwang sich ein Mann mit Sturmhaube und weißem Overall heraus, eine schallgedämpfte, kleine, dunkle Maschinenpistole locker in der Rechten. Über seine Schulter warf er sich eine schwarze lange Transportrolle, in der man Zeichnungen und Pläne verwahrte.

Ihm folgten zwei weitere Maskierte. Mit Pumpgun-Schrotgewehr und einem brünierten Schnellfeuergewehr.

Zielsicher bewegte sich das Trio auf das Haus zu.

»Anton? Anton, du hörst mir nicht zu«, regte sich der Schreinermeister auf. »Verstehst du nicht? Es ist wichtig!«

Die Kinder! Kathrin! Anton ging zu vieles gleichzeitig durch den Kopf, um eine Ausrede parat zu haben. »Wir werden überfallen.« Er nahm sein Smartphone heraus und wählte den Notruf, dabei stand er auf.

»Was?« Wilhelm sah entsetzt aus dem Fenster. »Ich kann es nicht richtig erkennen. Was –«

»Drei Männer, bewaffnet und maskiert. Sie denken anscheinend, es gibt bei dir etwas zu holen.« Unwillkürlich richtete Anton den Blick auf die Karten, die ausgebreitet auf dem Tisch lagen. *Sollte es möglich sein?* »Schließ dich ein. Ich suche Kathrin und die Kinder.« Er rannte los und hörte nicht, was ihm Wilhelm nachrief.

Im Hinauseilen nannte Anton der Notrufzentrale die Adresse und was er gesehen hatte. Er legte auf, als er ins Freie stürmte, wo seine Töchter und seine Frau mit dem Jüngsten rund um den Holzdino tobten.

»Schnell! Alle in den Wald«, rief Anton und bedeutete ihnen, leise zu sein. *Lass sie deine Angst nicht spüren.* »Wir spielen jetzt Verstecken und Stillsein.« Er nahm Hans auf den Arm, legte den Zeigefinger auf den Mund und scheuchte seine Töchter zum nahen Unterholz. Dabei versuchte er, das Lächeln auf seinen Zügen zu behalten.

»Was ist los?«, raunte Kathrin und fasste ihre langen blonden Haare mit einem Band zusammen.

»Überfall«, erwiderte er angespannt. »Drei Typen. Mit Waffen.« Er schob seine Frau zum Waldrand und drückte ihr den Kleinen in die Arme. »Los! Und keinen Mucks.« Er wandte sich wieder zum Haus. »Ich rufe an, wenn die Gefahr vorbei ist.«

Kathrin griff seinen Unterarm. »Wohin willst du?«

»Nach Wilhelm schauen.«

»Hast du den Notruf gewählt?«

»Ja.«

»Dann lass das die Polizei machen. Du hast drei –«

»Mir passiert nichts.« Anton gab ihr einen flüchtigen Kuss auf die Stirn. »Ich weiß es. Glaub mir.«

Kathrin verschwand ins Dickicht und beruhigte den kleinen Sohn, der zu jammern anfing.

Mit pochendem Herzen schlich Anton zum Haus zurück, aus dem er die leise Unterhaltung der Eindringlinge vernahm. Er konnte Wilhelm nicht einfach irgendwelchen Typen überlassen, die angesichts der Waffen offenbar mit heftiger Gegenwehr gerechnet hatten. *Was wollen die hier?*

Behutsam stahl er sich ins Innere und nutzte seine Kenntnisse der Räumlichkeiten, um den schweren Schritten rechtzeitig auszuweichen, ohne entdeckt zu werden. Meter um Meter ging es voran.

Er schwitzte am ganzen Körper, und zwar nicht allein aufgrund der sommerlichen Temperaturen. Nur einmal zuvor hatte er solche Angst verspürt, vor drei Jahren in Mexiko, als sie am helllichten Tag in Mexiko-Stadt ausgeraubt worden waren, trotz Guide und Schutzgeldzahlung.

»… gekommen wegen meiner Meteoritenstücke?«, hörte er den Schreinermeister sagen. »Zu allen möglichen Aufschlagstellen bin ich gefahren und habe gebuddelt. Und jetzt wollen Sie meine Schätze einfach rauben!«

Deswegen war er so viel unterwegs!

Behutsam nahm Anton den Umweg über den Flur zur Küche, wich den knarrenden Stellen im Dielenboden aus und griff nach einer massiven Holzskulptur, um sie als Waffe einsetzen zu können.

Er lugte um die Ecke. Zu seinem Erstaunen hatte der Maskierte die schallgedämpfte MP auf den Tisch gelegt und sammelte die ausgebreiteten Pläne und Notizen nahezu ehrfürchtig ein.

»Das ist nichts. Lassen Sie das liegen!«, begehrte Wilhelm auf. Er saß auf dem Stuhl, bewacht von dem Vermummten mit der Pumpgun.

Der Dritte fehlte.

Das war nicht gut. Er konnte jederzeit irgendwo auftauchen. *Vielleicht sogar im Garten.* War Anton eben noch heiß, wurde ihm schlagartig kalt vor Angst. Er betete still, dass Kathrin den Sohn beruhigt hatte und die Mädchen sich in ihren Verstecken nicht verrieten.

»Sie wissen, wie wertvoll das alles ist, Herr Pastinak«, erwiderte der Mann und verstaute die Unterlagen behutsam in der mitgebrachten Transportrolle. »Sie haben sich lange damit beschäftigt, nehme ich an.«

Anton schaute perplex zwischen seinem Meister und den Eindringlingen hin und her. *Sie halten das für echt. Wie er!*

Der Anführer lächelte hinter seiner Sturmhaube, wie man an den Fältchen um die Augenpartie sah. »Sie stahlen die Unterlagen von einem Mann, der seine Freunde und alles verriet, an das wir glauben.«

»Ich habe nichts gestohlen«, widersprach Wilhelm. »Er hinterließ es mir.«

»Diese Pläne gehörten ihm nicht. Diebesgut kann man nicht vererben. Es hat einen rechtmäßigen Besitzer.« Der Maskierte klang plötzlich feindselig. »Hätten Sie nicht so viel im Internet herumgesucht, wären wir niemals auf Sie gekommen, Herr Pastinak.« Er nahm einen Zettel. »Gut, dass wir Sie rechtzeitig fanden. Sie wissen doch, wie gefährlich es ist.« Gespielt vorwurfsvoll wedelte er mit dem Papier. »Da stand es. All die Jahre.«

Gefährlich? Anton schluckte. *Dann stimmt das alles, was er mir erzählt hat! Über diese Tür, an der er so lange schon arbeitet.*

»Oh, ich sehe«, sagte der Anführer im weißen Overall nach einem Blick auf die Zeilen. »Sie haben den Code ins Deutsche übersetzt. Aber wir hätten noch ein paar Fragen.« Der Maskierte setzte sich und stellte die schwarze Hartplastikrolle neben sich. »Sie haben versucht, die Tür zu erschaffen?« Mit behandschuhten Fingern nahm er nacheinander einige Kiesel vom Tisch und hielt sie prüfend gegen das einfallende Sonnenlicht. »Mit diesen Steinen?«

»Es ist misslungen«, behauptete Wilhelm.

»Warum glaube ich Ihnen nicht, Herr Pastinak?« Der Mann warf das letzte Steinchen zwischen die Kuchenteller. »Wertlos.« Danach zog er einen Beutel aus seiner Tasche und nahm etwas Kleines heraus. »*Das* hätten Sie übrigens benötigt. So sehen *echte* Particulae aus.«

Die schwarz glänzenden Steine kullerten wenige Zentimeter über den Tisch. Sie unterschieden sich deutlich von den Kieseln.

»Woher haben Sie die?«

»Gerettet. Aus einem Feuer, das verheerend wütete. Ihre Idee, es mit Meteoritgestein zu versuchen, ist nicht falsch. Aber das wird nicht klappen. Oder in einem Desaster enden.« Der Maskierte betrachtete Wilhelm. »Sie haben die Tür fertig?«

Anton hörte einen Wagen am Haus vorfahren und schaute

zu den Glasbausteinen. Durch die Verzerrung sah er einen blausilbernen Kombi, mit montierten Lichtern auf dem Dach. Die Polizei war eingetroffen. *Endlich!*

Dem unbedarften Anrücken der Streifenbeamten nach glaubten sie nicht an den geschilderten Überfall. *Das kann schiefgehen.* Anton nahm sein Smartphone heraus. *Ein Anruf in Abwesenheit.* Vielleicht hatte die Notrufzentrale versucht, ihn zu erreichen, um zu prüfen, ob es sich um einen Scherz gehandelt habe. *Scheiße!*

In der Küche hatte man das gemächliche Eintreffen des Streifenwagens nicht bemerkt.

»Das geht mit heutigen Materialien nicht«, erklärte Wilhelm. »An manche Hölzer kommt man gar nicht mehr. Das wissen Sie. Diese Anweisungen sind außerdem zu schlecht, um sich –«

Der Anführer der Truppe lachte leise und nahm sein Smartphone heraus, las die Nachricht auf dem Display. »Sie haben sie fertig.«

»Nein.«

»Dann geben Sie mir die Reste oder die vorbereiteten Elemente.«

»Weggeworfen.«

Und ich dachte, dass alles erfunden ist. Laut schlugen Autotüren. Anton sah zwei uniformierte Umrisse in Dunkel- und Hellblau, die auf den Eingang zuschlenderten. Dabei unterhielten sie sich, statt die Waffen zu ziehen und die Umgebung zu sichern.

Im gleichen Moment drehte sich der Anführer zum Fenster. »Es sind wirklich die Bullen.« Er tippte aufs Smartphone und sah über den Schreinermeister hinweg nach draußen. »Erledige sie!«

Der Gegner mit der Pumpgun hob den Blick und stellte sich auf die Zehenspitzen, um besser sehen zu können, was sich draußen abspielte. Die riesige Mündung schwenkte dabei weg von Wilhelm.

Ich muss irgendwas – Anton zuckte zusammen, als Schüsse aus dem oberen Stockwerk des Hauses fielen. Sie knallten hell und aggressiv im schnellen Takt. *Nein! Oh, Gott!*

Die blauen Umrisse jenseits der Glasbausteine gingen nach den ersten Schüssen zu Boden, tasteten wie groteske Zerrbilder nach ihren Pistolenholstern, was durch weitere Treffer unterbrochen wurde. Der Schütze hatte aus dem Fenster über dem Flur die beste Position.

Wilhelm nutzte die Gelegenheit und griff nach der schallgedämpften Mini-MP, die auf dem Küchentisch lag. »Ihr bekommt mein Lebenswerk nicht!« Er riss die fremde Maschinenpistole mit beiden Händen an sich und drückte an der Sicherung herum.

»Fuck«, rief der Maskierte mit dem Schrotgewehr. Die MP erwachte in Wilhelms Fingern zum Leben und spuckte leise ratternd ihre Kugeln aus. Die Projektile frästen eine rote Linie in den weißen Overall, schreiend ging der Unbekannte zu Boden und ließ dabei seine geladene Pumpgun fallen.

Prompt löste sie aus und verhinderte mit einer Wolke aus winzigen Bleikügelchen, dass sich der fluchende Anführer auf Wilhelm warf. Der Großteil der Geschosse verfehlte den Widersacher, doch seine linke Wade verwandelte sich in einen roten Fleischberg und die Spüle wurde in Stücke gefetzt.

»Raus!«, rief er schmerzvoll ins Smartphone und griff sich den Beutel mit den Particulae. Im Loshinken schleuderte er einen Stuhl, der den alten Mann umwarf und die nächste Garbe aus der Maschinenpistole fehlleitete.

»Was ist mit Jo?«, hörte Anton die Stimme des Dritten über sich.

»Hat's erwischt. Weg, bevor noch mehr Bullen aufkreuzen.« Der unbewaffnete Anführer erschien im Türrahmen und starrte Anton an, der sofort drohend die Holzstatuette hob. Statt zurückzuschrecken, drückte er den Deckel der Transportrolle auf und ließ die kostbaren Particulae hineinfallen. »Wir haben alles, was wir brauchen.« Ohne sich um den jungen Schreiner zu kümmern, humpelte er hinaus.

Das Rumpeln vor dem Haus verriet, dass der Dritte mit dem Sturmgewehr kurzerhand aus dem Fenster des ersten Stockwerks auf das Vordach gesprungen war.

Wilhelm! Anton eilte in die Küche, wo sich sein Meister unter dem Stuhl herausarbeitete. Das Möbel war ein massiver Selbstbau, es bescherte ihm eine Platzwunde am Kinn und sicherlich Blessuren am ganzen Leib. Blut tropfte in den grauen Bart.

»Was –?«, setzte Anton an.

»Ihnen nach!«, rief Wilhelm wütend. »Sie haben meine Pläne.«

»Welche –?«

»Die Mastertür!« Der Alte warf die leer geschossene Maschinenpistole zwischen die ausgeworfenen Hülsen; die blutende Wunde kümmerte ihn offenbar nicht. »Hilf mir, Anton. Sie dürfen sie nicht kriegen.« Schon rannte er den Männern nach. »Nimm die Schrotflinte.«

Anton stand überfordert in der zerstörten Küche.

Die Eindrücke und seine Gedanken rangen miteinander, während draußen der Motor des Lieferwagens aufheulte. Seine Familie und die Verantwortung für die Kinder, sein Meister und die Pflicht, der versuchte Mord, der Leichnam im durchlöcherten, einst weißen Overall. Und die Erkenntnis, dass Wilhelm stets die Wahrheit gesagt hatte.

Mit durchdrehenden Reifen, die den Kies hochwarfen, schoss der Kleinlaster davon.

»Anton!«, schallte der Ruf des betagten Schreinermeisters durchs Haus. »Bitte! Du musst mir helfen, die Pläne zu retten! Diese Typen können mit der Tür die Geschichte der Menschheit ändern.«

Die Entscheidung war gefallen.

Anton hob die Pumpgun auf und lud sie einmal durch, wie

er es in Actionfilmen gesehen hatte. Der klobige Ladeschlitten bewegte sich erstaunlich einfach, die leere Hülse flog aus dem Auswurfschacht und landete hohl klappernd im Flur.

»Ich komme!«, rief er und spurtete aus dem Haus. Er hatte Kathrin versprochen, dass er zurückkehrte. Dass ihm nichts passierte. *Mein Wort halte ich.*

»Wir nehmen den. Schlüssel steckt.« Wilhelm saß bereits auf der Beifahrerseite des Streifenwagens. »Du musst fahren.«

Anton verdrängte die Bedenken hinsichtlich des Diebstahls eines Polizeifahrzeugs und klemmte sich hinter das Lenkrad. Mit dem Druck auf den Startknopf ließ er den VW-Kombi aufbrüllen. Das Gewehr drückte er seinem Meister in die Hand. Kräftig trat er das Gaspedal durch, und der blausilbern lackierte Wagen preschte nach vorne. »Wohin sind sie?«

»Aufwärts. Zum Friedwald.« Wilhelm sah entschlossener aus denn je, wischte sich Blut vom Kinn. Die Wunde schloss sich nicht. »Verflucht! Die ganzen Jahre hatte ich mich versteckt. Und jetzt wurde mir dieses elende Internet zum Verhängnis.«

Anton brannten tausend Fragen auf den Lippen. Über allem schwebte eine unausgesprochene Entschuldigung dafür, seinem Ausbilder niemals geglaubt und sich insgeheim über ihn lustig gemacht zu haben.

Der weiße Transporter bog abrupt auf einen der schmalen Wege ein, die durch den Friedwald führten, und beschleunigte. Aufgrund seiner Klobigkeit hatte er Schwierigkeiten, dem kurvigen Verlauf zu folgen. Mehrmals schlugen Äste und Zweige gegen das hohe Dach, Splitter und Laub flogen dem Polizeiauto entgegen.

»Ich wette, er dachte, es sei eine Abkürzung.« Wilhelm klammerte sich am Haltegriff fest.

Anton prügelte den Kombi dicht hinter dem Transporter über den holprigen Weg. Das Polizeifahrzeug hielt sich auf dem weichen Untergrund besser als der Lieferwagen. Staub und

Dreck wirbelte hinter dem Heck in die Höhe. »Ist das mit den Plänen wahr?«

»Hätte ich dich sonst gebeten?« Wilhelm drehte nach mehreren Anläufen den Funk lauter, über den die ganze Zeit Anfragen aus der Zentrale kamen. Man wollte von den Beamten wissen, wie die Lage sei.

»Antworte ihnen«, verlangte Anton. »Wir brauchen –«

»Nein. Erst wenn wir die Pläne haben. Niemand darf sie zu Gesicht bekommen. Außer dir.« Der betagte Mann sah ihn von der Seite an. »Die Verschwörer warten überall, dass ich mich zeige.«

»Aber sie wissen doch schon längst, wo du wohnst, Wilhelm«, gab Anton schärfer zurück als beabsichtigt. Er schlug das Lenkrad voll ein und zog die Handbremse, um den lang gestreckten VW schneller um die Kurve zu wuchten.

Der Transporter setzte sich stückchenweise von ihnen ab. Der Fahrer musste ein wahrer Teufelskerl oder die Strecke zur Vorbereitung mehrfach gefahren sein.

»Außer dir vertraue ich keinem. Erst die Pläne.« Wilhelm deutete nach vorne. »Los jetzt. Ramm sie, sonst sind sie weg!«

Anton verschob die Nachfragen und die Flüche und alles, was er hatte sagen und wissen wollen. Die Zeichnungen waren wichtig, ohne Frage. Andernfalls wäre das schwerbewaffnete Trio nicht aufgetaucht und hätte die Unterhaltung am Küchentisch geführt. »Halt dich fest. Ich –«

Da schwang die Hecktür auf.

Der angeschossene Anführer stand leicht vorgebeugt auf der Ladefläche. In den Händen hielt er das Sturmgewehr und zielte damit auf den Polizeiwagen.

Blitzschnell entschied Anton, dass es nur eine Sache gab, die sie rettete. Erneut trat er das Gaspedal bis zum Boden durch.

Der Kombi hüpfte röhrend vorwärts und bohrte die lange Schnauze in die Rückseite des Transporters, als der Anführer abdrückte. Durch den Zusammenstoß kippte der Mann beim

Schießen nach vorne. Die Kugeln prasselten stahlhagellaut in die Motorhaube des VW, gefolgt vom Schützen selbst.

Schreiend landete er auf dem Wagen und drückte das Blech unter sich ein. Zugleich brachen aus den Einschusslöchern der blechernen Abdeckung lange Rauchzungen hervor sowie ein Ölgeysir, der den Räuber ebenso bedeckte wie die Frontscheibe.

Scheiße! Anton sah nichts mehr und spürte, dass der Kombi über die Hinterachse ausbrach. Aus den Augenwinkeln bemerkte er die vielen Baumstämme rechts und links, an denen sie mit siebzig Sachen vorbeiflogen. *Bloß nicht dagegenprallen!*

»Er schießt gleich!«, schrie Wilhelm und versuchte, die verklemmte Pumpgun irgendwie zu befreien.

Gegen das Driften lenkte Anton in die entgegengesetzte Richtung.

»Pass auf, er –«, rief Wilhelm.

Im gleichen Augenblick bekam der Polizeiwagen einen mächtigen Schlag an den rechten Kotflügel, der das schwere Auto herumriss.

Wo kommt der Baum her?, dachte Anton noch, als der Kombi kippte und sich mehrmals um die eigene Achse drehte und hüpfte. Dreck und Holz und Moos wirbelten umher, es roch nach frischer Erde und Rinde. Die Zentrifugalkräfte rissen im schnellen Wechsel an Anton, drückten ihn an den Wagenhimmel, die Tür, das Fenster platzte knallend, dann prallte er gegen Wilhelm und bekam das Schrotgewehr in die Nieren.

Die Rollbewegungen wurden langsamer, und wie in Zeitlupe kam der VW auf der rechten Seite zum Liegen.

Anton schloss benommen die Lider, in seinen Ohren krachte und dröhnte es vom Unfall.

Ich lebe noch. Vorsichtig öffnete er die Augen und wunderte sich über die Stille, die lediglich vom Zischen aus dem Motor und dem Ticken des Blechs durchbrochen wurde.

Von Wilhelm fehlte jede Spur; dessen Gurt hatte sich geöffnet, und die Frontscheibe war weg.

»Scheiße«, keuchte Anton und bekam erst nach mehreren Anläufen den Gurt gelöst. Auf allen vieren kroch er nach vorne aus dem Wagen und zog sich an der halb offen stehenden Haube in die Höhe.

Dem weißen Transporter war es nicht besser ergangen. Er lag keine fünf Meter entfernt auf dem vollkommen eingedrückten Dach. Die zerknautschten Seitenwände wirkten, als hätte ein wütender Riese sie mit Bäumen verprügelt.

»Wilhelm?«, rief Anton und hob die Pumpgun vor seinen Füßen auf. Alles in und an ihm schmerzte, und er wollte lieber nicht wissen, was lädiert, aufgeplatzt und vielleicht gebrochen war. Das leichte Drehen im Kopf machte ihm am meisten zu schaffen. »Wilhelm, wo bist du?«

Anton ging vorwärts und nutzte die Waffe als Gehstock, was streng genommen eine dumme Idee war. Doch ohne die Stütze wäre er umgefallen.

Beim Umrunden des Polizeiwagens fand er seinen Meister, dessen Hüfte unter dem rechten Hinterrad eingeklemmt war. »Oh, Scheiße! Ich –«

»Nein. Ich bin nicht wichtig.« Tränen des Schmerzes rannen aus Wilhelms Augen, und er hob eine Hand in Antons Richtung. »Such die Rolle mit den Plänen. Und die Particulae. Die Steine, die der eine bei sich trägt. Versteck sie.«

»Aber –«

»Tu es! Danach kannst du mich retten.« Wilhelm spuckte Blut über seine geplatzten Lippen. »Verstecke die Pläne. Und du baust die Tür zu Ende. Versprich es mir!«

»Das mache ich.« Anton hätte alles versprochen, um ihm die Sorgen zu nehmen.

»Such sie! Und sei vorsichtig«, presste der betagte Mann unter Stöhnen heraus. »Diesen Leuten ist jede Grausamkeit zuzutrauen.«

Ohne weitere Widerworte schwankte Anton auf den demolierten Transporter zu, aus dessen Motorblock Flüssigkeiten rannen. Es roch nach Kraftstoff und Öl.

Ein Funke genügt, und der Wagen entzündet sich. Anton schlich einmal um das Fahrzeug, entdeckte keinen der Räuber. *Ein Schuss und alles fliegt in die Luft.* Er nahm seinen Mut zusammen und bog die gestauchten und verbeulten Hecktüren auf.

Im Inneren lag ein Widersacher, aus dem offenen Bruch im rechten Arm sprudelte das Blut. Der herausstehende Knochen hatte die Arterie perforiert.

Gleich neben ihm befand sich die Transportrolle. Unversehrt und verschlossen.

Das ist nicht der Anführer. Kaum machte Anton einen Schritt in den Ladebereich, als sich der Vermummte stöhnend bewegte.

Rasch schwenkte Anton die Pumpgun auf den Gegner. »Nicht rühren!« Es sah ein wenig albern aus, weil aus dem Lauf Waldboden und vertrocknete Zweige hingen. »Ich will nur die Pläne.«

Aber der Mann tat ihm nicht den Gefallen, sondern versuchte, sich mit dem gesunden Arm aufzustützen. »Die wirst du nicht bekommen«, raunte er. Dabei kam eine Pistole unter seinem zerfetzten Overall zum Vorschein.

»Oh, doch!« Schnell humpelte Anton in den Transporter und schlug dem Maskierten den Lauf gegen die Stirn, woraufhin dieser ächzend zusammenbrach.

Anton atmete auf. Der Schwindel in seinem Kopf verringerte sich und machte den aufkommenden Schmerzen Platz, die sich aus verschiedenen Regionen des Körpers meldeten. Die Wirkung des Adrenalins ließ nach.

Aus weiter Entfernung erklangen Martinshörner, die sich dem Schauplatz näherten. Die Polizeizentrale schickte Verstärkung, die nach der vermissten Streife suchte. Das GPS-Signal des Kombis leitete sie.

Ich brauche die Rolle. Sonst landen die Pläne in der Asserva-

tenkammer. Unter glühender Pein im Rücken beugte sich Anton vor und zerrte das runde, längliche Behältnis zu sich.

Dabei öffnete sich der Deckel an einem scharfkantig abstehenden Seitenteil, und die losen Particulae sprangen heraus.

Verflucht! Unter größter Anstrengung sank Anton auf die Knie und sammelte die Fragmente ein, tastete und suchte, um keines zu übersehen. Erst als er sich ganz sicher war, sie alle erwischt zu haben, kehrte er zum verunfallten Polizeiwagen zurück.

Die Sirenen hatten die Unglücksstelle beinahe erreicht.

Anton wurde beim näher kommenden Heulen klar, dass er den Einsatzkräften unmöglich plausibel machen konnte, dass sie keinen Blick in die Transportröhre werfen durften. *Verstecken, hat Wilhelm gesagt.* Der dichte, grüne Farn einige Meter entfernt brachte ihn auf einen rettenden Gedanken.

Hastig scharrte er das Laub unter den langen Blättern zur Seite, hob mit dem Schaft der Pumpgun in Windeseile eine schmale flache Grube im weichen Untergrund aus und bettete das Behältnis darin. Es war aus Plastik, wasserabweisend und zumindest dicht genug, bis die Untersuchung durch die Spurensicherung abgeschlossen war. In wenigen Sekunden war die Rolle versenkt und mit Blättern bedeckt. *Das wird es tun.*

Anton nahm das Gewehr und eilte zum Polizeiwagenwrack zurück. »Wilhelm! Wilhelm, ich …« Auf den letzten Schritten erstarrte er.

Neben seinem ehemaligen Ausbilder lehnte der Anführer am zertrümmerten Auto, das Sturmgewehr locker in einer Hand im Anschlag. Der weiße Overall zeigte einige rote Flecken, unter der Maske tropfte Blut herab. »Da bist du ja. Her mit den Plänen und den Steinen!«

Besorgt sah Anton zum bewusstlosen Wilhelm, dem der Schweiß in Strömen aus den Poren rann. Dem raschen Heben und Senken des Brustkorbs nach lebte er noch. *Gut. Ich überlebe das und er auch.* »Das Zeug ist weg.«

»Ich habe dich in den Transporter gehen sehen.« Der Maskierte schwenkte die Mündung auf den Schreinermeister. Dass Anton ebenfalls eine Waffe hielt, kümmerte ihn offenbar nicht.

»Aber ich –«

»Zehn.« Der Mann verlagerte sein Gewicht vom verletzten Bein auf das andere. »Neun.«

Was soll ich tun? Zu gerne hätte Anton einen Ratschlag, eine Anweisung, eine Andeutung von Wilhelm bekommen.

»Vier«, sagte der Anführer. »Und wenn ich ihn erschossen habe, schlage ich dich nieder und fahre zurück und finde raus, wo du wohnst.« Er kniff die Augen leicht zusammen. »Hast du Familie? Ein Haustier? Du bist mich nicht eher los, bis ich die Pläne habe, du kleiner Wichser!« Er streichelte mit der anderen Hand den langen Lauf des Sturmgewehrs. »Drei.«

Ich muss ihn hinhalten. Anton öffnete den Mund, um irgendwas zu sagen.

Unvermittelt krachten mehrere Schüsse, so schnell hintereinander, dass sie fast wie ein einzelner lauter Schuss tönten.

Die Maske platzte in der rechten Stirn auf, ein Loch tat sich im Schädel auf sowie zwei in der Brust. Der weiße Overall färbte sich sofort rot, nach einem Lidschlag lief behäbig Blut in einer langen Bahn aus dem Kopf über die gerissenen Maschen bis ins brechende Auge. Erst dann fiel der Räuber vor dem stocksteifen Anton in sich zusammen, als hätte ihm just der Tod ins Ohr geraunt, dass er zu sterben habe.

»Polizei! Lassen Sie die Waffe fallen«, schallte eine Megafonstimme durch den Friedwald.

Und Anton gab das Schrotgewehr auf.

* * *

»Diebe ruhen nie, Wächter ab und zu.«

Japanisches Sprichwort

KAPITEL II

DEUTSCHLAND, FRANKFURT AM MAIN, SPÄTSOMMER

Die Warnung an den Schreiner ist raus. Suna wurde ansatzlos an Nacken und Haaren in die Höhe gerissen, bevor sie die zweite Mail verschicken konnte. Im Reflex zog sie das verhakte Tablet durch den Ruck mit aufwärts. *Jetzt noch …*

Auf halbem Weg entglitt ihr das blutfeuchte Gerät und stürzte auf den Asphalt. *Nein!*

Beim Aufprall zersplitterte und zersprang der bereits beschädigte Computer. Das Display erlosch, die Verbindung war beendet.

Scheiße. Suna drehte sich und strampelte und versuchte zu erkennen, wer sie anhob wie eine Katze. Sie wog nicht viel, aber es bedeutete eine gewisse Mühe, sie an einem Arm zu halten. Die Finger des Unbekannten gruben sich in Haare und Nacken, die Schmerzen waren übel.

Der dunkelhaarige Mann war ein Hüne wie aus einer Bodybuilderwerbung, gekleidet in straßentaugliches Shirt, Jeans und Turnschuhe.

»Du hattest deinen Funk nicht an«, sagte er zu der Killerin zu Recht und steckte seine Pistole ein.

Fuck. Was mache ich? Suna hob ergeben die Hände und pendelte am angewinkelten Arm ihres Bezwingers. Sie schwieg, um die Aufmerksamkeit nicht auf sich zu ziehen, presste die Lippen fest zusammen.

»Hatte ich!« Aus der Armwunde der Frau rann Blut. »Aber ich konnte gerade nicht antworten.«

Aus der Entfernung tönten Polizeisirenen, die sich rasch näherten. Die Schüsse waren gehört worden.

Die Bullen! Die retten mich! Suna wagte ein bisschen Hoffnung, lebendig aus dieser Katastrophe zu kommen.

»Okay, die Polizei ist schneller als gedacht. Machen wir die Datentürkin kalt und verschwinden.« Die Killerin stand auf und betrachtete den erschossenen Stefan, der ausgestreckt und mit glasleeren Augen auf dem Boden lag, das Blut rann unter seinem Rücken heraus und floss über den rissigen Asphalt. »An ihre Informationen kommen wir über ihren Kumpel Egon.« Sie hob das blutige Messer auf und steckte es ein, warf sich die Computertasche über und sammelte die Einzelteile des zerstörten Tablets ein.

Der Hüne stellte Suna langsam ab. »Nein. Wir brauchen sie lebend.«

»Wer sagt das?«

»Die Zentrale.« Er griff an Sunas Kehle und drückte leicht zu. »Ich bin ein ziemlich guter Schütze, Kleines. Das vorhin war ein Warnschuss, um dich von Dummheiten abzuhalten. Das nächste Mal treffe ich dich, und es wird sehr wehtun. Wir werden jetzt –«

»Halt! Lassen Sie die Frau los«, schallte die Anweisung durch die Straße. »Stellen Sie die Tasche ab, und heben Sie die Hände. Drehen Sie sich zu uns. Alle!«

Suna sah aus dem Augenwinkel zwei vorrückende Polizisten in Schutzweste und mit gezogenen Pistolen, die Finger an den Abzügen.

»Halt die Schnauze«, raunte die Killerin zu Suna und hob langsam die Arme; dabei zog sie heimlich das Messer und hielt es verborgen am Handgelenk. »Wenn du schreist, stirbst du noch vor den Bullen.«

Fuck. Suna vermochte das Zittern nicht zu unterdrücken. Firewalls, Sicherheitsabfragen und gegnerische Hacker waren ihr Metier. In den Weiten von Netz und Darknet ging sie als Nótt auf Jagd, stellte und vernichtete, baute Fallen und eroberte. Aber in dieser Gasse, im echten Leben, abseits der Virtualität war sie kurz davor, in Tränen auszubrechen oder in Ohnmacht zu fallen.

Von der anderen Seite der Gasse erklangen weitere Schritte, das Klappern von Waffen und gedämpfte Funksprüche. Die beiden Polizisten bekamen Verstärkung. Es stand vier gegen zwei.

»Was geht da vor?«, vernahm Suna ganz leise aus dem Ohrstecker des Hünen, der neben ihr aufragte.

»Polizei«, erwiderte er knapp.

»Habt ihr die Hackerin?« Suna vermochte nicht zu sagen, ob die Stimme männlich oder weiblich war.

»Ja.«

»Der Scharfschütze von Team Beta ist gleich in Position«, verkündete die Stimme. »Dreißig Sekunden. Sobald der erste Schuss fällt, legt ihr los und verschwindet. Der Rest wartet auf euch an der Börsenstraße.«

»Verstanden.« Der Hüne verständigte sich mit einem knappen Blick mit der Killerin.

»Waffe!«, rief ein Polizist aufgeregt, der sich mit seinem Kollegen in kleinen Schritten vorarbeitete. »Die Frau im Mantel hat eine Waffe.«

Suna hob den Kopf und schaute sich um, ob sie den Sniper sehen konnte. *Ich muss doch was tun!* Schniefend ging sie auf die Knie und legte die Hände in den Nacken. »Ich will nicht sterben!« Sie schluchzte und hoffte, dass ihre kleine Einlage für mehr Aufmerksamkeit sorgte. »Echt, das habe ich nicht verdient. Das nicht!«

»Okay, keiner will Sie erschießen«, versuchte eine Polizistin hinter ihr, sie zu beruhigen. »Bewegen Sie sich nicht. Bleiben Sie unten.«

»Alle runter«, rief ein anderer Polizist deutlich nervöser. »Keine hastige –« Er sackte unvermittelt zusammen, erst danach peitschte der Knall durch den Hof. Das tödliche Projektil war schneller geflogen als der Schall.

In den Hall stürzte der zweite Polizist auf die Erde, gefolgt vom zweiten Schuss.

Das kann alles nicht wahr sein! Suna warf sich flach hin und rollte sich gegen die Wand, um kein gutes Ziel zu bieten. *So eine verfickte Kackscheiße!*

»Verschwinden wir!« Der Hüne zog seine Pistole.

Die Killerin drehte sich zu den Beamten in ihrem Rücken um und schleuderte das Messer aus der Bewegung, um der Klinge genug Schwung mitzugeben. »Wir nehmen diese Seite.«

Suna hörte unvermittelt extrem lautes Röhren und presste die Hände auf die Ohren. Keuchend blickte sie sich um.

Die Beamtin hielt eine Maschinenpistole im Anschlag und pumpte eine Garbe in den Hünen, der unter den Einschlägen zuckte und rückwärtstänzelte, bis er an der Wand über die zusammengekauerte Hackerin stolperte, fiel und regungslos vor ihr liegen blieb; der Bluetooth-Stecker rutschte ihm aus dem Ohr.

Gleichzeitig stürzte der Polizist neben der Schützin nach einem dritten Schuss des Scharfschützen. Das Projektil war durch seine Weste in die Brust eingedrungen, zuckend lag er am Boden und hielt sich die getroffene Stelle.

Ich will nicht in dieser verkackten Nebenstraße draufgehen. Suna ergriff zitternd den verlorenen Ohrstecker. *Weg von hier.*

Auf allen vieren kroch sie an der Mauer entlang und wand sich hinter den Mülltonnen vorbei, während sich die verletzte Killerin und die Polizistin ein Feuergefecht lieferten.

»Durchhalten«, verlangte die unbekannte Stimme aus dem Ohrstecker. »Der Rest des Teams ist auf dem Weg zu euch. Bringt mir die Hackerin, verstanden?«

»Ich werde nicht draufgehen. Und auch nicht von euch geschnappt, ihr Arschlutscher!« Suna flüchtete und heulte sich dabei vor Angst und Anspannung die Augen aus dem Kopf, redete und schimpfte leise vor sich hin. Die Knie waren aufgeschürft, der Anzug ruiniert.

»Hey. Sie hauen mir nicht ab!« Die Polizistin war hinter einem stabilen Müllcontainer abgetaucht. Mehrere Schüsse des unsichtbaren Snipers durchschlugen das Blech, ohne sie zu erwischen, das Echo waberte durch den engen Durchgangshof. »Haben Sie gehört? Sie machen es nur schlimmer für sich.«

Die verletzte Killerin nahm die herrenlose MP5 eines erschossenen Polizisten vom Asphalt und prüfte sie mit einer routinierten Bewegung. »Ganz genau. Du haust mir nicht ab.« Der Lauf schwenkte herum, zielte auf die Hackerin.

Nein! Verfickte Kacke! Suna drückte sich ab, um hinter den nächsten großen Container zu gelangen.

Die Schüsse der Killerin gingen fehl, die Kugeln zersplitterten an der Wand. Fragmente drangen in Sunas rechtes Bein ein und brachten sie zum Aufkreischen.

Die Polizistin lugte um die Containerecke und erledigte die Gegnerin mit drei Schüssen in die Brust, bevor sie die Position wechselte und neben Suna in Deckung hastete.

Keine Sekunde später krachte das Projektil des Scharfschützen dorthin, wo sie eben noch gesessen hatte; das Loch war fingerdick.

»Was geht hier vor?« Die Beamtin prüfte das Magazin ihrer Maschinenpistole, führte ein neues in den Schacht.

Suna wischte sich die Tränen weg und robbte weiter in den Schutz des Metallkübels, bevor der Sniper sie als nächstes Ziel auserkor. »Ich weiß es nicht. Ich kam zufällig vorbei, als diese Leute den Typen da drüben erschossen«, log sie und kämpfte gegen das Würgen an. Der Stress, der Anblick der Leichen, die nervliche Überforderung schlugen ihr auf den Magen.

»Das Team kommt jetzt rein«, quakte es aus dem erbeuteten Ohrstecker des Hünen.

Die Polizistin sah Suna mit aufgerissenen Augen an. »Sie gehören zu denen?«

»Nein! Fuck, nein! Erschießen Sie mich bloß nicht!«, wehrte sie mit hastigen Gesten ab. »Ich habe –«

»Sie sitzen hinter dem letzten Container«, sagte eine zweite Stimme aus dem winzigen In-Ear-Lautsprecher. »Greift sie euch!«

Ansatzlos prasselte durchgehender Beschuss gegen die Metallwand, hinter welcher die Frauen Deckung suchten. Suna schrie auf, kugelte sich zusammen und sah durch den zentimeterdünnen Bodenschlitz hindurch. Am gegenüberliegenden Ende der Gasse erschien eine gerüstete und maskierte Truppe, die Maschinenpistolen abfeuerten, während sie sich vorwärtsbewegten.

Durch das Knattern der automatischen Waffen erklangen Sirenen. Dieser Tag ging in die Geschichte der Stadt Frankfurt ein. Eine derartige Schießerei hatte es noch nie gegeben.

Ich muss weg! Raus! Sonst gehe ich drauf wie die Bullen! Suna blieb im Schutz der Wand und so im toten Winkel des Snipers, um die wenigen restlichen Meter aus der Gasse zu kriechen. Auf die Rufe der Polizistin achtete sie nicht.

Erst in der Freßgass stand Suna auf und humpelte vorwärts. »Geschafft! Oh, Scheiße, ich hab's geschafft!« Dabei nahm sie ihr persönliches Smartphone heraus und wählte die einzige Nummer, die ihr in dieser Lage hilfreich erschien. Egon kam ebenso wenig infrage wie einer ihrer Freunde aus der Hackerszene. Sie wusste nicht, wie weit das Wissen der Unbekannten über Nótt reichte.

Als Suna über die Schulter blickte, sah sie schwerbewaffnete Polizisten aus einem schwarzen Kombi steigen und in die Gasse stürmen. »Eine Sekunde länger, und … die …« Keuchend blieb sie stehen, stützte sich mit einer Hand an einem Schaufenster ab, übergab sich.

Die einsetzende Schießerei verhinderte, dass sich die Passanten um sie kümmerten. Menschen liefen davon, einige filmten, während andere gafften.

Ihr Anruf wurde über Tausende Kilometer entfernt entgegengenommen.

»Miss Levent, ich bin ungeduldig. Sie hatten mir den Bericht …«

»Takahashi-san, das ist ein Notfall.« Sie ächzte und warf den gefundenen Ohrstecker weg, als brächte er Unglück oder eine ansteckende Krankheit. Hastig spuckte sie Bröckchen aus und hinkte weiter, streifte die halblangen schwarzen Haare zurück. »Ich bin angeschossen worden.« *Meine Medikamente.* Sie kramte in ihrer Sakkotasche nach dem Pillenblister. Die Angst presste ihre Lunge zusammen.

»Oh.« Takahashi klang besorgt und erschrocken zugleich.

»Von Leuten, die hinter den gleichen Informationen her sind wie Sie.« Suna spürte, wie ihr Kreislauf absackte. Das Adrenalin ließ nach, und aus ihrem Bein sickerte Blut aus vielen kleinen Wunden, tränkte die Socken. »Ich brauche Hilfe.« Die Tränen verbat sie sich, sie hasste ihre verheulte Stimme. »Haben Sie jemanden in Frankfurt, dem Sie vertrauen?«

»Einen Moment, Miss Levent.«

»Einen verschissenen Moment?« In der Freßgass wimmelte es vor Polizisten, welche die Flaniermeile räumten und mit Absperrband gegen Schaulustige sicherten. »Kacke.« Sie humpelte möglichst unauffällig weiter und tauchte in der anschwellenden Menge der Neugierigen unter. Zwischen den Menschen fielen den Beamten ihre ramponierten Kleider weniger auf.

Dann musste Suna warten. Und warten. Minutenlang.

»Fuck, wie lange dauert das?«, murmelte sie vor sich hin und warf sich zwei Tabletten ein. Sie ließ sich unter einem Vordach auf den Alustuhl eines Cafés fallen. »Atme. Nicht umkippen. Atme.«

»Miss Levent?«, sagte Takahashi plötzlich.

Suna zuckte zusammen. »Scheiße, ja?«

»Können Sie laufen?«

»Ja, aber … aber nicht mehr weit.« Die Sirenen dröhnten in ihren Ohren, das Atmen fiel ihr schwer. Hastig nahm sie noch eine Beruhigungstablette. Die Nähe der Leute, die wie eine wogende Wand um sie herum drängten, und die vielen Stimmen verursachten ihr körperliche Schmerzen. Psychischer und physischer Ausnahmezustand.

»Gehen Sie ins japanische Generalkonsulat. Nennen Sie meinen Namen, und man wird Ihnen helfen«, vernahm sie Takahashi wie aus weiter Entfernung.

»Wo ist das?«

»Friedrich-Ebert-Anlage.«

»Ist gut.« Suna erhob sich vom Stuhl und drückte sich mit Ekel durch die Meute. Ihre Zierlichkeit war von Nachteil, es wurde rasch zum Kampf. »Deswegen gehe ich nur auf bestuhlte Konzerte«, schimpfte sie vor sich hin. Das Bein schmerzte, sie schwitzte und rang gegen das flaue Empfinden im Magen. Sie fühlte sich bei ihrer langsamen Flucht verfolgt, entdeckte aber niemanden, sobald sie sich umdrehte.

Endlich hatte sie die Menge hinter sich gelassen und humpelte auf eine breite Zufahrtsstraße. »Reden Sie bitte mit mir, Takahashi-san. Ich will nicht alleine sein.«

»Sicher, Miss Levent. Was ist passiert?«

»Nein, Sie reden. Erzählen Sie mir ein Märchen.« Sie spürte die schlagartig einsetzende Wirkung der Tranquilizer, die sie müde und schläfrig machten. Die Beine wurden schwerer, ihr Kreislauf arbeitete gegen die überwältigende Schwäche an. »Ich liebe Märchen.«

»Einverstanden. Ich erzähle Ihnen von …«

Suna hörte die Stimme des Japaners, ohne dass sie sie verstand und die Worte erfasste. Sie brauchte etwas, um sich zu fokussieren, während sie lief und lief und einen Fuß vor den anderen setzte.

Wie im Delirium marschierte sie.

* * *

DEUTSCHLAND, ANNWEILER AM TRIFELS, SPÄTSOMMER

Anton saß im gemütlich eingerichteten Wohnzimmer von Wilhelm Pastinak und hatte die gefundene DVD eingelegt. Der Fernseher flimmerte und wartete auf das Eingangssignal des Abspielgerätes. Auf dem großzügig bemessenen Beistelltisch stapelten sich die Pläne aus der Transportrolle, daneben stand ein Glas Wasser.

Soll ich wirklich? Anton brachte es nicht über sich, den Wiedergabeknopf der Fernbedienung zu drücken.

Auf der Suche nach Wechselwäsche und persönlichen Utensilien, die Anton seinem ehemaligen Ausbilder ins Krankenhaus nach Landau bringen wollte, hatte er einen Umschlag mit der Aufschrift *Für Anton* in der Sockenschublade entdeckt. Er war sich sicher, dass sich darauf Anweisungen von Wilhelm Pastinak befanden – und dass er diese DVD erst nach dem Tod seines Meisters hätte finden sollen.

Anton fühlte sich schlecht. Unentschlossen. Hin- und hergerissen, einmal mehr. Als riefe er den Tod herbei, sobald er sich die Aufzeichnung ansah.

Die Ärzte hatten gesagt, dass sie den Patienten vorläufig ins künstliche Koma legten, wegen der schweren inneren Verletzungen. Er brauche absolute Ruhe. Regungslosigkeit.

In welchem Zustand Wilhelm erwachen würde, wollten sie nicht prognostizieren. Zumal die Schädelfraktur beinahe übersehen worden war, da sich das Augenmerk auf die multipel zertrümmerte Hüfte konzentriert hatte.

All das erfuhr Anton nur, weil er eine Vollmacht vorlegen konnte. Das Formular hatte er bereits vor einigen Jahren unterzeichnet. Er war darin als Ansprechpartner und Verantwortlicher genannt, da sich Wilhelm und seine beiden jüngeren Brüder auseinandergelebt hatten. Lediglich mit seiner

Schwester telefonierte der Schreinermeister gelegentlich. Auch wenn sie in Amerika lebte, war die Beziehung zu ihr wesentlich inniger.

Antons Daumen legten sich vom Rahmen der Bedienung auf den Play-Knopf. *Soll ich oder soll ich nicht?*

Seine Gedanken schweiften zu vorgestern zurück. Dem Tag des Überfalls.

Die Polizei hatte die Spurensicherung und Antons Befragung rasch abgeschlossen. Sie ging von einer Räuberbande aus, welche es auf vermeintliche Reichtümer des älteren Mannes abgesehen hatte. In den letzten Wochen hatte es einige Einbrüche in der Gegend gegeben, die sie nun den Unbekannten zuschoben. Dass sie mit derlei Brutalität und extremer Bewaffnung vorgegangen waren, verblüffte die Ermittler jedoch.

Zuerst hatte der leitende Kommissar und danach Kathrin Anton eine gehörige Standpauke wegen der Verfolgungsjagd gehalten, die mit dem Tod zweier Verbrecher und der schweren Verletzung des Schreinermeisters geendet hatte. Allen Vorwürfen und Belehrungen zum Trotz verschwieg Anton tapfer Wilhelms eigentliche Intention.

Vorhin war er im Wald gewesen und hatte die Transportrolle aus dem Versteck geholt. Die Pläne und Skizzen hatten die zwei Nächte im Freien gut überstanden, es waren keinerlei frische Flecken dazugekommen.

Und nun wollte Anton Antworten, ersatzweise von der DVD-Aufnahme, weil er seinen alten Ausbilder nicht befragen konnte. *Vielleicht niemals mehr.*

»Es muss sein«, murmelte Anton sich selbst Mut zu. Sein Daumen senkte sich auf den Knopf.

Die DVD summte im Apparat los.

Auf dem großen Bildschirm erschien die Küche. Am Tisch saß Wilhelm, feierlich im Anzug und mit einer Tasse Kaffee vor sich. Er griff nach dem Henkel und prostete in die Kamera. »Hallo, Anton.«

»Hallo, Meister«, raunte er und lächelte betrübt. *Die Aufzeichnung ist nicht lange her.*

»Da du dir mein Filmchen ansiehst, bin ich vermutlich tot«, sagte Wilhelm und strich sich über den grauen Bart. »Und ich habe dir ein Erbe hinterlassen.« Er grinste. »Weder Geld noch Gold oder Reichtümer. Sondern Wissen. Na gut. Das Haus bekommst du auch. Die Unterlagen sind beim Notar hinterlegt, du musst dich um nichts kümmern. Wehe, du rollst jetzt mit den Augen!«

Anton atmete tief durch vor Rührung. *Du meine Güte.*

»Die inneren Werte« – Wilhelm pochte auf die Tischplatte – »sind entscheidend. Unter dem Haus ist mein Hobbykeller. Ein alter Bunker und meine erste Werkstatt, wenn du so willst. Dort wartet die Tür darauf, dass du sie fertigstellst. Ich weiß, ich rede davon schon seit Jahren und du hast mich immer vertröstet. Aber dies ist mein letzter Wille. Meine Bitte. An dich, Anton. Nimm dir alle Zeit, die du brauchst, aber stelle sie fertig. Ich schaffe es nicht mehr. Die –«

Anton hielt die Wiedergabe an und rieb sich mit der freien Hand einmal über das Gesicht. Es strengte ihn emotional sehr an. *Diese verdammte Tür.* Nicht mal nach seinem Tod, der hoffentlich noch auf sich warten ließ, gab Wilhelm sie auf.

Bis vorgestern hätte Anton sich an die Arbeit gemacht, ohne großartig über die Spinnerei seines Meisters nachzudenken, und sie danach zum Andenken an die vielen schönen Jahre in sein Wohnzimmer gestellt. Oder an Wilhelms Schwester zur Erinnerung an ihren Bruder geschickt. Sie im Showroom der Schreinerei präsentiert. Auf der Webpräsenz seines Unternehmens gezeigt, um die Handwerkskunst zu dokumentieren. Es hätte einige Möglichkeiten gegeben, sie in ihrer Pracht vorzustellen.

Das würde nach den jüngsten Erlebnissen gewiss nicht geschehen.

Weiter. Anton aktivierte die Wiedergabe.

»– genauen Anweisungen habe ich im Keller hinterlegt. Unter der Bodenplatte. Halte dich bitte exakt daran. Sei genauer als bei deiner Meisterprüfung, Anton«, sprach Wilhelm eindringlich in die Kamera. »Das ist entscheidender als jedes sonstige Ding, das du entworfen und erbaut hast.«

Anton seufzte und langte nach dem Glas Leitungswasser. Die Anweisungen, von denen sein Meister gesprochen hatte, lagen nun neben ihm, nahm er an. *Ich werde es sehen, sollte das Versteck leer sein.* Er betrachtete die Zeichnungen erneut. *Das ist alles andere als leicht.*

Die verwaschenen, teils ausradierten und schwer leserlich gemachten Aufschriften verrieten, dass die anspruchsvolle Bau- und Montageanleitung in einem Sägewerk bei Frankfurt entstanden war. Sie zeigten Holzintarsien, beschrieben Metalldrähte mit genauen Angaben über die Zusammensetzungen spezieller Legierungen und legten die Anzahl der Particulae und deren Anordnung fest. Manche Blätter waren geklebt, nachdem sie in Fetzen gerissen worden waren, an anderen prangten Brandflecken an den Rändern.

»Du wirst Particulae benötigen, Anton. Ich schrieb dir auf, wie du an weitere Exemplare gelangst, sollten im Versteck nicht genug liegen. Ich habe mir mit Meteoritgestein beholfen, das aber nicht unbedingt die gleiche Beschaffenheit haben wird. Notfalls musst du es damit versuchen. Bis es gelingt. Aber gib gut dabei acht.«

Anton wusste, dass bei den alten Zünften gerne Fantasieanweisungen aufgeschrieben worden waren, um die Lehrlinge und Gesellen zu foppen, sodass sie an unmöglichen Aufträgen oder an den benannten Werkzeugen verzweifelten, wie den Doppellufthobel oder den Rechtslinksdrehbohrer.

Die Pläne machten zwar den Eindruck, genau solcher Humbug zu sein, aber mit den Albernheiten war es längst vorbei.

»Die Anweisungen, die ich dir hinterließ, sind uralt. Sie …« Wilhelm sah überlegend in die Luft. »Sie sind … von einem alten Freund.« Er lächelte und trank einen Schluck Kaffee aus der teuren Tasse. »Versuche erst gar nicht, etwas über diese Schreinerei und Sägemühle herauszufinden, aus der diese Pläne stammen. Man erfährt so gut wie nichts darüber. Nur etwas über rätselhafte Todesfälle in der benachbarten Villa, die zur Familie van Dam gehörte. Deswegen sage ich nochmals: Achte gut auf dich.«

Anton trank noch einen Schluck Wasser. *Das kommt ein bisschen spät.*

»Ich habe große Teile meines Lebens damit zugebracht, Anweisungen zu entziffern, Hölzer und Materialien zu beschaffen und Legierungen anfertigen zu lassen«, sprach Wilhelm. »Oh, was habe ich die Gießereien vor Herausforderungen gestellt! Und manche musste ich selbst anfertigen.« Er beschrieb mit einer Hand ein Rechteck. »Wundere dich nicht. All das brauchst du für die Vollendung dieser außergewöhnlichen Tür. *Das* ist *deine* Aufgabe. Nicht mehr meine.« Er zeigte die andere Hand, an der die Finger fehlten. »Das Filigrane gelingt mir nicht mehr.« Zum Abschied hob Wilhelm die Kaffeetasse aus wertvollem Knochenporzellan. »Ich vertrödele jetzt einen schönen Nachmittag, Anton. Und du mach dich ans Werk, wann immer Zeit ist. Vollende meinen Lebenstraum. Und dann: Nutze ihn weise.« Ein schelmisches Zwinkern folgte. »Und sollte es in meiner alten Bude spuken, dann weißt du, dass meine Seele nicht eher Ruhe finden wird, bis die Tür fertig ist.«

Die Aufnahme endete.

»Und was soll ich dann damit machen?« Anton erinnerte sich an Wilhelms Worte, bevor die drei Verbrecher aufgetaucht waren. Eine Mastertür, die durch Raum und Zeit ging. Einstellbar. *Sie weise nutzen? Was soll das bedeuten?*

Er hoffte, dass sich in dem Versteck irgendwelche Bedienungsanweisungen befanden, sonst taugte diese mächtige Tür zu nichts. Zu gar nichts.

Da flog ihn ein Gedanke an, der ihn elektrisierte. *Durch Zeit und Raum … Ich könnte zurückreisen! Zu dem Tag, an dem der Überfall stattfand. Und ihn verhindern.*

Und dann würde er mit Wilhelm über die Geheimnisse sprechen, ihm ernsthaft zuhören und die Hintergründe erfahren. *Das ist weise, wie ich es verstehe.*

Bevor Anton in die Werkstatt ging, suchte er im elektronischen Speicher des Festnetztelefons nach der Nummer von Wilhelms Schwester. Da er sie dort nicht fand, loggte er sich in den Adminbereich der Firmenwebsite ein, von wo er Zugriff auf den E-Mail-Bereich hatte. Wilhelm nutzte seine alte Adresse über die Mail-Umleitung, daher hoffte Anton, eine elektronische Postadresse zu entdecken.

Das Fach seines einstigen Ausbilders lief über vor Spam, bewahrte aber auch mehrere Nachrichten seiner Schwester auf.

Felicitas Pastinak-Strong. Na also. Schnell setzte Anton einige Zeilen auf, in denen er die Ereignisse knapp zusammenfasste. Außerdem fügte er seine Mobilnummer hinzu, damit sie ihn jederzeit anrufen konnte.

Bei den als unerwünschte Werbung markierten Mails fiel eine fette Betreffzeile auf, die alles andere als nach Spam klang:

JEMAND WILL SIE TÖTEN!

Die Nachricht war am Tag des Überfalls eingegangen.

Ist das ein Zufall? Er öffnete sie.

BRINGT DEN ALTEN PASTINAK ZUM SCHWEIGEN!
UND DAS UMFELD EBENSO.
ALLES ABGREIFEN, WAS IHR DORT FINDET.
AUF AUFZEICHNUNGEN ZU TÜREN ACHTEN.
PRÄMISSE: KEINE PARTICULAE ZURÜCKLASSEN.

Anton sah auf den Absender, eine generisch erzeugte Mailadresse, die ohne einen Profi niemals nachzuverfolgen war. Wer hatte Wilhelm warnen wollen und warum? Ein unbekannter Verbündeter? Oder eine Falle, um den Schreiner aus dem Haus zu jagen und freien Zugang zu Tür und Unterlagen zu haben?

Nein. Die Person hätte damit rechnen müssen, dass Wilhelm zur Polizei geht. Anton juckte es in den Fingern, eine Antwort zu schreiben. *Es könnten sich neue Hinweise ergeben.*

Dann rief er sich die Standpauke seiner Frau in Erinnerung. Nie wieder wollte er Kathrin und seine Kinder in eine solche Gefahr bringen.

Eine E-Mail rauschte herein, und bei dem Meldegeräusch zuckte Anton überrascht zusammen.

DU LEBST ALSO ANSCHEINEND NOCH, stand im Betreff.

Und in der Textzeile: HALTE DEN KOPF UNTEN UND VIEL GLÜCK.

Anton starrte auf die Nachricht. Der Absender hatte offenbar die Möglichkeit zu erkennen, ob die Warnmail geöffnet worden war. *Eine Aufforderung zum Dialog?*

Die Unschlüssigkeit wurde langsam zu Antons ständigem Begleiter.

Die Person wusste, dass jemand Wilhelms E-Mails gelesen hatte.

Antwortete er?

Sagte er die Wahrheit und erzählte vom fast gelungenen Überfall?

Oder schwieg er?

»Scheiße«, meinte er laut und starrte auf das Display.

Sein Smartphone läutete. Die angezeigte Nummer stammte aus dem Ausland. *US-amerikanische Vorwahl.* Einige seiner Kunden lebten jenseits des Teichs.

Er nahm an. »Gärtner?«

»Hallo, Herr Gärtner«, vernahm er eine ältere Frauenstimme. »Hier spricht Felicitas Pastinak-Strong. Die Schwester von Will. Wilhelm Pastinak.«

»Oh, hallo.« Die Gewissheit, keinen unbekannten Bedroher am Ohr zu haben, erleichterte Anton.

»Danke für Ihre Nachricht, Herr Gärtner. Mein bedauernswerter Bruder.« Pastinak-Strong klang besorgt. »Wissen Sie, ich käme sofort nach Deutschland, um mich zu kümmern, aber ich liege gerade selbst im Hospital. Darf ich Sie bitten, die Angelegenheit noch einige Wochen zu betreuen, Herr Gärtner? Ich weiß, dass mein Will Ihnen vertraut. Er sprach in den höchsten Tönen von Ihnen. Immer. Seit Sie sich begegnet sind. Wäre das möglich?«

Anton nickte unbewusst. »Aber sicher, Frau Pastinak-Strong.«

»So eine schlimme Sache. Eine Bandscheiben-OP zwingt mich nieder, Herr Gärtner. Das Alter, wissen Sie?«

»Machen Sie sich keine Sorgen. Ich regle alles Wichtige. Und gute Besserung!«

»Danke. Erzählen Sie mir bitte, was genau passiert ist?«

Anton zögerte, wie sehr er ins Detail gehen durfte. *Ich bleibe am besten bei der Version der Polizei.*

»Hat es etwas mit der Tür zu tun?«, fragte sie unvermittelt.

»Sie … Sie wissen davon?«

Das Lachen von Pastinak-Strong war ehrlich und freundlich. »Will hatte so oft versucht, mich auf seine Seite zu ziehen, damit ich ihn dabei unterstütze. Ich könnte alles mitsprechen, was er von der Tür zu sagen hätte.«

Die Überraschungen wollten an diesem Tag nicht enden. Daher entschied Anton, den Bericht nicht zu schönen. »Ich versuche, mich kurzzufassen.«

Er erzählte der Frau von den Ereignissen, gestand außerdem, dass er die DVD angeschaut hatte, ließ jedoch die Mails der unbekannten Person unerwähnt. *Vorerst.*

»Und Sie glaubten Ihrem Bruder?«, schloss er.

»Nein. Na, doch. Irgendwie schon. Aber es blieb für mich unvorstellbar«, antwortete sie.

»Wie bei mir.«

»*Well, well.* Dass die Papiere gestohlen werden sollten, ist ein kleiner Beweis, dass sich ein wahrer Kern in seiner Geschichte befindet. Finden Sie nicht, Herr Gärtner?«

Anton ging durch den Kopf, dass der Anführer nach den

Plänen und nach Particulae gesucht hatte. Und er erinnerte sich an die Anweisung, das Umfeld des Schreinermeisters und jeden Mitwisser auszuschalten. *Sie gehört zu diesem exklusiven Kreis.* Pastinak-Strong befand sich demnach auch in Gefahr. Wenigstens saß sie weit weg in den USA und war somit außerhalb der Reichweite der Gegner. *Soll ich es ihr sagen?*

»Bei einem Patienten, der im Koma liegt, ist es wichtig, dass er weiß: Jemand ist da, dem er vertrauen kann«, sagte Pastinak-Strong nachdenklich. »Wäre es zu viel verlangt, wenn ich Sie bitte, meinen Will oft zu besuchen und ihm von den Fortschritten Ihrer Arbeit an der Mastertür zu erzählen?«

Eine ähnliche Idee hatte Anton auch gehabt. »Werde ich, Frau Pastinak-Strong. Alles, was Wilhelm hilft. Ich werde ihm so den Mund wässrig machen, dass er diese Tür unbedingt sehen will.« *Muss! Mit seinen eigenen Augen.*

Pastinak-Strong atmete tief ein und aus. »Sie haben meine ewige Dankbarkeit, Herr Gärtner.«

»Das ist für mich mehr als selbstverständlich.« Anton schluckte. »Ich verdanke ihm so viel.«

»Sie werden sich noch gedulden müssen, bis ich meine Reise nach *good old Germany* antreten kann. Aber seien Sie versichert: Ich komme.« Pastinak-Strongs Stimme brach, sie schniefte leise und rang mit ihren Gefühlen. »Und richten Sie das bitte auch an meinen Will aus. Bis dann, Herr Gärtner.«

»Mache ich. Tschüss, Frau Pastinak-Strong. Und …« Die Verbindung wurde unterbrochen, ehe er seine Warnung an sie aussprechen konnte.

Unvermittelt erwachte der Bildschirm des Fernsehers zum Leben, und Wilhelm erschien erneut.

Was soll denn das? Die Anzeige stand bei fünfundvierzig Minuten. Anton hatte nicht bemerkt, dass die DVD weitergelaufen war.

»So ein neumodischer Scheißdreck.« Der Schreinermeister drückte dicht vor der Linse an der aufgestellten Kamera herum, wodurch sein Gesicht riesig wirkte. Er trug immer noch den Anzug, aber der Stoff zeigte ein paar Falten mehr als zuvor. »Ist das jetzt aufgenommen oder nicht?«

Verdutzt richtete Anton seine Aufmerksamkeit auf den Bildschirm. *Ein Abspann? Oder Outtakes?*

Wilhelm ließ sich auf den Stuhl sinken und wirkte nachdenklich, kraulte seinen Bart. Auf dem Tisch standen jetzt eine fast leere Flasche Wein und ein Rotweinglas mit einem Restschluck. »Was ich vorhin vergessen habe bei den ganzen Aufnahmen …« Er stockte und setzte nochmals an. »Regieanweisung an mich: Die Aufnahme einfügen. Nach den Erklärungen.« Er räusperte sich. »Nach meinem Tod werden vielleicht seltsame Dinge geschehen, die im Zusammenhang mit der Tür stehen. Glaub mir, Anton. So rätselhaft sie dir vorkommen oder so nett manche Menschen dir gegenüber tun: Vertraue ihnen nicht.« Er lehnte sich bedeutungsschwer nach vorne. »Vertraue. *Keinem!* Und vor allem nicht« – es folgte eine theatralische Pause – »meiner Schwester.«

Anton überlief es eiskalt. »Oh, nein«, hauchte er.

»Ich versuchte in den letzten Jahren, sie von meiner Mission zu überzeugen, aber sie …« Wilhelm sah nach unten und betrachtete seine kräftigen, schwieligen Finger. »Ich glaube, sie ist übergelaufen. Es kann sein, dass sie zu den *anderen* gehört. Aber das würde sie niemals zugeben. Was immer geschieht und wie die Umstände meines Todes gewesen sind, lass sie bloß aus dem Spiel. Hast du verstanden, Anton? Ich habe sie komplett aus meinem Testament gestrichen. Aus guten Gründen.«

»Scheiße noch eins.« Anton stierte auf den Bildschirm. »Scheiße, wieso sagst du mir das erst jetzt, Meister?«, schrie er und konnte sich gerade so zurückhalten, die Fernbedienung auf den Monitor zu werfen.

Wilhelm erhob sich von seinem Stuhl, als habe er es gehört. »Das war nichts«, redete er leise vor sich hin. »Ich lösche das lieber.« Er kam auf die Kamera zu. »Macht den Jungen bloß nervös und muss nicht sein. Das sage ich ihm lieber selbst.«

Erneut wurde der Fernseher dunkel.

Noch mehr Überraschungen? Anton drückte den schnellen Vorlauf. Doch es folgte kein weiterer Outtake und damit keine weitere verschleppte Warnung.

»Mann, Mann«, schimpfte er und ließ die DVD auswerfen, um sie an sich zu nehmen und einzustecken. *Woher hätte ich wissen sollen, dass seine Schwester … ja, was eigentlich?* Anton konnte mit der Andeutung seines Meisters nichts anfangen. Sie gehöre vielleicht *zu den anderen*, hatte er gesagt. Die anderen. Wer sollte das sein? *Ich weiß ja nicht mal, wer die drei Angreifer waren.*

Motorengeräusch ließ Anton alarmiert aufblicken und zum Fenster hinaussehen.

Dieses Mal hielt kein weißer Transporter vor dem Haus, sondern ein nobler schwarzer Mercedes-Geländewagen, begleitet von einem robusten olivenfarbenen Ram-Pick-up.

Nacheinander stiegen sieben Leute aus den Fahrzeugen, wobei die Rollen klar aufgeteilt waren. Ein Mann und eine Frau in teuren Anzügen, sie mit Aktentasche; schräg hinter ihnen lief der Leibwächter und Fahrer, außerdem vier bullige Männer in Overalls, die Arbeitshandschuhe lässig in die Gürtel geschoben.

»Was beim …?« Anton erhob sich von der Couch. Nach Schießerei sah die anrückende Truppe nicht aus, mehr wie ein Bautrupp unter Leitung von Architekten. Er richtete sein hellblaues Shirt und zog den Bund der grauen Jeans höher. *Ich werde es gleich hören.*

Eilends ging er zur Tür und öffnete sie, bevor die Gruppe den Eingang erreichte. In der Rechten hielt er sein Smartphone, die Nummer des Notrufs bereits eingegeben und nur eine Fingerbewegung vom Auslösen entfernt. »Guten Tag. Wie kann ich Ihnen helfen?«

Die Vierertruppe in den Overalls ließ sich etwas zurückfallen, während Leibwächter, die brünette Frau und der glatzköpfige Anzugträger ihren Weg zum Haus fortsetzten. Die Frau im Businessdress, die Mitte dreißig sein mochte, öffnete dabei die Aktentasche und nahm zwei Briefumschläge heraus. »Guten Tag. Wir hätten gerne Herrn Pastinak gesprochen.«

»Das tut mir leid. Er ist gerade nicht abkömmlich.« Anton erblickte auf den Kuverts das Signum und das Emblem einer Anwaltskanzlei. *Bogener & Bogener.* Noch eine Überraschung, und es sah nicht nach einer guten aus. Mit der rechten Hand warf er die halblangen braunen Haare zurück. »Ich richte aus, dass Sie da waren, Frau …?«

»Wann ist er wieder da?« Sie lächelte mit einer sonderbaren Bestimmtheit und Aggression, sodass jedem Trottel klar wurde, dass sie keine Freundin von Vorgeplänkel und Zeitverschwendung war.

Anton blieb ruhig. »Da werden Sie sich ein paar Monate gedulden müssen.«

»Weshalb?«

»Er liegt im Krankenhaus.« Anton nahm den Finger von der Notruftaste. Die Bedrohung ging nicht von Waffen, sondern von Paragrafen aus. »Ich bin der Bevollmächtigte.«

»Haben Sie das schriftlich, Herr …?«, hakte sie gleich ein.

Der geschätzt Vierzigjährige im perfekt sitzenden grauen Anzug deutete eine Verbeugung an. »Entschuldigen Sie das nassforsche Auftreten meiner Anwältin. Mein Name ist Mic Silver, das ist Frau Bogener. Herr Pastinak und ich waren Geschäftspartner, ehe sich unsere Wege trennten und er eine nicht geringe Summe für sich behielt. Entgegen unserer Abmachung.« Er machte eine auffordernde Geste zur Anwältin. »Jetzt bitte, Frau Bogener.«

»Was mich zurück zur Frage bringt, ob Sie die Vollmacht zur Hand haben, um zu beweisen, dass Sie etwas zu sagen haben, Herr … ?«, sagte die Brünette geschmeidig.

»Gärtner.« Anton schüttelte den Kopf, eine braune Strähne glitt nach vorne. »Nein, nicht zur Hand. Doch das kann ich Ihnen gerne nachreichen.« Er sah zwischen ihnen beiden hin und her. »Um was geht es?«

Bogener zögerte, aber Silver gab ihr mit einer Handbewegung grünes Licht. »Mein Mandant hat vor acht Jahren eine Million Euro an Herrn Wilhelm Pastinak verliehen. Zu einem Zinssatz von drei Prozent. Trotz mehrmaliger Mahnung blieb der Schuldner säumig«, ratterte sie runter und reichte die Umschläge an Anton, der sie verdutzt annahm. »Die Gerichtsentscheide fielen zu unseren Gunsten aus. Hiermit überreiche ich Ihnen als Bevollmächtigter des Schuldners die Anordnung zur Zwangspfändung sämtlichen Besitzes.« Sie sah auf ihre teure Herrenarmbanduhr, die klobig wie eine Gewichtsmanschette an ihrem Handgelenk hing. »Wir warten jetzt nur noch auf den Mitarbeiter des zuständigen Gerichts, damit alles seine Ordnung hat.«

»Eine Million?« Anton lachte ungläubig auf. *Wilhelm hat Schulden? Wieso überschreibt er mir dann seinen Betrieb, anstatt ihn zu verkaufen?* »Da drinnen gibt es keine Sachwerte, die auch nur annähernd an Hunderttausend herankämen.«

»Damit kein Missverständnis entsteht, Herr Gärtner. Es geht um das Haus, den gesamten Inhalt sowie Grund und Boden«, führte Silver überhöflich aus. »Das ist zumindest ein Anfang. Und danach schauen wir weiter, wie ich an meine restlichen Euros komme, nicht wahr?«

Er lächelte.

Und genau dieses ungewöhnliche, andersartige Lächeln warnte Anton davor, in diesem Mann einen reinen Geschäftemacher oder einen skrupellosen Kredithai zu sehen, an den sein Meister geraten war.

Silver will den Keller.

Die Tür.

Die Pläne.

Die Particulae.

Alles, was sich verborgen in dem Haus befand.

»Das mag sein«, begann Anton behutsam. »Aber ich als Bevollmächtigter von Herrn Pastinak muss mir erst einen Überblick über die Sachlage verschaffen. Da drinnen gibt es einige Ordner«, log er. »Und einen Anwalt werde ich suchen, der sich darum kümmert.«

»Diese Instanzen sind längst ausgeschöpft«, erwiderte Bogener und tippte auf die Umschläge in Antons Hand. »Fakten, Herr Gärtner. Geschaffen über Jahre und die Ignoranz von Herrn Pastinak.«

»Das wird dann mein Anwalt entscheiden. Ich muss Sie um Verständnis bitten.« Anton sah einen dritten Wagen vor dem Haus anhalten, der ein Landauer Nummernschild trug. Der Gerichtsvollzieher. »Ich werde das gleich mit dem Beamten klären.« Demonstrativ trat er ins Freie und zog die Tür hinter sich zu.

»Wie sind Sie zum Bevollmächtigten geworden, Herr Gärtner?«, erkundigte sich Silver, als Anton den perfekt gekleideten Mann passierte. »Sie gehören nicht zur Familie, oder?«

»Wir kennen uns. Von früher.«

»Dann nehme ich an, Sie lernten bei Herrn Pastinak.« Silver folgte ihm, wie auch die Anwältin und mit leichtem Abstand der Bodyguard.

»Ja.«

Silver lachte auf. »Ah, natürlich! Sie sind der Meisterschüler, auf den Pastinak sein Unternehmen überschrieb. Damit ich keinen Zugriff mit meinen Forderungen habe. Sehr gewitzt.«

Anton schwieg und winkte dem Beamten zu, um netter zu erscheinen.

»Sagen Sie, besitzen Sie das gleiche Wissen wie er, Herr Gärtner?«

Die Stimmlage verriet, was in der Frage verborgen war. *Jetzt darf ich keinen Fehler machen.* »Das zu behaupten würde ich mir niemals anmaßen. Er hat viel mehr Wissen als ich. Aber er lehrte mich den Umgang mit Holz und die alten Techniken. Die modernen Maschinen sind kein Ersatz für die menschliche Kunst.«

»Sie sind sehr erfolgreich, nehme ich an.« Silver hatte sein Smartphone herausgenommen und tippte darauf herum. »Oh. Beeindruckend, Herr Gärtner. Ihre Kundenliste ist international. Und die ganzen Preise.«

Sie erreichten den wartenden Gerichtsvollzieher, der einen Tabletcomputer in den Händen hielt und sich durch seine Termine scrollte. »Guten Morgen, die Herrschaften. Fritsch mein Name.« Er sah in die Runde und nickte. Jung, dynamisch, sportliches Outfit und nicht die Spur vom Klischee des verknöcherten Kuckuckklebers. »Wer ist denn wer?«

»Herr Pastinak liegt im Krankenhaus.« Rasch erklärte Anton, was sich zugetragen hatte und wie sich die Situation darstellte. »Im Namen von Herrn Pastinak muss ich darauf drängen, dass ich mir die ganze Angelegenheit anschaue, ob noch was zu machen ist.« Er sah zu Silver. »Möglicherweise gelingt es mir ja, den ausstehenden Betrag aufzutreiben. Samt Zinsen.«

Bogener lachte gekünstelt auf. »Darauf lassen wir uns nicht ein.«

Fritsch blickte auf die Uhr. »Na ja. Hätten Sie denn überhaupt die Möglichkeit, diese Summe zu organisieren?«

»Ein Darlehen auf meinen Betrieb wäre ein Ansatz. Dazu ein paar Anrufe bei Geschäftspartnern und Kunden, die Herrn Pastinak gewiss helfen möchten.« Anton lächelte den Beamten an. »Das kann in ein paar Tagen geschehen sein.«

Fritsch machte ein unschlüssiges Gesicht. »Das kann ich nicht entscheiden. Die Rechtsabteilung wird das prüfen müssen, fürchte ich. Dazu brauchen die Kollegen aber die Vollmacht, Herr Gärtner.« Er ließ sich Antons Ausweis geben und nahm die Personalien auf.

»Das können Sie nicht machen«, protestierte Bogener. »Wir haben –«

Silver legte ihr eine Hand auf den Unterarm, um sie zu bremsen.

»Seien Sie clever, Frau Bogener, gehen Sie darauf ein.« Fritsch blickte über das Häuschen und das Grundstück. »Eine Million holen Sie niemals aus dem ganzen Kram heraus. Das ist nicht mehr als … hunderttausend, wenn es gut läuft. Lassen wir Herrn Gärtner doch eine Frist bis Ende der Woche.«

»Ich möchte nicht als Unmensch dastehen, der die Notlage eines Schwerverletzten ausnutzt«, sagte Silver generös. »Sie haben recht. Schauen wir, was sich ergibt.«

»Das macht Sie sympathisch, Herr Silver. Verschieben wir die Pfändung einstweilen.« Fritsch tippte sich einen entsprechenden Vermerk in der digitalen Fallakte und steckte das Tablet weg, öffnete die Tür seines Wagens und stieg ein. »Schönen Tag«, grüßte er und fuhr los.

Silver sah Anton amüsiert an. »Rufen Sie meine Anwältin an, sobald Sie die Million zusammenhaben, Herr Gärtner. Bis Ende der Woche ist es nicht lange.« Er wandte sich um und ging zum Mercedes. »Ich freue mich auf mein Geld. Wer hätte gedacht, dass ich es noch bekomme?«

Sein Leibwächter folgte ihm gleich einer wandelnden Statue, während Bogener Anton wortlos ihre Visitenkarte übergab und ihrem Auftraggeber nacheilte. Die vier bulligen Männer in den Overalls kletterten in den olivenfarbenen Ram-Pick-up.

Anton sah den Fahrzeugen nach, die unverrichteter Dinge davonrollten.

Dass der Tag einen solchen Verlauf nahm, hätte er beim Aufstehen niemals gedacht. Mehr denn je stieg Antons Motivation, die geheimnisvolle Tür im Keller fertigzustellen. *Ich will sie endlich sehen.*

Schnell kehrte er in das Haus zurück und warf im Vorbeigehen die beiden Kuverts auf den Tisch mit den Plänen. Dabei trafen sie das halbvolle Wasserglas.

»Scheiße!« Noch bevor Anton einen Satz machen konnte,

um das Unglück aufzuhalten, kippte das Behältnis um. Die klare Flut ergoss sich auf die mehr als hundert Jahre alten Aufzeichnungen. »Nein, verdammte Scheiße!« Er riss die Karten und Papiere in die Höhe, um das Wasser ablaufen zu lassen.

Erste Spuren der Zerstörung zeigten sich bereits. Linien verwischten, Anweisungen wurden unleserlich oder verschwanden.

Nein, nein! Anton war der Verzweiflung nahe. Schnell legte er die Papiere auf dem trockenen Boden aus und wagte es nicht, die Nässe aufzutupfen, aus Furcht, noch mehr Schaden anzurichten. Er warf einige Blatt der Küchenrolle darauf, die sich sogleich vollsogen – und die Tinte mitabsaugten.

»Ich bin in einem Albtraum«, murmelte Anton fassungslos. Die Warnung vor der Schwester, der Kredithai, der es wahrscheinlich auf die Tür abgesehen hatte, die zu beschaffende Million, die ruinierten Baupläne für die Mastertür. *Was kommt als Nächstes?*

Seufzend entfernte er das feuchte Küchenkrepp und warf es in die Spüle. Danach suchte er einen Föhn und trocknete die Zeichnungen mit niedrigster Stufe, um das antike Papier nicht auch noch in Brand zu setzen.

Was ist denn das? Anton staunte nicht schlecht. Das Wasser hatte die Tinte weggewaschen und darunter feine Bleistiftlinien offenbart, die sich deutlich von der schwarzen Strichführung unterschieden. *Ich … habe die richtigen Pläne freigelegt!*

Anton schoss Fotos von den Überresten und begann mit den feuchten Tüchern die Papiere abzutupfen, um die falschen Anweisungen zu entfernen.

Nach einer Stunde filigraner Arbeit und mit der Achtsamkeit, als würde er Muster in Eierschalen ritzen, offenbarten sich ihm die Originale.

»Ja, da leck mich doch.« Zufrieden betrachtete er das Resultat. Mehrmals verglich er die übermalten Linien mit den feineren aus Bleistift und entdeckte gravierende Abweichungen. *Es ist ganz anders.*

Hätte Wilhelm mit den falschen Anleitungen weitergearbeitet, wäre sein Lebenswerk verloren gewesen. Ruiniert. Und dem alten Schreinermeister hätte es das Herz gebrochen.

Doch Anton musste unbedingt beginnen, dieses Rätsel zu lösen. Buchstäblich mit seinen eigenen Händen. Er nahm die steile Kellertreppe abwärts und öffnete das Stahlschott des ehemaligen Bunkers mit den drei Schlüsseln, die ihm Wilhelm anvertraut hatte.

Mit dem Drehen des Lichtschalters flammte die Lampe in der Werkstatt auf.

An der hinteren Wand entdeckte er die Umrisse einer aufrecht stehenden Tür unter einem blütenreinen Leintuch. *Du bist also die Mastertür.* Feierlich enthüllte Anton das Projekt, das der Fertigstellung durch ihn harrte.

Die Hölzer stammten von unterschiedlichen Bäumen, hier und da klafften kleinere Lücken im Türfutter. Daneben lagerten die Metallteile aus abenteuerlichen Legierungen.

Anton fuhr über den Rahmen und das Blatt. *Sie ist wunderschön!* Wilhelm hatte verschwiegen, wie weit er bereits gekommen war. Ein rascher Vergleich mit den Fotos der neuen Pläne machte klar, wie viel Anton umarbeiten musste, um die Schnitzer auszumerzen. *Das wird mehr Arbeit, als ich annahm.*

Er dachte daran, was man damit laut seinem Meister tun konnte. *Sagte Wilhelm nicht etwas von Zeitreisen?* Flüge durch Dimensionen? In fremde Welten? Angenommen, diese Tür vermochte es wirklich – stand sie dann auf der anderen Seite mitten in der Landschaft oder in einem Raum oder erschien wie aus dem Nichts? Materialisierte sie sich wie beim Beamen? Oder verwandelte sie einfache Türen in unvermutete Durchgänge? Was passierte, wenn man im Mittelalter landete und plötzlich auf dem Feld auftauchte? In einer Schlacht?

Über einem Abgrund? Besaß sie eine Sicherung, die verhinderte, dass sie die Person, die sie nutzte, unmittelbar in den Tod führte?

So viele Fragen. Aber eins nach dem anderen. Anton fotografierte die halbfertige Tür von allen Seiten, um die Bilder zu Hause am Computer in größerer Auflösung zu betrachten. Er wollte sie mit den Zeichnungen abgleichen, die Änderungsstellen markieren und Vorarbeit leisten, damit er in den nächsten Tagen anfangen konnte. *Morgen*, korrigierte er sich. *Morgen werde ich anfangen.*

Silver und die Anwältin hatten ihm Zeit bis Ende der Woche gegeben. Die Million bekam Anton sowieso nicht zusammen, von daher musste die Tür vorher fertiggestellt sein, mit jedem Detail. *Dieser Fatzke wird sie nicht bekommen.*

Da krachte und splitterte es aus dem Flur; der Eingang war mit Gewalt geöffnet worden.

Scheiße! Anton griff sich einen herumliegenden Hammer und hastete die Treppen aufwärts.

Im Windfang lagen Reste des aufgebrochenen Türschlosses, und aus dem Wohnzimmer drang das Rumpeln und Quietschen von Möbeln, die zur Seite gerückt wurden.

Ohne nachzudenken, ging Anton mit gerecktem Hammer voran.

»Hey!«, rief er der breitgebauten Gestalt im Wohnzimmer zu. Es war Silvers Leibwächter, der die zum Trocknen verstreuten Pläne an sich raffte. »Legen Sie das –«

Der Mann spurtete abrupt los, rannte quer durch den Raum und verschwand durch die Verandatür in den Garten. Trotz seiner immens muskulösen Statur legte er eine Geschwindigkeit vor, gegen die Anton nicht ankam. Nach vierhundert Metern brach er keuchend die Verfolgung ab und hob ein verlorenes Stück der Zeichnungen auf. Der Leibwächter verschwand derweil im Waldrand.

Scheiße. Die Originale kann ich vergessen. Innerlich gratulierte er sich dazu, zuvor Fotos von den Plänen geschossen zu haben. In raschem Trab kehrte er zum Haus zurück. Er hatte Wilhelm im Krankenhaus einiges zu erzählen.

Dabei kam eine Nachricht herein. Von Anwältin Bogener.

VIEL ERFOLG MIT DER BESCHAFFUNG DES GELDES, HERR GÄRTNER.
HERR SILVER DRÜCKT IHNEN DIE DAUMEN.

* * *

»Dieser Befehl beruht auf einem Beschluss der Wächter;
ein Spruch der Heiligen fordert es.
Die Lebenden sollen erkennen: Über die Herrschaft bei den
Menschen gebietet der Höchste; er verleiht sie, wem er will,
selbst den Niedrigsten der Menschen kann er dazu erheben.«

Buch Daniel 4, 14 (Einheitsübersetzung 2016)

KAPITEL III

DEUTSCHLAND, FRANKFURT AN MAIN, SPÄTSOMMER

Suna saß in frisch duftender, weißer Unterwäsche und schwarzem Kimono-Bademantel vor einem von drei Rechnern im Nebenbüro des japanischen Generalkonsulats und jagte durch die virtuellen Netze auf der Suche nach Informationen. Vielen Informationen. Auch die übrigen Computer hatte sie angeschaltet.

»Was habt ihr für mich, meine Schätzchen?«, redete sie leise mit den Maschinen und rollte mit dem Stuhl vor den Tastaturen und Monitoren hin und her, trotz der Schmerzen im verbundenen Bein. Mit einem Bandana hielt sie die dunklen Haare zurück, die ihr sonst ständig ins Gesicht rutschten.

Die Internetleitung des Konsulats war schnell und erlaubte ihr rasche Zugriffe. »Gut so, gut so. Bringt mir, was ich wissen muss.«

Über ihre eigenen Server sprang sie von Suchmaschine zu Suchprogramm, legal und illegal. Durch den Wechsel der Plattformen und Umleitungen über Accounts und Server sowie IP-Masken verschleierte Suna ihre Spur. Und selbst wenn sie jemand trackte, käme die Gegenseite niemals auf die Idee, dass ausgerechnet die diplomatische Niederlassung Japans der Ausgangspunkt war. Eher würde man an einen Irrtum oder einen Fehler des Suchprogramms glauben.

Bei ihrem Eintreffen am Gebäude war sie ohne Umschweife in Empfang genommen und in ein Behandlungszimmer gebracht worden. Halb ohnmächtig vor Schmerzen und überlastet von den Eindrücken und der Wirkung der Beruhigungspillen ließ sie die Prozedur schläfrig über sich ergehen. »Und ein

Hoch auf Takahashi-san!« Der Japaner war ein echtes Organisationstalent und hatte ihr nur die Nachricht geschickt, dass er sich im Lauf des Tages bei ihr meldete.

»Das passiert mir nicht wieder.« Suna richtete ihre braunen Augen auf Monitor eins, ganz rechts, vor dem sie gerade saß. Dort liefen die Informationen zur Schießerei in der Nähe der Freßgass auf.

Offizielle Statements der Polizei und des Innenministeriums gab es nicht. Die Medien spekulierten fleißig über einen verhinderten Terroranschlag oder einen eskalierten Bandenkrieg um Drogenreviere, was in Frankfurt wahrlich niemanden verwundern würde. Dabei seien ein unbeteiligter junger Mann und vier Polizisten ums Leben gekommen sowie ein weiteres Dutzend verletzt worden. Mehrere Bewaffnete seien erschossen worden, nach Flüchtigen werde gefahndet.

Die Bilder dazu waren reißerisch, aufgenommen von Gaffern und Nachrichtendrohnen, mal von weit weg, dann von dichter dran: Sanitäter, Wiederbelebungsversuche, Blut, umherliegende Polizisten in Lachen, Blaulichter und fuchtelnde Beamte in Sturmhauben, eine Handvoll leere Patronen. Der Anblick schleuderte Suna für Sekunden zurück ins erlebte Geschehen, ihr Puls schoss in die Höhe. »Nein, ruhig. Nicht reinsteigern.« Schnell warf sie sich einen Tranquilizer ein.

»So eine Kackfickdreckssscheiße.« Die von ihren Schnüffelprogrammen ausgegrabenen Informationen aus dem Polizeisystem ließen Suna erkennen, dass auch die Ermittler im Dunkeln tappten. Die ersten Vergleiche von Fingerabdrücken und Gesichtern hatten keinerlei Treffer in den einschlägigen Datenbanken von Verbrechern und Terroristen gebracht. Es gab keine Anhaltspunkte auf deren wahre Identität, die mitgeführten Ausweise erwiesen sich als Fälschung. Die Waffen der Killer hingegen waren militärisch, die auf dem Hochhausdach gefundenen Hülsen gehörten zu einem russischen SWDS-Dragunov-Scharfschützengewehr.

Außerdem wurde nach einer unbekannten jungen Frau gesucht, von der man nicht wusste, was ihre Rolle dabei war.

»Mich suchen sie! Fick noch eins.« Suna lehnte sich zurück und sah über die Artikel und internen Berichte. Daraus wurde sie nicht schlauer, abgesehen davon, dass sie von der Fahndung wusste. Glücklicherweise hatten die Deppen auch dahingehend keinerlei Anhaltspunkte.

Dass es Stefan erwischt hatte, löste zwiespältige Gefühle in der jungen Deutschtürkin aus. Er war ein Arschloch gewesen und hätte mehr als eine Abreibung von Xatar verdient. Aber den Tod? Erschossen, weil er zur falschen Zeit am falschen Ort aufgekreuzt war? Wegen ihr? Sie fühlte so etwas wie ein schlechtes Gewissen.

»Apropos tot.« Suna rollte an den Rechner daneben und suchte nach Professor Sergej Nikitin, dem sie keine warnende Mail mehr hatte zukommen lassen. »Wie hab ich ihn vergessen können?«

Die aufpoppenden Informationen verhießen nichts Gutes.

Im französischen Forschungszentrum Cadarache war es zu einem Versuchsunfall gekommen. Bei einem nichtautorisierten Experiment hatte Nikitin sein Leben verloren, der Austritt von schädlicher Strahlung war jedoch verhindert worden. Wissenschaftler untersuchten die betroffene Sektion des Reaktors auf weitere Schäden. Wie es derzeit aussah, war mit keinen Beeinträchtigungen des Komplexes zu rechnen. Die Arbeit würde in den nächsten Tagen wieder aufgenommen werden.

»Mann, echt. Tut mir leid, Professor. Dich haben sie erwischt.« Suna betrachtete das Porträtfoto des Wissenschaftlers, den sie nicht hatte retten können. Er sah nett aus und erkennbar russisch, inklusive dickem Oberlippenbart.

»Aber wenigstens das tapfere Schreinerlein lebt noch.« Suna war beruhigt, als Pastinak auf ihre Mail antwortete. Sie erhoffte sich weitere Erkenntnisse von ihm. »Mal schauen, was du mir alles erzählen kannst. Kadoguchi wird das gefallen. Und mir auch.«

Als sie gedanklich ihre Rettungsquote durchging, fiel ihr ein loses Ende auf.

»Shit!« Suna griff flugs nach ihrem Handy und rief Egon an. *Die Unbekannten hatten ihn ebenso auf dem Schirm gehabt wie mich.* »Geh ran, du kleiner Klugscheißer. Geh ran«, murmelte sie.

Es knackte mehrfach in der Leitung. Dann erklang das Rauschen des Windes am Mikrofon sowie das charakteristische Geräusch von vorbeifahrenden Wagen im Hintergrund. Ihr Freund war im Freien unterwegs.

»Fuck, echt?«, schrie Egon sie zur Begrüßung an. »Sag mir nicht, dass die Schießerei auf dich geht?«

»Ich habe nicht geschossen.«

»Aber das waren die Killer, richtig? Da wird von einem Dutzend Typen geschrieben. Und einem Scharfschützen. Ich hab doch gesagt: Das ist irgendein Geheimdienst!«

»Das glaube ich nicht.« Suna sah ihren leicht moppeligen Kumpel vor sich, mit einer seiner Trendbrillen und dem protzigen Pseudorapschmuck, auf dem statt Slangworte klassische IT-Sprüche und -Symbole prangten. Egon, der Gangsta-Hacka.

»Ach, so? Dann waren das die Kopfgeldjäger aus dem Darknet, die auf Nótt angesetzt wurden?«

Suna bedankte sich innerlich für seine Erinnerung. Den Tötungsauftrag hatte sie bis eben erfolgreich verdrängt. »Wahrscheinlich.« Sie war erleichtert, dass ihr Kumpel bei bester Gesundheit war. Zweimal hatte er sie bei einem Datenraid unterstützt. Kostenlos. Kohle brauchte Egon nicht, fünfzig Apps in allen Stores der Welt beschafften ihm Geld. »Egon, ich muss dir den Tag versauen.«

»Scheiße, nein. Tu das nicht«, bat er resignierend.

»Sie wissen, dass wir befreundet sind.«

Egon sog laut die Luft ein. »Suna, wie kannst du –«

»Diese Typen wissen beschissen viel von mir. Von meinen Suchaufträgen. Und von dir«, unterbrach sie ihn. »Du musst verschwinden, bis ich dir Entwarnung gebe.«

»Verschwinden?« Er lachte auf. »Wie soll ich das machen?«

»In ein anderes Land. Untertauchen.«

Egon stieß einen unterdrückten, frustrierten Schrei aus. »Meine Mama hat immer gesagt, ich soll kein Hacker werden. Die Alte hatte recht!«

Suna war es ernst mit ihrem Ratschlag. »Egon, verschwinde aus Deutschland und fahr nach … Portugal.«

»Was? Scheiße, wieso Portugal?«

»Was weiß ich? Kam mir als Erstes in den Sinn, weil ich noch nie da war. Und benutze nicht deinen echten Namen! Keine Kreditkarte. Nur Cash. Log-ins über deine Notfallserver, nicht deine üblichen. Das mache ich so.«

»Ich bin nicht blöd.«

»Entschuldige. Das … das ist die Aufregung. Und die Sorge, Kumpel.« Sie lauschte auf die Verkehrsgeräusche. »Wo bist du?«

»Auf dem Weg zum Hauptbahnhof. Nach München zu einer Freundin.«

»Nein! Nirgends hinfahren, wo sie dich erwarten.«

»Aber ich habe nix gemacht!«

»*Du* kennst *mich*, Egon.« *Er begreift die Tragweite noch nicht.* »Das reicht denen. Sie wollen über dich an meine Daten ran.«

»Was hast du getan, Suna? Wieso kommt die echte Welt und schießt mir in den Arsch, um dich zu treffen?«

Sie seufzte. Leider durfte sie ihm nichts von den Aufträgen der Kadoguchi-Stiftung sagen. Er sollte an einen Raid glauben. Gegen eine Regierung oder eine kriminelle Organisation. »Das erkläre ich dir bei Gelegenheit.« Sie würde Takahashi bitten, etwas für Egon zu tun. *Er wird das Untertauchen organisieren.*

»Gut. Dann fahre ich nicht nach München und komme zu dir.«

»Was?«

»Nicht in deine Wohnung, sondern dahin, wo du steckst«, verkündete Egon. »Na ja, du bist ja offensichtlich in Sicherheit.«

Das war prinzipiell ein vernünftiger Gedanke. Nur konnte

sie ihn nicht mir nichts, dir nichts ins japanische Generalkonsulat einladen, das musste sie mit Takahashi abklären. Dass er es erlaubte, bezweifelte sie. »Ich versuche es.«

»Du *versuchst* es? Eben klang es noch so, als sollte ich sofort verschwinden. Also, wo steckst du?«

»Egon, du gehst an einen öffentlichen Ort. Am besten in die Nähe einer Polizeiwache. Ich rufe dich an und sage dir Bescheid, sobald ich das geregelt habe.«

Ihr Kumpel stieß die Luft aus. »Bist bestimmt in so einem Bankturm. Das ist garantiert eine Bankerscheiße. Hast du Aktien geklaut? Oder was rausgefunden?« Plötzlich flammte sein Gesicht auf dem Display des Smartphones auf. Er hatte die Kamera aktiviert. Die braunen Haare hingen nass unter der weißen Hoodykapuze hervor, trotz Regen und Bewölkung trug er eine getönte Brille. »Suna, das kostet dich echt viel Freundschaftspunkte, das ist dir klar?«

Sie schaltete ihre Linse nicht ein, um ihren Aufenthaltsort nicht zu verraten. Hinter ihr prangte die japanische Fahne, und das alleine wäre ein guter Hinweis. »Du siehst fertig aus.«

»Ich bin fertig. Fix und fertig.« Egon rang sich ein Grinsen ab. »Aber das ist wie in einem Film. Echt. Gestern noch bei der Versammlung des Chaos Computer Clubs und heute mitten in einem Agententhriller.«

»Keine Agenten.«

»Was auch immer. Jedenfalls haben sie Knarren und keine …« Egon warf einen Blick über die Achsel und fluchte, machte einen Ausweichschritt.

Suna sah durch die Smartphonekamera die lange Front eines Lastwagens hinter ihm auftauchen, die rasend heranfegte und ihren Kumpel rammte. Der Fahrer versuchte nicht einmal, den Aufprall zu verhindern, die Bremsen schwiegen.

Das Handy flog abrupt durch die Luft und landete schräg am Boden. Die Übertragung war gestört, die verzerrten Bilder zeigten die dahinjagenden Räder des schweren Aufliegers, der über

Egons Brust rollte, sodass aus dem Mund des jungen Mannes ein Blutstrahl und Mageninhalt schoss, als würde er sich übelst übergeben. Das Knacken der Knochen wurde mitübertragen.

»Oh, nein! Nein, nein! Ich …« Suna schaltete ihr Phone panisch aus, als die Doppelräder der Hinterachse auf dem Display erschienen und auf Egons Schädel zurollten. Sie schaffte es gerade noch, sich von der Tastatur wegzudrehen, dann kotzte sie in den Mülleimer; ein paar Spritzer fielen auf den teuren Teppichboden.

Tränen schossen ihr in die Augen, aus Wut und vor Schock. »Ich bin der Todbringer geworden«, sagte sie leise und spuckte die Bröckchen aus. »Scheiße. Egon, fuck! FUCK!«

Auf dem Smartphone ging ein Anruf ein. Zu Sunas Erleichterung waren es nicht Egons Mörder, die versuchten, über das gefundene Handy Kontakt zu ihr aufzunehmen. Sondern Takahashi.

Sie zwang sich, das Gespräch anzunehmen, weil sie unbedingt mit ihrem Auftraggeber sprechen musste. *Nach Egons Ableben mehr denn je.* »Ja?«

»Miss Levent …«

»Egon ist tot.« Sie würgte erneut. »Sie haben ihn gerade vor meinen Augen überfahren.«

»Vor Ihren Augen? Ich dachte, Sie sind –«

»Ja, im Konsulat.« Mit gehaspelten Sätzen erklärte Suna, was sich am Smartphone zugetragen hatte. »Das verdanke ich alleine Ihrem Auftrag, Takahashi-san«, fügte sie düster hinzu. »Diesem beschissenen Suchen nach Particulae und Türen und –«

»Miss Levent, das tut mir leid. So hätte es niemals laufen sollen.«

»Es läuft aber gerade so! Fuck!«, schrie sie in den Hörer. »Machen Sie was!« Sie kramte nach den Beruhigungsmitteln und klemmte sich eine Wasserflasche zwischen die Schenkel, um sie mit einer Hand aufzudrehen.

»Das habe ich schon, Miss Levent. Es ist einiges in die Wege geleitet worden«, sprach der Japaner mit beruhigender Stimme. »Aber wichtig ist, dass Sie weitermachen wie bisher. Und Sie mir alles über Pastinak und Nikitin besorgen. Aus irgendeinem Grund sind diese beiden Menschen extrem wichtig für eine Macht, die gefährlich ist.«

»Das habe ich gesehen!«

»Nicht nur für Mitwisser. Sondern für die Menschheit.« Takahashi trank hörbar. »Das klingt für Sie hochtrabend, aber es ist so. Ich erkläre es Ihnen, sobald Sie in Tokio sind.«

Suna war erleichtert, als sie den Namen der Stadt hörte. »Sie holen mich raus?«

»Ja. Hier sind Sie sicherer als in Deutschland. Dann reden wir in Ruhe. Aber bis dahin setzen Sie alles in Bewegung, um sämtliche Daten abzugreifen, derer Sie habhaft werden können. Von Nikitin und Pastinak«, sagte er eindringlich.

Suna sah über die drei Rechner und die flimmernden Bildschirme. »Das hätte ich niemals gedacht«, wisperte sie.

»Bitte?«

»Ich sagte: Wird gemacht.« Suna wischte sich die Tränen aus dem Gesicht und rieb die Finger am Kimono trocken. Nótt wurde gebraucht. Sie trank vom Wasser und verzichtete auf die Pille. *Ich muss wach sein. Wach, wach, wach.* Als Erstes würde sie sich Zugriff auf Nikitins privaten Server verschaffen. Da gab es vielleicht noch Brauchbares zu holen. »Sie melden sich?«

»Tue ich, Miss Levent. Und nochmals meine Entschuldigung.«

»Bis dann, Takahashi-san.«

Suna tauchte in die Cyberwelt ein und wurde zu Nótt. Zur Nachtgöttin, der nichts und niemand widerstand.

* * *

DEUTSCHLAND, ANNWEILER AM TRIFELS, SPÄTSOMMER

ICH WOLLTE MICH NOCHMALS BEDANKEN, schrieb Anton. DANKE FÜR MEINE RETTUNG. EINE FRAGE HÄTTE ICH NOCH: SIE SCHEINEN SICH MIT COMPUTERN AUSZUKENNEN. KÖNNTEN SIE FÜR MICH HERAUSFINDEN, WER MIC SILVER IST? ICH DENKE, ER HAT MIT DEM MORDVERSUCH ZU TUN.
HERZLICHE GRÜSSE
IHR WILHELM PASTINAK

Gleich darauf schickte er die Mail an die unbekannte Person, die versucht hatte, seinen Meister vor dem Überfall zu warnen. Er wollte sich mit ihr treffen oder zumindest versuchen herauszufinden, woher sie das Wissen hatte.

Anton hatte sich im bunkerhaften Keller des Hauses am Rand von Annweiler eingeschlossen. Die gesicherte Stahltür legte die Vermutung nahe, dass Wilhelm mit einem Diebstahlsversuch gerechnet hatte. Die Platte und die Schlösser würden – wie die Werkstatt selbst – einem Atomschlag standhalten, so dick und massiv, wie sie waren.

Gegen Eindringlinge mit automatischen Waffen war er nicht gewappnet. Anton richtete die Strahler aus und übertrug die nächsten Änderungsmarkierungen von seinem Tabletdisplay auf das Holz der Tür, blies die Spänchen und das Mehl aus den Ritzen. Seit acht Stunden werkelte er bereits daran. Es gab noch einiges zu tun, bevor er sich an die neuen Schnitzereien und Ziselierungen machen würde. Sogar die Muster auf den Metallelementen prüfte er und besorgte sich passendes Werkzeug für nötige Korrekturen.

Was Anton Kopfzerbrechen bereitete, waren die fehlenden Stellen im Türblatt. Er fand in den Plänen Hinweise, welches

Holz eingesetzt werden sollte. *Eiche. Mehr als tausend Jahre alt.* Solche Bäume waren in der Natur kaum zu finden. Somit müsste er streng genommen in ein archäologisches Museum einbrechen und sich nach Exponaten umschauen. *Das ist bis Ende der Woche zusammen mit der Fertigstellung der Tür nicht zu schaffen.*

Bevor sich Anton in die Arme der Verzweiflung warf, wollte er wenigstens die Arbeiten abgeschlossen haben, die ihm machbar erschienen.

Seine Schreinerei lief dank der verlässlichen Mitarbeiter ohne ihn, und die exklusiven internationalen Kunden hatten von ihm eine Nachricht erhalten, dass er krank sei. Kathrin und die Kinder hatte er an die Ostsee in eine beliebte Hotelanlage in den Urlaub geschickt. Dort waren sie sicher.

Weiter geht's. Anton nahm abwechselnd Handbohrgerät, Stemmeisen, Hammer und verschiedene Feinklingen zur Hand, um die falsch angebrachten Schnitzereien und Muster zu korrigieren. Späne, Staub, Mehl flogen durch die Luft.

Stunde um Stunde arbeitete er im künstlichen Licht und legte erst eine Pause ein, als seine Finger die Kraft verloren.

Anton ging die Treppe hinauf in die Küche, um sich etwas zu essen zu machen und Kaffee zu kochen. Dass die Sonne inzwischen untergegangen war, bemerkte er erst jetzt. Der laue Sommerwind wehte durch die offenen Fenster, irgendwo wurde gegrillt.

Das wäre genau das Richtige. Doch dafür hatte Anton keine Zeit. Jede Sekunde musste genutzt werden, um die Tür fertigzustellen. Er spielte mit dem Gedanken, sich mit Aufputschmittel wach zu halten und die Nacht durchzuarbeiten, aber die Angst vor Fehlern durch eine von Müdigkeit ausgelöste Unachtsamkeit verbat es ihm.

Vier bis sechs Stunden Schlaf gönne ich mir nachher. Anton erhob sich und verschüttete dabei etwas Kaffee aus der Tasse. Die braunen Tropfen regneten auf die Holzdielen und hinterließen dunkle Flecken.

»Mist.« Er nahm einen Lappen und tupfte das Missgeschick weg.

Dabei bemerkte Anton eine kaum wahrnehmbare Markierung an einer von Wilhelms eigenhändig gehobelten und eingesetzten Bohlen. Das Zeichen besaß eine gewisse Ähnlichkeit mit einem Symbol, das er vorhin korrigiert hatte.

Das ist kein Zufall. Mit einem Küchenmesser machte sich Anton an der Lattung zu schaffen und hebelte einen Hohlraum frei, schmal genug für eine kleine verstaubte Metallkassette. Das Haus erwies sich als Schatzkammer.

Particulae? Anton schüttelte das Kästchen, das lange Zeit in seinem Versteck verbracht hatte. Ein bedeutsames Rasseln und Rappeln blieb aus. Es war aus Aluminium, das Schloss mehr pro forma als Sicherung. Mit wenigen Versuchen stemmte er es auf.

Was ist das? Anton nahm die gefalteten Ausschnitte heraus, die aus Zeitungen gerissen worden waren. Von 1900 bis 1945 reichten die Daten. Die Artikel beschäftigten sich mit Katastrophenmeldungen, darunter einige Todesfälle rund um ein Sägewerk außerhalb von Frankfurt, am Rande des Spessarts.

Anton füllte die Tasse mit neuem Kaffee und las die Artikel, deren Sprache gestelzt und antiquiert klang. Gelegentlich waren Unterstreichungen vorgenommen worden, ohne dass eine Erklärung dabeistand.

Wilhelm bewahrte sie auf, weil sie etwas mit der Tür zu tun hatten, das stand fest. *Aber was?*

Der Schreinermeister war nicht alt genug, die Seiten selbst aus den damals aktuellen Zeitungen gerissen zu haben. Hatte er die Schnipsel gefunden? Gekauft? Waren es Andenken?

Auf dem Boden des Kästchens fand Anton Schwarz-Weiß-Bilder, die aus der gleichen Zeit zu stammen schienen. Sie zeigten Gruppen festlich angezogener Leute mit Champagnergläsern in der Hand. Die Gesichter wiesen Stolz und Freude auf, man trug Frack und Zylinder, aufwendige Kleider, Perlenschmuck. Alte und junge Menschen standen mit herausgeputzten Kindern zusammen.

Sie feierten etwas. Anton glaubte, auf dem Tisch zwischen ihnen Pläne und Zeichnungen zu kennen. *Ist das … die Mastertür?* Schnell suchte er eine Lupe in Wilhelms Wohnung und betrachtete die Details.

Die Fotografien waren stellenweise unscharf, was teils an der langen Lagerung und teils an den damaligen technischen Möglichkeiten lag. *Aber das ist sie! Ganz sicher!*

Als Nächstes suchte er einen Anhaltspunkt auf die Versammlung. Sekte, Loge, Geheimbund, ein Zeichen, ein Name, irgendetwas.

Die Hand mit dem Vergrößerungsglas hielt inne, als er über die Gesichter der Personen schwenkte.

Zuerst dachte Anton, er täuschte sich. Mehrmals sah er hin und wieder weg, bis es für ihn keinen Zweifel gab: Der Gentleman mit dem Monokel und den lässig in der Rechten gehaltenen weißen Handschuhen war Mic Silver wie aus dem Gesicht geschnitten.

Als wäre er sein Zwilling. Anton prüfte die Züge nochmals. Hätte Wilhelm nicht Andeutungen darüber gemacht, was die Mastertür alles vermochte, wäre Anton niemals auf die Idee gekommen, dass es sich um ein und denselben Mann handelte. *Ein Zeitreisender?* Anton senkte das Foto und nahm das nächste.

Die letzte Aufnahme war jüngeren Datums und zeigte Wilhelm als sehr jungen Mann in Begleitung einer Dame. Sie saßen Arm in Arm am Ufer der Queich, des Flüsschens, das durch Annweiler zog, an einem kleinen Bootshaus und lächelten glücklich. Sein Ausbilder schien in der Vergangenheit doch eine Dame des Herzens gefunden zu haben.

Er hat sie nie erwähnt. Anton drehte das Foto um und sah den verblichenen Abdruck eines Lippenstiftkusses. Am unteren Rand war erneut ein Symbol gemalt, dünn und als hätte jemand vergeblich versucht, es zu entfernen.

Ich weiß, wo sich das Häuschen befindet. Wilhelm hatte ihn zum Angeln mit dorthin genommen; einmal zu Beginn der Ausbildung, um mit ihm über Talent und Fleiß zu sprechen, und dann kurz vor der Überschreibung des Betriebes. Wie ein Ritual, wenn es um etwas Besonderes ging.

Das Besondere! Anton erinnerte sich plötzlich an die eingelagerten Hölzer in dem Schuppen. Sein Meister bewahrte neben der Angelausrüstung und dem kleinen Boot eine Auswahl alter Stücke auf, darunter auch Sorten, die inzwischen unter den Arten- und Naturschutz fielen. Mit etwas Glück befand sich das gesuchte Eichenholz dort.

Dann werde ich mich da mal morgen umsehen. Anton wollte erst noch die Korrekturen zu Ende bringen und einige Metallelemente einpassen. Gähnend räumte er die Fundstücke zurück in die Kassette und betrachtete dabei nochmals die alten Fotos.

Erneut fiel ihm etwas auf. Einer der Jungen hielt einen Teddybären im Arm, der durch seine ungewöhnliche Augenform auffiel. Dieses Exemplar hatten seine Töchter Annabell und Evelin mal angeschleppt, als sie sich bei ihrer Entdeckertour auf dem Dachboden getummelt hatten. *Wie kam das Kuscheltier in Wilhelms Besitz?* Anton beugte sich vor, wieder mit der Lupe bewaffnet. *Oder ist er das in seiner Kinderzeit?*

Ohne das Rätsel lüften zu können, legte er die letzte Aufnahme schließlich zurück in die Kassette und schloss den Deckel.

Sein Tabletcomputer gab ein leises Geräusch von sich, das Display leuchtete auf. Eine Mail war angekommen. Anton prüfte den Eingang und langte nach der Kaffeetasse, während seine Blicke über die Zeilen schweiften.

WIR SOLLTEN DIREKTER KOMMUNIZIEREN. Darunter ein Link: eine Einladung in einen Chatroom.

Ohne zu zögern, klickte Anton darauf, woraufhin sich ein neues Browserfenster öffnete, in dem es nichts gab außer einem blinkenden Cursor am Ende des Satzes:

DU HAST ABER SPANNENDE FEINDE …

Anton überlegte, ob er auf das Du reagieren sollte oder einfach mit dem Schreiben anfing. Er entschied sich, nicht auf die mangelnde Höflichkeit einzugehen. Es hätte Wilhelm nicht gestört.

DANKE FÜR IHRE ANTWORT.

KEIN DING.

WER SIND SIE?

MEIN NAME IST NÓTT. MEHR MUSST DU NICHT WISSEN.

Natürlich war es kein echter Name. HABEN SIE WAS ÜBER MIC SILVER HERAUSFINDEN KÖNNEN?

KONNTE ICH. WAR ABER NICHT EINFACH.

WIESO?

DER MANN MACHT ES EINEM NICHT LEICHT, HINTER SEINE FASSADE ZU SCHAUEN. ES GIBT EINIGE FÄLSCHUNGEN IN SEINEM LEBENSLAUF, WAS DATEN ANGEHT.

Anton jubelte innerlich. WÜRDEN SIE ES MIR BITTE ERKLÄREN?

DEIN FREUND, FEIND, WAS AUCH IMMER IST EIN SEHR REICHER TYP. DIE DYNASTIE GEHT ZWEIHUNDERT JAHRE ZURÜCK. AUF DEN FOTOS, DIE ICH AUFTREIBEN KONNTE, SAHEN SICH DIE MÄNNLICHEN NACHKOMMEN EXTREM ÄHNLICH. DAS NUR AM RANDE.

Anton dachte an seine Beobachtung auf dem Foto. WIESO NENNEN SIE IHN INTERESSANT?

SILVER MACHT SEIN GELD DAMIT, SCHULDSCHEINE AUFZUKAUFEN UND DAS GELD EINZUTREIBEN. DAS TUT ER SEHR ERFOLGREICH. DAS HAUPTBETÄTIGUNGSFELD ALLERDINGS IST PRIVATE FORSCHUNG UND SCHATZTAUCHEREI.

WELCHE ART VON FORSCHUNG?

METEORITENGESTEIN. DIE SUNSTAR HOLDING IST DAS EINZIGE UNTERNEHMEN, DAS SICH PROFESSIONELL MIT KOMETENJAGD BESCHÄFTIGT. UND DAS SEIT VIELEN JAHREN. WO IMMER AUF DER WELT EIN STERN VOM HIMMEL FÄLLT, IST EINER AUS DIESEM TEAM VOR ORT.

AHA. Anton dachte an Wilhelms Versuch, die Particulae durch Meteoritengestein zu ersetzen. War das die Verbindung?

DABEI GEHEN DIE TRUPPS NICHT ZIMPERLICH VOR, fuhr Nótt fort. ES KAM IN LÄNDERN AUSSERHALB VON EUROPA MEHRMALS ZU ZWISCHENFÄLLEN MIT TOTEN UND VERLETZTEN.

DAMIT KOMMT ER DURCH?

NOTWEHR. ANGEBLICH WURDEN DIE FORSCHER DER SUNSTAR HOLDING IMMER ANGEGRIFFEN UND MUSSTEN SICH VERTEIDIGEN.

DANKE. DAS IST SEHR INTERESSANT.

WARUM WOLLTEST DU DAS WISSEN?

DAMIT ICH WEISS, WER MICH UMBRINGEN WILL. Das war gelogen, aber die drohende Pfändung ging Nótt nichts an.

ICH HABE AUCH EIN PAAR FRAGEN.

Anton sah auf den blinkenden Cursor. *Scheiße.* Mit so etwas hätte er rechnen müssen. Hastig trank er vom Kaffee und hoffte, schnell und schlau genug zu sein, um geschickte Antworten zu geben. WIE KANN ICH IHNEN HELFEN?

WARUM WOLLTE MAN DICH UMBRINGEN?

Was sage ich? ICH KANN ES NUR VERMUTEN.

ES IST WEGEN DER PARTICULAE?

AUCH.

DIE TÜR. WAS IST MIT DER? SCHEINT, ALS WÄRE DAS WAS BESONDERES.

EINE WIE ALLE ANDEREN.

SCHLECHTER LÜGNER. ABER OKAY. ICH VERTRAUE DIR EBENSO WENIG.

Mist. HABEN SIE BITTE VERSTÄNDNIS FÜR MEINE LAGE.

HABE ICH. MICH WOLLTEN SIE AUCH UMBRINGEN. WEGEN MEINES WISSENS.

Anton bekam große Augen. GUT, DASS SIE ENTKOMMEN SIND.

FINDE ICH AUCH. ABER DER ANDERE HATTE KEIN GLÜCK.

WELCHER ANDERE? Anton wusste nicht genau, ob es gut für ihn war, das zu erfahren.

KENNST DU EINEN FORSCHER? AUS RUSSLAND?

Jetzt wurden die Fragen kritischer. Wilhelm hatte niemals von einem Russen gesprochen. Das mochte neues und womöglich gefährlicheres Wissen sein. NEIN.

OKAY.

WARUM?

NUR SO.

Er war erleichtert, dass es dabei blieb. KANN ICH IHNEN SCHREIBEN, WENN ICH NOCH ETWAS WISSEN MÜSSTE? ICH GEHE SELBST AUF SPURENSUCHE.

OH, ICH HABE EINIGE FRAGEN. UND JEDE ANTWORT VON MIR KOSTET DICH EINE AUSKUNFT ZU DIESEN PARTICULAE, ZUR TÜR UND SO. DEAL?

Anton kaute an den Fingernägeln, schmeckte das Holz an den Händen und roch das charakteristische Aroma. *Als wäre ich Experte!* Damit wäre sein Schwindel zu Ende. Sollte dieser Nótt nur ein Quäntchen Fachverstand besitzen, durchschaute er den Bluff sofort.

DEAL?

SICHER. ABER ICH MUSS JETZT WEG.

INS KRANKENHAUS VIELLEICHT? PASTINAK BESUCHEN?

Anton fluchte laut. Der Hacker hatte ihn zum Narren gehalten und die ganze Zeit gewusst, wer ihm schrieb. *Und nun?*

HAHAHA! ÜBERRASCHUNG, WAS?

Anton gab sich reumütig. ICH HÄTTE IHNEN GLEICH SAGEN SOLLEN, DASS ICH NICHT WILHELM BIN.

HÄTTEST DU. GUT, DANN SCHREIB MIR, SOBALD DU NOCH WAS WISSEN WILLST. UND ICH BEKOMME VON DIR INFOS.

ABER ICH BIN NUR IN DIE SACHE REINGERUTSCHT. WIRKLICH, ICH KENNE MICH NICHT AUS.

DU SCHREIBST IM NAMEN VON PASTINAK. KLAR WEISST DU WAS. SCHICKST DU MIR NICHTS, ENDET UNSERE BEZIEHUNG. SCHREINER.

ICH VERSUCHE ES.

VERSUCHEN REICHT NICHT. ICH KANN DICH IN GRUND UND BODEN HACKEN. DU WILLST MICH NICHT ZUM FEIND. SEI HILFREICH. KONVERSATION IST BEENDET. UND NICHT DIE INFOS VERGESSEN.

Das Chatfenster schloss sich von alleine.

»Scheiße!« Anton hatte das Bedürfnis, jemanden zu hassen, und fand keinen Schuldigen. *Außer Wilhelm. Und diesen Nótt.* Keiner der beiden war greifbar. Schlecht gelaunt trank er den Kaffee aus.

Sein Smartphone läutete. Kathrin rief aus dem Urlaub an, damit die Mädchen ihrem Papa einen guten Abend und schöne Träume wünschten. So hatten sie es vereinbart.

Die Trennung von seiner Familie schmerzte Anton. Rasch nahm er das Gespräch an. »Hallo, ihr Strandräuber«, sagte er fröhlich in den Hörer. »Schon Bernstein gefunden? Oder Silberschätze? Nein, einen Wikingerschatz habt ihr gehoben! Ihr seid –«

»Anton«, fiel ihm Kathrin angespannt in die Begrüßung.

Beim Klang ihrer Stimme wurde ihm schlecht vor Sorge. »Was ist passiert?«

»Anton, ich liebe dich.«

»Was ist …?« Er hörte, wie seiner Frau das Telefon abgenommen wurde. Im Hintergrund lief der Fernseher, die Mädchen sangen, und Söhnchen Hans kicherte ausgelassen. Die Kinder waren in Ordnung und sorglos. *So weit, so gut.*

»Hallo, Herr Gärtner«, sagte eine fremde Frauenstimme.

»Wer sind Sie?«

»Das tut nichts zur Sache. Ich sitze hier mit Ihrer Frau und Ihrer bezaubernden Familie bei Kaffee und Kuchen an der herrlichen Ostsee. Der Ausblick ist sensationell.«

»Deswegen rufen Sie nicht an.« Anton wurde eiskalt. Sein Plan, die Familie in Sicherheit zu bringen, war gescheitert.

»Nein. Ich rufe an, um Ihnen mitzuteilen, dass ich die nächsten Tage mit Ihren Liebsten verbringen werde. Zusammen mit ein paar Freunden von mir, die unerkannt auf dem Areal unterwegs sind.«

Anton ahnte, was sie gleich verlangen würde. »Ich soll Ihnen die Particulae aushändigen. Und die Tür.«

»Nein, Herr Gärtner. Ich möchte, dass Sie in den Keller gehen und die Mastertür zu Ende bauen. Im Anschluss lassen meine Freunde Ihre bezaubernden Töchter, Ihren süßen Sohn und Ihre nette Frau den Urlaub unbeschwert genießen«, sagte die Unbekannte. »Außerdem schicke ich Ihnen und Ihrem alten Ausbilder keine Killer mehr vorbei.«

»Diese drei Typen mit Gewehren waren von Ihnen?«

»Sollten Sie zur Polizei gehen, werden Sie ohne Familie und ohne Wilhelm Pastinak leben. Bis zum Ende Ihrer Tage. Haben Sie das verstanden?«

Anton wurde übel. Vor Angst. Vor Sorge. Und seine Hilflosigkeit machte es nicht besser. Dieses Mal hatten die Gegner einen wesentlich ausgefuchsteren Plan.

»Ja«, raunte er.

»Wiederholen Sie das bitte.«

»Ja, ich habe verstanden.«

»Sehr gut. Auf ans Werk, Herr Gärtner. Wir gehen jetzt was essen. Nirgends schmeckt Fisch besser als am Meer, nicht wahr?« Die Unbekannte legte auf.

Anton stieß einen langen Schrei aus, schrie, bis ihm die Luft ausging. Dann machte er sich wieder an die Arbeit.

* * *

»Quis custodiet ipsos custodes?«
– Wer bewacht die Wächter? –

Juvenal: Sechste Satire (im 1./2. Jh. n. Chr.)

KAPITEL IV

RUSSLAND, MOSKAU, SPÄTSOMMER

Nochmals mein aufrichtiges Beileid, Miss Nikitin«, vernahm Milana durch den Hörer von der Frau, die sich als Professor White-Spelling vorgestellt hatte. Die Stimme trug eine gewisse Autorität in sich. »Ihr Vater und ich arbeiteten an verschiedenen Projekten in Cadarache, und ich kann Ihnen sagen: Wir alle trauern um ihn. Auch im Dorf wird man ihn vermissen. Er gehörte ins örtliche Petanque-Team.«

Das hat er mir nie erzählt. »Danke, Miss White-Spelling.« Milana saß in bequemer Kleidung auf der Chaiselongue im Wohnzimmer und betrachtete die Stadt durch die Fenster in der einundzwanzigsten Etage eines modernisierten Stalinbaus in der Ostozhenka. Ein Freund überließ ihr die Wohnung, solange er sich geschäftlich in Kuba aufhielt. Sie mochte den Anblick der Lichter, die um diese Zeit überall unter ihr leuchteten und glommen und funkelten. Auf den Straßen und Prospekten zogen die Autos entlang. Die Reichen holten ihre teuren Ausgehwagen aus den Garagen und fuhren mit ihnen umher, um gesehen zu werden.

»Selbstverständlich. Das war mir ein persönliches Anliegen, Miss Nikitin.«

Milana wunderte sich über den Anruf. Charles Montagne, der Leiter der Forschungsabteilung, hatte sich bereits bei ihr gemeldet und sein Mitgefühl ob ihres Verlustes ausgedrückt. Über den Tod ihres Batjuschkas war Milana mehr erschrocken als traurig. Sie hatten sich in den letzten Jahren auseinandergelebt. Geheult hatte sie trotzdem. *Vielleicht war Batjuschka mit ihr befreundet?* »Ich wünsche Ihnen –«, setzte sie an.

»Entschuldigen Sie«, unterbrach White-Spelling, »aber … ich muss Ihnen noch etwas beichten.«

Milana hatte es geahnt, jedoch keine Vorstellung davon, was kam. *Spielschulden? Eine uneheliche Tochter?* Ihr Vater arbeitete seit zwei Jahren in Cadarache. Ausreichend Zeit, um Dummes zu tun. Bei aller Brillanz hatte er ein Händchen dafür gehabt, in schwierige Situationen zu geraten. Schwierige Situationen für ihn und andere. Der Grund, weswegen er dreimal verheiratet gewesen war. Sie rieb sich über die kurzen blonden Haare, die noch nach dem Shampoo rochen, mit dem sie nach dem Sport geduscht hatte. »Ich höre, Frau Professorin.«

»Sie haben vermutlich die offizielle Version gehört.«

»Von was?«

»Wie Ihr Vater ums Leben kam. Der Unfall im Reaktor.«

Milana richtete sich auf der Chaiselongue auf und erhob sich, um müde in die Küche zu gehen und sich einen Espresso zu machen. Zum Verteidigungskursus hatte sie sich gezwungen. Die letzte Nacht war anstrengend gewesen. Ihr Job als Eventmanagerin und Partyausstatterin erlaubte keinerlei geregelte Arbeitszeit, und die Feier von Boris Kulikow, einem Parteifreund des Präsidenten, war ausgeufert. Als Kontrollfreak musste sie stets bis zum Ende bleiben. Nichts durfte schiefgehen. »Ja, ich kenne die Berichterstattung.«

»Der Direktor unserer Einrichtung darf Ihnen nichts anderes sagen, aber ich kann und will nicht schweigen.« White-Spelling senkte die Stimme, als spielte dies am Telefon eine Rolle. Vielleicht wollte sie auch nur einen dramatischen Effekt erzeugen. »Ihr Vater und ich sprachen des Öfteren darüber, wie sehr wir unsere Familien lieben und dass er alles tun würde, um Sie zu schützen.«

Milana versuchte, den Zusammenhang zwischen den Lippenbekenntnissen ihres Vaters nach einer halben Flasche Wodka und seinem Tod herzustellen. *Gefühlsfuselei*, nannte sie die sentimentalen Anfälle ihres alten Herrn, der weniger seine Tochter als sein Enkelkind vergötterte. Milana fürchtete sich davor, ihrem Sohn Ilja an einem Wochenende, das er bei ihr verbrachte, den Tod seines Großvaters erklären zu müssen. »Ich verstehe nicht, Miss White-Spelling.«

»Er machte Andeutungen, Miss Nikitin«, sagte die Wissenschaftlerin. »Dass man ihn erpresste.«

»Warum? Und vor allem wer?«

»Ich denke, es ist die russische Regierung. Also, nein, mehr ein Geheimdienst im Auftrag Ihrer Regierung. Mit den genauen Bezeichnungen kenne ich mich nicht aus.«

Der Espresso gluckerte mit Maschinengetöse in das Tässchen, das zierlich und zerbrechlich unter dem Ausguss wartete. Braune Spritzer hüpften über den weißen Rand und landeten auf der Arbeitsfläche. »Das ist absurd.«

»Ihr Vater sagte mir, dass er eines Tages vielleicht gezwungen sein würde, Dinge zu tun, die er nicht wollte.«

»Sie meinen, er hat spioniert und ist dabei ums Leben gekommen?« Milana trank schlürfend vom starken Kaffee und verzog das Gesicht. *Kann es doch sein?* Ihr fielen nach kurzem Nachdenken einige Sätze ein, die Vater vor zwei Jahren bei einer Gefühlsfuselei vorgetragen hatte.

Dass sie abgesichert sei. Dass er im Falle seines plötzlichen Todes wertvolle Dinge gehortet habe. Dass sie damit etwas anfangen solle. Dass es ihr Leben und das seines Enkels einfacher machen würde.

Was meinte er damit? Milana rührte Zucker in die Tasse, der sich rasch auflöste. Sie hasste bitteren Kaffee.

»Ich hätte unseren Vorstand bereits vor einiger Zeit informieren müssen, weil sehr sensible Daten und Erkenntnisse auf dem Spiel stehen«, führte White-Spelling aus. »Aber ich tat es nicht. Weil es das Aus für seine Karriere bedeutet hätte.«

»Sie haben ihn spionieren lassen. Das war sehr nett.« Milana wusste nicht, was sie dazu sagen sollte.

»Ja. Aber nur Dinge, die mir unwichtig erschienen.« Sie seufzte. »Wir hatten eine Abmachung. Ihr Vater und ich. Ich lieferte ihm Daten, die er nach Russland senden konnte, und dafür ließ man ihn in Ruhe. Und Sie, Miss Nikitin. Sowie Ihren Sohn. Heißt er nicht Ilja?«

Schlagartig wurde Milana wacher. »Ich weiß nicht, was ich davon halten soll. Das mutet schon sehr abenteuerlich an.«

»Die Fakten sprechen eine eindeutige Sprache. Ich weiß, dass sowohl der französische als auch der deutsche Geheimdienst an der Sache dran sind«, erklärte White-Spelling. »Es war kein Unfall, bei dem Sergej Nikitin ums Leben kam. Sondern ein misslungener Sabotageakt, den Ihr Vater für die Russen versuchte.«

Das klang für Milana eher nach einem Agententhriller. *Warum erzählt sie mir das?* »Sie wollen mir sagen, er *sollte* diese Reaktoren in die Luft jagen?«

»Ich weiß es nicht, was sein Auftrag war. Es geht um viel Geld und viel Wissen. Wir forschen an einem Fusionsreaktor, und Russland ist ein extrem wichtiger Gaslieferant in einem Großteil der Welt«, erläuterte die Wissenschaftlerin. »Wenn es uns gelingt, eine niemals endende Energiequelle marktreif zu machen und die Probleme der Menschheit in dieser Hinsicht zu lösen, brächen der geschwächten russischen Föderation die Einnahmen weg. Keiner bräuchte mehr deren Gas.«

Einen Fusionsreaktor zerstören lassen? Milana traute dem russischen Präsidenten viel zu, und Südfrankreich befand sich weit genug entfernt, um eine nukleare Katastrophe auszulösen, ohne Strahlung und Fallout abzubekommen. Sofern der Wind gut stand. »Sie denken, dass der Geheimdienst bei mir erscheinen könnte?«

»Das weiß ich nicht. Aber ich musste es Ihnen einfach sagen. Damit Sie wissen, was Ihr Vater tat, Miss Nikitin. Achten Sie lieber auf sich. Und Ihren Sohn.«

»Werde ich, Frau Professorin.« Milana trank den Espresso in

einem raschen Schluck. »Können Sie mir diese Informationen senden? Irgendwelche Beweise?«

»Nein, so etwas gibt es nicht. Nur die Unterhaltungen mit Ihrem Vater. Die Andeutungen. Und unsere Vereinbarung, ihn mit Informationen zu versorgen, die er an irgendeine staatliche Stelle in Russland lieferte.« White-Spelling atmete lange aus. »Leben Sie wohl, Miss Nikitin.«

»Ihnen alles Gute.« Milana legte auf und sah erneut aus dem Fenster.

Was für ein bizarrer Anruf. Dank ihres Berufs und ihrer Eventagentur für die Reichen und Mächtigen hatte Milana etliche Bekannte in höheren Kreisen. Es hatte keinerlei Warnung gegeben, dass ihr Leben durch den FSB oder GRU oder irgendjemanden sonst in Gefahr sei.

Ganz im Gegenteil. Für gewöhnlich bekam Milana jeden Kleinkram gesteckt, die Strafgelder wegen zu schnellen Fahrens und falschen Parkens wurden zumeist storniert, und einmal war sie sogar mit Polizeieskorte von einem Ende der Stadt gebracht worden, um eine heiß ersehnte Torte auszuliefern. Erst jüngst hatte sie der Tochter des Präsidentenstellvertreters eine grandiose Hochzeit ausgerichtet, mit allem Popanz, die sich eine Braut nur wünschen konnte. Der stolze Kunde hatte Milana versichert, ihr für diese Leistung jeden Wunsch zu erfüllen. Sie müsse nur sagen, was sie brauche.

Er kann kein Spion gewesen sein. Ich wüsste davon. Milana kehrte ins Wohnzimmer zurück und aktivierte ihren Laptop, surfte auf den Cloudserver ihres Vaters, durchforstete die Dateien. Es waren die üblichen Bildersammlungen des Enkelsohns, und ganze Bücher, die Sergej für Ilja eingesprochen hatte, damit dem Kind etwas Persönliches bleibe, während der Großvater in Frankreich weilte. *Wo könnte er es noch abgelegt haben?* Sie suchte weiter und fand eine Geschichte, die erst vor Kurzem hochgeladen worden war.

Der Titel machte Milana stutzig. *Babaj.*

Jedes Kind kannte den Babaj, den schwarzen Mann, ein grusliger Greis, der unartige Kinder schnappte und in einen Sack steckte, wenn sie nachts nicht im Bett blieben. Eine Schreck- und Spukgestalt, wie sie in vielen Märchen zu finden war.

Milana hasste Geschichten um den unheimlichen Babaj und hatte ihrem Vater untersagt, solche Märchen für Ilja einzulesen. Weil sie sich mehr vor der Gestalt fürchtete als ihr Sohn. Alleine der Gedanke brachte ihr eine Gänsehaut.

Das ist ein Trick. Ein Hinweis. Milana öffnete die Datei, und schon erklang die sonore Stimme ihres Vaters, der eine selbst ersonnene Story um den Babaj zum Besten gab.

Auch wenn sie sogleich Beklommenheit spürte, hörte sie an der Betonung ihres Batjuschkas, dass in den Worten ein Code verborgen war. Sie hatten sich diese Methode ausgedacht, als Milana noch klein gewesen war. Dabei hob man beim Sprechen einzelne Buchstaben hervor, um damit heimlich Wörter zu sagen, ohne dass sie andere verstanden. Meistens um Menschen zu beschimpfen. Es erforderte einige Übung, diesen Code flüssig zu sprechen und zu verstehen.

Das haben wir schon ewig nicht mehr getan. Milana suchte sich was zum Schreiben und notierte sich die Buchstaben und Silben, bis sich etwas Zusammenhängendes ergab.

Ein Link! Milana gab ihn rasch in ihren Browser ein und landete auf einem zweiten Server, der mit einem Retinaabgleich gesichert war. Schnell brachte sie ihr rechtes Auge vor die Kamera des Laptops, und zwei Sekunden darauf öffnete sich der Zugang.

Oh, nein. Die Professorin hatte recht. Milana sah über zwanzig Dateien, ein Dutzend Fotografieren und PDFs, die sich mit dem Horowitz-Reaktor befassten, der laut den offiziellen Daten noch gar nicht in Betrieb war. *Die haben das Ding schon angefahren?*

Milana verstand die Charts, Verläufe, Messwerte und Diagramme nicht. Das war niemals ihre Welt gewesen. Auch verstand sie nicht, was es mit den sogenannten Particulae auf sich hatte und was diese Meteoritensteine so besonders machte, die offenbar in größeren Mengen im Horowitz-Reaktor gehortet wurden.

Was sie allerdings begriff, war, dass in diesem Reaktor Experimente stattfanden, die weder genehmigt noch in irgendeiner Weise offiziell waren. Bei diesen war ein Monolith erschaffen worden, der wohl aus diesen außerirdischen Fragmenten bestand. In den Akten hieß das Gebilde *Lithos*.

Batjuschka schickte mir den ganzen Kram als Absicherung. Sie sank an die niedrige Lehne der Chaiselongue und sah über die Bilder. Es interessierte Milana nicht sonderlich, was vor sich gegangen war, aber offensichtlich hatte ihr Vater diese Unterlagen gestohlen und beiseitegeschafft. White-Spelling hatte diesbezüglich die Wahrheit gesagt.

Was die Professorin jedoch am Telefon verschwiegen hatte und was das nächste beschriftete Foto belegte: *Sie hat an Lithos gearbeitet?*

Verblüfft betrachtete Milana die erkennbar heimlich geschossene Aufnahme der älteren Frau, die ohne Schutzkleidung neben Lithos stand und die Hände daranlegte, während Mitarbeiter in geschlossenen Anzügen hinter einer dicken Glasscheibe verfolgten, was an dem Kunststein geschah. Elektroden glommen unter Spannung und schienen kurz davor zu stehen, die Energie in Lithos zu jagen.

Sie hat mich angelogen. Milana betrachtete das mit Namen versehene Bild der Wissenschaftlerin, die eine übergroße Brille und einen grauen Dutt trug. *Sie wollte mit dem Anruf herausfinden, ob ich etwas von dem weiß, was Papa mir schickte.*

Sie sah auf die Uhr.

Sie musste los. Die nächste Kundin, das nächste Event.

Milana machte sich in aller Eile fertig, tauschte die bequeme Hose und das weite Shirt gegen ein enges dunkelgraues Kleid und achtete darauf, nicht zu gut auszusehen. Niemand durfte der Hausherrin die Schau stehlen. Wenig Schminke, kaum Accessoires, unauffällige Handtasche. Nur die hohen Absätze mussten sein.

Was lässt sich mit den Daten anstellen?

Sie konnte versuchen, White-Spelling zu erpressen und ein schönes Sümmchen für die Daten zu verlangen, ohne genau zu wissen, was in Frankreich vor sich ging.

Sie konnte versuchen, mehr herauszufinden und vielleicht die ganze Anlage in Cadarache unter Druck zu setzen. Sollte es von einem Konsortium betrieben werden, wäre bezüglich des Schweigegeldes noch einiges mehr möglich.

Oder ich übergebe das gesammelte Wissen an die russische Regierung und mache mir damit unschätzbar gute Freunde an der Spitze des Landes.

Milana verließ das Apartment und wog im Lift nach unten ab, was wertvoller war: eine größere Summe steuerfrei auf ein anonymes Konto oder die Dankbarkeit von Mütterchen Russland?

Sie spürte eine gewisse Tendenz, wobei sie erst herausfinden müsste, ob Sergej die Dateien nicht auch schon an offizielle Stellen gesandt hatte.

Nein. Hat er nicht. Sonst hätte ich sie nicht gefunden. Milana war ihrem Vater dankbar, dass er ihr ein solches Erbe hinterlassen hatte, obwohl ihr Verhältnis längst nicht mehr innig war. Diese Daten erwiesen sich als äußerst wertvoll und entscheidend für ihre weitere Karriere. *Batjuschka, danke dafür.*

Sie schritt durch die riesige Lobby des Hochhauses und stieg in die wartende Limousine. Der blitzsaubere schwarze BMW verlieh ihrem Auftritt mehr Effekt. Der Fahrservice war in den Aufenthalt in dieser luxuriösen Bleibe inkludiert, wenn man den Wagen rechtzeitig bestellte. Für einen Kontrollfreak wie Milana war derlei Planung das Leichteste der Welt.

»*Privjet,* Anatol«, grüßte sie von der Rückbank und nahm ihr Smartphone heraus, um die Checkliste auf der Fahrt durchzugehen. Die Angelegenheit um die gestohlenen Daten schob sie auf der Prioritätenliste nach unten, neben das letzte bisschen Trauer um ihren Vater. »Zur Mendeleev Bar, bitte.«

»Aber sicher, Frau Nikitin.« Anatol trug Uniform und Mütze, was dem teuren Wagen angemessen war. »Wir müssen eine andere Route nehmen. Sie haben zwei Prospekte dichtgemacht. Sind nach einem Unfall gesperrt.«

Milana stöhnte auf, ohne hochzusehen. »Diese Stadt macht mich fertig«, kommentierte sie und sichtete die Vorratsliste des Abends. Getränke und Essen durften keinesfalls knapp werden. »Wie viel länger benötigen wir?«

»Ich rechne mit zwanzig Minuten, Frau Nikitin.«

Milana sah auf die Uhr. Das blieb innerhalb ihres Toleranzrahmens. »Wenn Sie es dennoch in der vorgesehenen Zeit schaffen, bekommen Sie fünfzig Euro extra. Euro, nicht Rubel«, bot sie an und setzte Häkchen hinter die erledigten Aufgaben. Die eintrudelnden Meldungen ihrer Mitarbeiter verhießen nur Gutes. Das Catering warnte sie vor, dass die Gäste wegen der Sperrungen verspätet eintrafen. Niemand wollte warmen Kaviar oder vertrocknete Nudeln. »Ist das machbar?«

»Aber sicher, Frau –«

Der BMW wurde seitlich von einer Abrissbirne getroffen – zumindest fühlte es sich für Milana so an. In ihrer pedantischen Art hatte sie den Sicherheitsgurt angelegt, sonst wäre sie durch den Innenraum geflogen und zur anderen Seite zum Fenster hinaus. So schlug ihr Kopf gegen den Rahmen, sie blinzelte benommen und vernahm die Umgebungsgeräusche verzerrt. Die Bilder vor ihren Augen wurden unscharf, ein stechender Schmerz jagte durch ihren Nacken.

Der Aufprall bog die lange Limousine in der Mitte leicht, trotz der verstärkten Karosserie. Das Glas barst, die Sommerluft wehte herein, es roch nach Asphalt, Abgasen und Benzin. Neben ihnen stand der Geldtransporter einer Sicherheitsfirma, der ihnen die Vorfahrt genommen und sich seitlich in den BMW gebohrt hatte.

»Was zum Teufel …?«

Irritiert und unfähig, sich koordiniert zu bewegten, verfolgte Milana, wie der Unfallverursacher ausstieg und mit einem Grinsen auf sie zukam. Klirrend fielen Splitter von ihrer Hand. *Verflucht. Ist mein Kleid ruiniert? Mein Zeitplan! Wer …*

Doch anstatt ihr zu helfen, streckte der Mann den Kopf durch das zerstörte Fenster und beugte sich an Milanas Ohr. »Das wird jetzt jeden Tag geschehen, Frau Nikitin. So lange, bis meine Auftraggeber die Daten haben, die Ihr Vater stahl.« Er küsste sie auf die Wange und entfernte sich rasch vom Chaos, das die Kollision auf der Kreuzung ausgelöst hatte.

Schniefend zog Milana die Nase hoch und schmeckte Blut. *Scheiße.*

Ihr Plan, aus den Dateien Geld oder Einfluss zu machen, geriet bedrohlich ins Wanken. Wie oft sie solche Zusammenstöße überleben würde, wusste nur Gott, der Allmächtige.

* * *

DEUTSCHLAND, ANNWEILER AM TRIFELS, SPÄTSOMMER

Anton saß in der kleinen Hütte am Ufer der Queich, betrachtete die Wellen und das uralte Eichenholzstück in den Händen.

Libellen jagten über das Wasser, Gras und Schilf rauschten und wogten im lauen Wind um die Wette. Vögel kreisten am stahlblauen Himmel, ein Specht pochte und bohrte nicht allzu weit entfernt zwischen Stamm und Borke nach Insekten.

Die Schönheit der Natur war Anton egal.

Ihm war so viel egal, denn innerlich drehte sich alles um: *meine Familie.*

Die Drohung.

Die Minuten, die von seiner kostbaren Zeit abgingen.

Sekunden, die entscheidend sein mochten für Kathrin, Annabell, Evelin und Hans.

Wenn ich es nicht schaffe? Anton war verzweifelt. Mehrmals hatte er sein Telefon in der Hand gehalten, um die Polizei zu kontaktieren und seine Sorge und Nöte an andere abzugeben.

Doch die Drohung hatte ihn eingeschüchtert. Sollte es wirklich mehr als eine Person geben, die sich im Hotel am Timmendorfer Strand aufhielt, konnten die Beamten nicht schnell genug reagieren. Sprengsätze. Granaten. Scharfschützen. In seiner grausamen Vorstellung waren seine Liebsten umzingelt von Mördern und Verbrechern.

Längst müsste Anton im Keller sein. Anpassen, einpassen, schnitzen und begradigen. Stattdessen saß er apathisch am Bach und konnte sich kaum regen. Mentaler Zusammenbruch. Folge einer permanenten Überforderung, des Drucks und der Sorge.

Er konnte nichts anderes tun, als dazusitzen.

Zu atmen.

Zu starren.

Das Holz lag warm zwischen seinen Fingern. Edel und uralt. Erhaben und kaiserlich. Schwer. Mehr war nicht übrig geblieben nach tausend Jahren Wachstum. Ein Relikt, das einem höheren Zweck dienen sollte.

Ein kitzelndes Kribbeln auf den Wangen irritierte Anton. Als er die vermeintlichen Ameisen wegwischen wollte, stellte er verwundert fest, dass es Tränen waren.

Sein Leben war völlig aus den Fugen. Innerlich. Äußerlich. Ein einziger Ausnahmezustand. Dabei lag es in seinen Händen, buchstäblich in seinen Händen, alles zu einem guten Ende zu führen.

Und wenn ich versage? Antons Blick fokussierte sich auf dem Eichenstück.

»Seit einer Stunde beobachte ich Sie, Herr Gärtner. Ich wollte Sie zunächst nicht stören«, erklang Mic Silvers Stimme in seinem Rücken. »Aber Sie machen auf mich den Eindruck eines verzweifelten Mannes. Dies wird doch wohl nicht an meinem Schuldschein liegen?« Schritte näherten sich, dann erschien der gut gekleidete Geschäftsmann vor ihm. Er hatte auf seinen Leibwächter und seine Anwältin verzichtet. »Ich bin eigentlich gekommen, um mich bei Ihnen zu entschuldigen.« Er reichte Anton die gestohlenen Pläne, sorgsam geschützt von einer Plastikfolie. »Mein Bodyguard war etwas zu übereifrig. Ich muss um Verzeihung bitten, Herr Gärtner.«

»Sie hätten sie behalten können.«

»Es ist nicht mein Stil, mir unerlaubt fremde Dinge anzueignen. Ich bin kein Dieb, Herr Gärtner. Ich nehme nur, was mir gehört.«

Anton unterdrückte ein Schluchzen und wollte etwas erwidern, doch es fiel ihm nichts ein.

Silver drehte einen umherstehenden Eimer und setzte sich darauf. Im maßgeschneiderten taubenblauen Designeranzug und den weißen Lacklederschuhen wirkte er inmitten der Natur fehl am Platz. »Ist das ein Stück, das Sie für die Tür benötigen?«

Anton nickte. *Was will er von mir?*

»Weswegen sind Sie dann nicht dabei, das gute Stück zusammenzusetzen?« Silvers Handy klingelte. Er nahm es heraus und drückte den Anruf weg. »Ist etwas mit Herrn Pastinak? Ist er gar gestorben?«

Anton schüttelte langsam den Kopf. *Kann ich mich ihm anvertrauen?*, schoss es ihm verzweifelt durch die Gedanken. *Er weiß vielleicht Rat?*

»Oder ist etwas mit Ihrer Familie?«

Anton hob den Blick zu dem ungebetenen Gast. »Bis vor zwei Tagen war mein Leben wundervoll. Ich hatte alles, was ich brauchte. Und mehr«, sprach er rau. »Jetzt steht alles vor dem Aus. Diese drei schwerbewaffneten Typen, die Wilhelm überfallen und die Polizisten erschossen haben. Damit fing es an. Dann kamen Sie. Und es« – er drehte das Holz hin und her – »es will einfach nicht enden.«

»Oh, ich glaube zu verstehen: Sie hatten Besuch. Wer?« Silver klang hochgradig beunruhigt.

Nein. Er kann mir nicht helfen. Niemand kann das. Anton schloss die Lider. »Gehen Sie weg.«

»Herr Gärtner, ich will Ihnen nur helfen. Es geht um –«

»Ist mir scheißegal!«, schrie Anton ihn an. »Die Million, die Tür, diese … Steinchen. Ihr seid mir alle scheißegal. Kommt in mein Leben und –«

Silver hob die Hände als Zeichen, dass er keine Schuld trug. »Ich verstehe Ihre Wut. Aber genau genommen müssten Sie Ihren Ausbilder anbrüllen. Wilhelm Pastinak hat Sie da reingezogen. Anstatt sein Vorhaben aufzugeben und die Pläne zu begraben, beauftragte er Sie mit der Fertigstellung der Mastertür. Habe ich recht?«

»Ich frage mich, wie viele von Ihrer Sorte noch vorbeikommen. Wird das enden, wenn ich den Auftrag beendet habe? Oder beginnt danach der nächste Albtraum?« Er sah Silver an und hob das Eichenholzstück. »Ich sage es Ihnen gleich: Sie werden Ihre Million nicht bekommen. Nicht von mir.«

»Das dachte ich mir.« Der Mann lehnte sich an das morsche Holz des Schuppens. »Wenn Wilhelm hier säße anstatt Ihnen, würde ich ihn fragen, warum er gegen mich arbeitet.«

»Nein, lassen Sie das. Ich will nicht noch mehr Geschichten hören.« *Ich verschleudere wichtige Zeit. Ich muss mich zusammenreißen.* Der Nebel in seinem Verstand lichtete sich allmählich, die Lähmung fiel von ihm ab. Er wusste, was er tun musste. »Ich werde jetzt in den Keller gehen, diese Tür zu Ende bauen und dadurch meine Familie retten. Sie werden mich nicht davon abhalten, Herr Silver. Auch Ihr Leibwächter nicht.«

»Was ist mit Ihrer Familie?«, erkundigte sich der Geschäftsmann ruhig. »Sie sind in sehr großer Sorge.«

»Sie sind in Gewalt von den Leuten, die den Überfall auf Wilhelm zu verantworten haben.« Anton erhob sich. »Vielleicht gehören Sie auch zu denen und ziehen hier ein mieses Scheißspiel ab. Wahrscheinlich machen Sie mir gleich ein anderes Angebot.« Er wandte sich um und ging langsam zu seinem Motorrad, mit dem er gekommen war. »Damit ich Sie ins Vertrauen ziehe oder so etwas.«

Silver stand von dem umgedrehten Eimer auf und folgte ihm, wie Anton an den Schritten hörte. »Ich versichere Ihnen, dass ich mit diesen Verbrechern nichts zu tun habe.«

»Aber Sie wollen das Gleiche wie die. Nur kommen Sie ein bisschen vornehmer daher.« Aus Antons Verzweiflung wurde Trotz. *Ich werde alles stemmen, um Kathrin und die Kinder zurückzubekommen.* »Mit einem Schuldschein. Und einer Anwältin.«

»Die Schuldscheine habe ich zusammengekauft. Wilhelm gab in den letzten Jahren sehr viel Geld für seine Reisen und Nachforschungen aus, weil er Particulae und Baupläne suchte«, eröffnete Silver. »Da die Banken ihm nichts gaben, nahm er Kontakt zu Kredithaien auf.«

»Wieso gehen Sie nicht einfach in den Keller und nehmen sich den ganzen Kram?« Anton saß auf und steckte das Holz in die Satteltasche der Maschine. »Warum die Samthandschuhe? Warum Papier statt Knarren? Ihr Leibwächter könnte das.«

»Das hat viele Gründe.« Silver musterte ihn. »Darf ich Ihnen dennoch einen Pakt anbieten? Auch wenn Sie argwöhnen, dass ich zu den Entführern Ihrer Familie gehöre?«

Anton war es einerlei. Sollte sich der Mann als Verbündeter erweisen, nahm er die Hilfe an. War es eine Falle, konnte er es nicht ändern. »Wer sind die? Wer sind Sie? Und wie ist Wilhelm in das alles hineingeraten?« Aufmerksam betrachtete er das faltenfreie, junge Gesicht. »Und wieso sehen Sie nach mehr als hundert Jahren immer noch aus wie auf einer Fotografie aus den Vierzigern?« Er zeigte zur Sonne. »Ein Vampir sind Sie schon mal nicht.«

»Oh. Sie haben sich schlaugemacht.«

»Kundig. Nicht schlau. Sonst wüsste ich einen anderen Weg, als mit Ihnen zu sprechen.« Anton langte nach dem Helm. »Was hat das zu bedeuten?«

Silver suchte eine grüne Sonnenbrille aus seiner Jacke und setzte sie auf. »Die Leute, die Ihre Familie haben, gehören zu einer Gruppe, die Particulae sammeln. Sämtliche, derer sie habhaft werden können. Und bei ihren Nachforschungen sind sie über Wilhelm gestolpert. Ich hatte ihn davor gewarnt, zu intensiv nach diesen Steinen zu suchen. Er hat die Aufmerksamkeit auf sich gelenkt.«

»Was haben die damit vor?«

»Tut das was zur Sache?«

»Vielleicht … kann es mir einen Vorteil verschaffen.«

»Nein, Herr Gärtner. Kann es nicht. Aber ich will es Ihnen nicht vorenthalten. Diese Leute möchten in erster Linie einen Arkus, ein Portal aus Particulae errichten. Um damit Kontakt zum Göttlichen, zum Unerklärlichen aufzunehmen. Ich halte sie für Spinner, was sie allerdings nicht weniger gefährlich macht, wie Sie sehen.« Silver schlenderte vom schmalen Steg hinab und betrat festen Boden. »Wilhelm muss einen gehörigen Vorrat angelegt haben.«

»Er zeigte mir Meteoritgestein. Und von den Typen, die uns überfielen, habe ich einige Particulae eingesammelt.«

»Hat der alte Narr wirklich gut hundert Stück davon in die Tür eingesetzt? Diese Zahl ergibt sich aus den Plänen.«

Anton konnte sich nicht entsinnen, einen derartigen Vorrat gesehen zu haben. »Ich bin mir nicht sicher.« Er legte die Hände auf den Helm. »Und was ist Ihre Rolle bei dem Ganzen? Sie wollten sämtliches Eigentum von Wilhelm haben.«

»Das geht auf eine Abmachung zwischen uns zurück.«

»Die da wäre?«

»Wenn es mir gelingt, all sein Hab und Gut an mich zu bringen, auf legalem Weg, muss er meinen Wunsch erfüllen.« Silver schüttelte vorauseilend den Kopf. »Und nein, ich werde es Ihnen nicht erklären. Auch das spielt keine Rolle.« Er zog eine Pillendose aus der Tasche und nahm eine weiße Tablette heraus, um sie in den Mund zu stecken. »Dass Sie zwischen die Fronten eines alten Spieles gerieten, tut mir leid. Wirklich, Herr Gärtner. Und deswegen werde ich Ihnen helfen.«

»Was ist mit dem Schuldschein?«

»Oh, den werde ich gewiss nicht zerreißen. Aber Sie und Ihre Familie dürfen deswegen nicht leiden.« Silver zeigte den Pfad entlang, der auf die Straße führte. »Ich komme mit Ihnen und helfe Ihnen dabei, die Tür zu vollenden.«

Anton ließ sich die Erleichterung nicht anmerken. Inzwischen war ihm vieles egal, solange er seine Familie zurückbekam. *Gesund und unversehrt.* »Und dann?«

»Übergeben wir das Stück den Entführern. Vorher organisiere ich uns ein paar Helfer, die uns Beistand leisten. Damit ist gewährleistet, dass Ihren Liebsten nichts geschieht und die Tür nicht in deren Hände gerät.« Er bedeutete Anton, mit ihm den Weg entlangzugehen.

Also saß er vom Motorrad ab und schob die Maschine über den losen Untergrund. »Ich spielte mit dem Gedanken, eine Attrappe anzufertigen.«

»Nein, das lassen wir. Sie würden es sofort merken. Man kann die Strahlung der Particulae messen. Wilhelm dachte zwar, man könnte mit bestimmten Meteoriten die Werte simulieren, um diese Leute zu täuschen. Aber es geht um Ihre Familie, Herr Gärtner. Das wäre viel zu gefährlich.«

»Wie genau wollen Sie mir helfen?«

»Sagen wir, ich bin handwerklich nicht unbegabt.«

Anton verstand. »Sie sind Schreiner!«

»Ganz genau.«

»Und wie kommt es, dass Sie nicht gealtert sind?«

»Wer sagt, dass sich meine Ahnen nicht sehr, sehr ähnelten?« Silver wackelte mit den Augenbrauen, die hinter den grünen Brillenrändern in die Höhe schnellten. »Belassen wir es vorerst dabei. Ich denke, das waren genug seltsame Informationen.«

Genau genommen hatte ihm der Mann so gut wie nichts Konkretes gesagt. Aber es war Anton einerlei. Jemand stand ihm bei, um die Tür fertigzustellen. *Doch wo sind die fehlenden Particulae?* »Haben Sie eine Möglichkeit, die eingesetzten Steine zu prüfen?«

»Habe ich. Zeige ich Ihnen nachher.«

Sie erreichten die Einmündung zur Straße und zum kleinen Parkplatz, auf dem der Mercedes-Geländewagen stand. Mit einigen Sekunden Verzögerung trat der Leibwächter aus dem Dickicht und kehrte sich Blätter vom dunklen Sakko.

Er ist uns die ganze Zeit wie ein Schatten gefolgt. Ich habe ihn nicht bemerkt. Der muskulöse Mann könnte ebenso gut als Auftragsmörder arbeiten.

»Ich fahre voraus«, sagte Anton. »Sie werden ein bisschen länger brauchen.«

»Sicherlich, Herr Gärtner. Ich bin schon sehr neugierig.« Silver ging zum Wagen, der Leibwächter öffnete ihm die Tür. »Ich kaufe unterwegs noch etwas Süßes. Das stärkt die Konzentration. Es gibt da eine tolle Bäckerei. Bis gleich.«

Anton startete die Maschine und setzte den Helm auf, schwang sich in den Sattel und gab Gas.

Normalerweise fuhr er sehr rücksichtsvoll, aber gerade musste er einfach rasen, sich in die Kurven legen und überholen, wo es nicht erlaubt war. Der Fahrtwind surrte und summte um seinen Helm, drückte sich gegen seinen Oberkörper und blies die vielen schlechten Gedanken aus seinem Kopf.

Er hatte einen vorübergehenden Alliierten bekommen, den er nicht als Freund bezeichnen würde. Mic Silver verfolgte eigene Pläne, das war offensichtlich. Die Probleme für Wilhelm waren damit nicht aus der Welt geschafft.

Zuerst rette ich meine Familie. Ihr Leben ist in Gefahr. Antons Joker in der ganzen Angelegenheit war der Hacker namens Nótt. Noch hatte er keine Vorstellung davon, wie gut der Computercrack war. Doch von ihm wusste Silver nichts.

Anton erreichte das Haus seines Ausbilders und stellte das Motorrad davor ab. Er betrat das Gebäude, ging in die Küche und setzte Kaffee auf.

Seltsamerweise fühlte er sich befreiter. Sicherer. Eine Entscheidung war getroffen worden, und die Tür konnte fertiggestellt werden. Wozu sie gebraucht wurde und was die Unbekannten damit beabsichtigten, kümmerte ihn nicht. *Kathrin. Annabell. Evelin. Hans.* Das waren seine wahren Schätze, die er ohne einen Kratzer zurückhaben wollte.

Der Mercedes rollte vor, die beiden Männer stiegen aus.

Silver hielt eine Bäckereitüte in der Hand, der Leibwächter folgte ihm mit zwei Koffern. Anscheinend planten sie, hier einzuziehen.

Kurz darauf saßen sie alle bei Kaffee und Plunderstückchen zusammen und gingen die Pläne durch, bevor Silver und Anton mit den Tassen in Händen die Stiege in den Kellerbunker hinabgingen.

Im Licht der vielen Lampen präsentierte Anton sein bisheriges Werk.

Silver schwieg und betrachtete den Rahmen von allen Seiten, öffnete und schloss das Blatt, begutachtete die Scharniere und fuhr mit bloßen Fingern über das Holz, die Einlagen, über jede Unebenheit und Erhebung. Und sagte nichts.

»Was ist? Was denken Sie darüber?« Anton hielt es nicht länger aus, dem Mann beim Schlürfen und Bestaunen zuzusehen und zuzuhören.

»Dass Sie ein extrem akkurater Schreiner sind. An keinen anderen hätte Wilhelm seinen Betrieb überschreiben dürfen. Sie machen ihm und der Zunft alle Ehre.« Silver stellte die Tasse ab und nahm den Plan zur Hand. Dabei fiel Anton der Ring an der rechten Hand auf. In der Fassung saß ein schwarzmetallisch schimmernder Stein, in dessen Mitte ein roter Einschluss im Licht blitzte. »Aber eine Sache haben Sie übersehen.«

»Habe ich?«

»Wilhelm kam offenbar nicht mehr dazu, es Ihnen zu sagen.« Er lächelte und deutete an verschiedene Stellen der Tür. »Hier.«

»Was soll da sein?« Anton schob die aufsteigende Panik zur Seite. »Ich habe die Anweisungen genau befolgt.« Er nahm den Zollstock zur Hand und prüfte die Abstände der Intarsien und der vorgebohrten Löcher. »Es passt.«

»Das ist nicht das Problem.«

»Sondern?« Anton hasste Silver für die Show, die er abzog. »Was habe ich falsch gemacht?«

»Nichts. Genauer als Sie kann man nicht arbeiten.« Er zog sein Smartphone und schaltete die Lampe ein, um ein grelleres Licht zu erzeugen. »Die Maserung.«

Anton runzelte die Stirn. »Was ist damit?«

»Sie verläuft falsch.«

»Aber …«

»Sehen Sie auf den Plan, Herr Gärtner. Die Maserung ist vorgegeben. Dachten Sie, dass bei solch einer Mastertür dieses Detail nicht stimmen darf? Die Wuchsrichtung ist ebenso entscheidend wie alles andere.«

Anton machte vor Überraschung einen halben Schritt zurück. »Ich habe zwei Tage umsonst gearbeitet?« Er raufte sich die Haare. »Scheiße. Scheiße, wenn das stimmt, sind wir …« Ihm fehlten die Worte. Ohne den passenden Rohling und das passende Blatt war es nicht zu schaffen. Und der einzige Mensch, der ihnen dabei helfen konnte, lag im Koma.

»Wilhelm hat diese Tür absichtlich in seiner Werkstatt aufgestellt. Zur Ablenkung. Kann sein, dass er einen Riecher dafür hatte, was geschehen würde.«

»Aber … selbst wenn wir das passende Holz in seinem

Schuppen finden, lägen wir hoffnungslos hinter dem Plan.« Er sah Silver an. »Mit zwei Mann ist das nicht zu machen.«

Mit der Ruhe eines Stoikers griff der nach der Tasse. »Der Kaffee ist sehr gut. Wir sollten noch einen trinken und überlegen, was zu tun ist. Vielleicht bringe ich die Ärzte dazu, den alten Mann aus dem Koma zu holen. Wir könnten Wilhelm fragen, wie er sich das gedacht hat.« Er wandte sich um und ging die Stufen hinauf. »Aufgeben kann ich ganz schlecht. Selbst in ausweglosen Situationen. Sonst wäre ich nicht so alt geworden.«

Anton starrte die Tür an. *Eine Ablenkung. Der Dummy für dumme Diebe.* Wütend stieß er einen Schrei aus und trat die Tür mitsamt der Halterung um. Rumpelnd kippte sie und landete im Bett aus Holzspänen und Sägemehl, das aufwirbelte und ihn umspielte. Damit war der Kaffee in seiner Tasse ruiniert. *So eine verfluchte Scheiße!*

»Kommen Sie, Herr Gärtner. Nicht, dass Sie am Ende noch etwas zerstören, das wir brauchen«, rief Silver von oben.

Frustriert stapfte Anton die Stufen hoch, wischte sich die Holzlocken und den feinen Staub von der Kleidung. »Ich hatte wirklich nicht darauf geachtet.« Er ging in die Küche und ließ sich schwer auf den Stuhl fallen. Silver reichte ihm einen frischen Kaffee. »Die Maserung!«

»Es ist nicht Ihre Schuld. Wilhelm hätte es Ihnen bestimmt noch gesagt.« Silver setzte sich ihm gegenüber und streckte die Beine aus, sah nachdenklich zur hellgetäfelten Decke. Alles in diesem Haus bestand aus Holz, perfekt verarbeitet und einmalig. »Ich kenne ihn, seit er ein kleiner Junge ist.«

»Dafür haben Sie sich gut gehalten«, rutschte es Anton heraus, und er schüttete Zucker in den Kaffee, um danach die Zähne in ein Puddingstückchen zu schlagen. Die Süße dämpfte seinen Furor etwas. Schokolade hätte noch besser gewirkt. »Da Sie kein Vampir sind, bleibt wohl nur ein Untoter. Oder ein Unsterblicher.«

Silver grinste und wirkte plötzlich sehr jung. »Er war zuerst mein Schüler, dann mein Geselle und schließlich mein Geschäftspartner.«

Anton stieß die Luft aus. »Sicher.«

»Oh, ich bin mir *ganz sicher*. Sie haben die Bilder doch gesehen, sagten Sie?« Silver nippte am Kaffee und legte die andere Hand auf den Tisch. »Diese ganze Sache macht mich ungewohnt weich. Das ist schon viele Jahre nicht mehr vorgekommen. Wissen Sie, Herr Gärtner …«

Anton hörte ihm nicht zu, sondern starrte auf den Ring. Der rötliche Einschuss leuchtete und flirrte. »Das wird kein LED-Lämpchen sein«, setzte er an und deutete gebannt auf den Schmuck. »Was hat das zu bedeuten?«

Silver sah auf den Ring, zuerst ungläubig, dann freudig. »In diesem Raum gibt es eine Ansammlung von Particulae. Wilhelm hat sie irgendwo …«

»Der Tisch!«, brach es aus Anton heraus. Er erinnerte sich an die Worte, die sein Meister auf der Aufzeichnung sprach, als er auf die Platte gepocht hatte. *Die inneren Werte. Darauf kommt es an, sagte er.* »Der Tisch ist der echte Rohling! Ihr Ring hat die Steine darin aufgespürt.«

Silver sprang wie von der Tarantel gestochen auf. »Lassen Sie uns nachschauen.«

* * *

»Das Gewissen des Menschen gibt ihm bessere Auskunft als sieben Wächter auf der Warte.«

Buch Jesus Sirach 37, 14 (Einheitsübersetzung 1980)

KAPITEL V

DEUTSCHLAND, FRANKFURT AN MAIN, SPÄTSOMMER

Suna hatte sich an ihre Leihkleidung gewöhnt und fand das Leben in Unterwäsche und Kimono äußerst bequem. *In Japan machte man es nicht anders*. Solange sie vor den drei Rechnern auf dem Bürostuhl hin und her rollte, um sich durch die virtuellen Weiten zu hacken und zu suchen, reichte es völlig aus. Das Bandana stand ihr zudem ganz gut, und sie dachte über eine modische Umorientierung nach, bevor sie nach Tokio reiste.

»Wollte der mich glatt verarschen, der Holzbohrer«, redete Suna zu dem Monitor und meinte damit Anton Gärtner, der sich als Wilhelm Pastinak ausgegeben hatte. »Was denkt er, wie doof ich bin?«

Ein rascher Schnellcheck hatte ausgereicht, um ihren Verdacht zu bestätigen. Der alte Mann lag nach einem Autounfall, wie es offiziell hieß, im Krankenhaus. Schwere innere Verletzungen, mehrfacher Beckenbruch, Schädeltrauma. Die Patientenakte las sich nicht, als erwachte der betagte Schreiner je aus dem Koma.

Was genau Gärtner trieb, wusste Suna nicht mit Bestimmtheit zu sagen. Es gab in diesem Annweiler keine Hochtechnologie, die sie hacken und nutzen konnte, um ihn mit Kameras zu verfolgen. »Das Dorf der Glückseligen.«

Dass Anton Gärtner sich mit Mic Silver eingelassen hatte, dessen Dasein ein Mysterium darstellte, bewies ihr, dass die Seltsamkeiten rund um Türen und Particulae nicht so leicht zu durchschauen waren. Das sah auch Takahashi so, der sie anspornte, mit ihren Nachforschungen nicht nachzulassen.

»Na, was habt ihr für mich?« Suna steigerte ihre Schnüffelversuche und ging aggressiver vor. Das barg die Gefahr, bei einer internen Sicherheitsabfrage aufzufliegen, doch es lieferte schnellere Resultate. Statt behutsamem Angeln im Datenstrom sprengte sie sich die Ergebnisse bei den angezapften Organisationen heraus.

»Aber schön, dass der alte Mann noch lebt.« Suna redete weiter mit sich selbst. »Möge er gesund werden und aufwachen. Ich hab ja nichts gegen ihn.«

Zusammen mit einem Schluck grünem Tee schwemmte sie einige Beruhigungspillen hinab. Nach Egons Tod war ihr angegriffenes Nervenkostüm dünner als Pergamentpapier. Sie wünschte sich, dass die Verantwortlichen ebenso verreckten wie ihr Kumpel. »Überfahren sollte man euch«, schimpfte sie leise vor sich hin und bedauerte, dass sie keine Autos hacken konnte, um sie wie eine kleine Zombieflotte auszusenden. Das sah in Filmen zwar gut aus, war aber im echten Leben totaler Schwachsinn. »Ich kann einen Satelliten auf sie stürzen lassen. Besser als ein Klavier.«

Im Fall des verstorbenen Sergej Nikitin kam sie nicht weiter. Sie fand keinerlei Hinweise auf den Unfallhergang in Cadarache, jedenfalls nicht in den öffentlich zugänglichen Bereichen. Suna vermutete, dass es Systeme gab, in die sie nur vor Ort eindringen konnte, aber das lag außerhalb ihrer Besoldungsklasse. »Zu gefährlich. Ich bin keine verfickte Geheimagentin.«

Der Server, über den sie die Warnung an den Professor gesandt hatte, verbarg nichts vor ihr. Sie fand viele private Nachrichten, überwiegend an seine Tochter, und Dutzende MP4-Dateien, die er an seinen Enkel sandte. »Oh, wie süß! Das sind Märchen. Er hat selbst eingelesene Märchen an den Jungen geschickt.« Suna seufzte. Ihr Faible. Jetzt bedauerte sie wirklich, dass Nikitin gestorben war. »Jemand, der Märchen liebt, kann kein schlechter Mensch gewesen sein. Eine verfickte Scheißschande ist das.«

Routinemäßig prüfte sie die Audiodateien auf verborgene Inhalte, aber fand nichts. Nur eine Sache kam ihr seltsam vor. »Warum hat er das letzte Märchen an seine Tochter geschickt?« Suna hatte den Text bereits mehrfach gehört. Babaj – der schwarze Mann. Doch sie verstand kein Russisch, und das Übersetzungsprogramm erkannte keine geheimen Botschaften.

»Was hat die Tochter danach mit ihrem Computer gemacht?« Suna ließ seit einer Stunde einen eigenen Accountknacker gegen den Server anstürmen, um die IP-Adresse von Milana Nikitin zu schnappen und an den Browserverlauf ihres Rechners zu kommen. »Mach schon, mein kleiner Türbrecher.«

Auf einem Computer ging ein Internetanruf ein.

»Und da ist mein Tokio-Reiseleiter Takahashi.« Die Leitungen des Generalkonsulats waren recht gut gesichert, deswegen nahm Suna die Gesprächsanfrage an. »Einen guten Morgen. Wie ist das Wetter in Tokio?«

»Das wünsche ich Ihnen auch, Miss Levent.« Die Kamera war nicht aktiviert, doch es war die Stimme des Stiftungsvorsitzenden. »Ich habe Neuigkeiten für Sie.«

»Zum Wetter?« Suna musste ihr Lachen unterdrücken. »Entschuldigen Sie. Und die wären?«

»Der Stiftungsrat und ich haben entschieden, dass Sie die Daten, die Sie gerade beschaffen, nicht nur an uns weiterleiten. Sie werden darüber hinaus alles löschen, was Sie finden, nachdem Sie es kopierten und zu uns sandten.«

Die neue Anweisung passte Suna gar nicht. »Damit hinterlasse ich Spuren.«

»Finden Sie einen Weg, sie zu verschleiern, Miss Levent.«

Das Crackprogramm grub sich unermüdlich durch die Verschlüsselungen und hatte die Firewall bald perforiert. *Gleich weiß ich mehr.*

»Dass ich etwas Illegales mache, geschenkt. Aber wir müssen über den Preis sprechen«, begann Suna. »Das alles ist nicht ohne, und ich behelfe mir gerade mit ein paar gefährlichen Tricks. Ich könnte geortet werden.«

»Sobald Sie First Class nach Tokio geflogen sind, werden wir Ihnen eine Festanstellung für die Stiftung anbieten. Inoffiziell. Sie werden weiter auf die Jagd für uns gehen, und wir lernen ein paar fähige Hacker an, die Sie dabei unterstützen.«

»Wieso das?«

»Weil wir den Eindruck haben, dass Sie auf dem richtigen Weg sind, aber wesentlich mehr Unterstützung bräuchten«, führte Takahashi ruhig aus. »Einige Spezialisten sind bereits eingetroffen. Sie werden schnell verstehen, auf was es dabei ankommt.«

Suna aktivierte weitere Breechprogramme, die sich auf die geschwächte Stelle in der Firewall warfen und bald das Loch für ihre Attacke auf den Laptop geöffnet hatten. *Wenige Minuten. Dann bin ich drin.*

»Diese Festanstellung …«, sagte sie.

»Ja?«

»Die soll in Tokio sein?«

»Genau.«

»Wie lange?«

»Etwa ein halbes Jahr. Danach sehen wir, wie wertvoll die zusammengetragenen Informationen sind, und gehen vielleicht in ein weiteres halbes Jahr. Sie hätten so etwas wie einen Zeitvertrag.«

»Und wie viel verdiene ich dabei?«

»Je Halbjahr eine Million. Dabei werden Sie auf Ihren Streifzügen nichts anderes tun. Keine Bankenhacks oder Netcoindiebstähle oder Erpressungsversuche auf Basis der erlangten Kenntnisse.«

Suna bekam das breite Grinsen gar nicht mehr aus dem Gesicht. »Ich will eine Fünfsterneunterbringung.«

»Geht klar, Miss Levent.«

Das war ja einfach. Lege ich noch eine Schippe drauf. »Und ich will, dass die Mörder von Egon zur Rechenschaft gezogen werden.« Sie zupfte an ihrem Kimono herum. »Das ist mir sehr wichtig, Takahashi-san. Er war mein Hacker-Bro.«

»Wie meinen Sie das?«

Sunas Lippen wurden schmal. »Können Sie die Yakuza auf diese Wichser hetzen?«

»Oh, tut mir leid. Wir arbeiten nicht mit dem organisierten Verbrechen zusammen. Und wir töten auch niemanden.« Takahashi gab einige Anweisungen auf Japanisch, die dezent nach Beschimpfung klangen. »Da muss ich Sie enttäuschen.«

Mache ich es eben selbst. Ich bin bald im beschissenen Scheißtokio. Irgendwer wird mich schon zu den richtigen Leuten bringen. »Ich soll selbst jemanden anheuern?«

»Wenn Sie unbedingt jemanden umbringen wollen, dann liegt es in Ihrer Hand, Miss Levent.«

Suna schnaubte. Nicht eine Sekunde sah sie ein, dass die Verantwortlichen davonkamen. *Tja. Erhöhe ich eben den Preis.* »Dann will ich zwei Millionen. Wer weiß, was so ein Killer kostet.«

Takahashi lachte freundlich. »Wieso wundert mich das jetzt nicht? Ich werde mit dem Rat sprechen, mache Ihnen jedoch keine Hoffnungen, dass ich Ihre Ausgaben –«

»Sie haben auf die Schnelle keinen anderen, der den Job machen kann«, fiel sie ihm ins Wort. »Ich weiß, was ich Ihnen wert sein muss. In jeder Sekunde, in der Sie jemandem erklären, was Particulae sind, gehen wichtige Erkenntnisse durch die Lappen. Das wollen Sie nicht, oder?« Sie versuchte, sich ihre Aufregung nicht anmerken zu lassen. *Fuck! Ich erpresse gerade meinen eigenen Auftraggeber.* Ihr Blick fiel auf die fast leere Blisterpackung. Die Tranquilizer gingen ihr aus.

»Nein, sicherlich nicht.« Entsprechend kühl klang Takahashi.

Suna unterdrückte den Jubel, als sie die Meldung sah, dass die Firewall durchbrochen war. Sogleich flogen ihre Finger über die Tastatur und drangen in das System ein, um die IP-Adresse zu suchen. Frisch musste die Spur sein. *Ich liefere ihm schnell ein bisschen was, dann … oh, was haben wir da?* »Und da ist sie schon.«

»Wer?«

»Die nächste Datenbank. Ich glaube, dass Nikitin seiner Tochter vor seinem Tod etwas schickte, das Sie dringend haben wollen.« Suna grinste, weil sie gut vorankam. Sie hatte Zugriff auf den Rechner der jungen Russin und las den Browserverlauf aus. »Ich denke, es ist eine Datei. Sie hat sie nicht runtergeladen. Von daher finde ich die Daten gewiss auf dem Server ihres Vaters.«

»Morgen geht Ihr Flug, Miss Levent. Ich darf Sie bitten, keinen Kontakt zu Ihrer Familie aufzunehmen. Mit Sicherheit werden Sie überwacht«, schärfte Takahashi ihr ein. »Von Tokio aus wird das kein Problem sein.«

»Einverstanden. Die sind es eh gewohnt, dass ich tagelang abtauche.« Suna jagte die gleiche Armada Sicherheitsbrecher auf den weniger stark abgesicherten Server des Wissenschaftlers und konnte die Sekunden runterzählen, wann die Barriere fiel. »Dann freue ich mich auf meinen Flug. Und die zwei Millionen.«

»Wir werden sehen. Ihre Argumente sind gut. Wir sprechen später noch einmal. Schönen Tag.«

»Ihnen auch, Takahashi-san.« Suna beendete den Internetanruf und richtete ihre Aufmerksamkeit vollends auf den Einbruch in den Nikitin-Privatserver, der in weniger als vier Minuten vollbracht war. »Und durch!«, rief sie freudig und klatschte dem siegreichen Computer Beifall. »Mann, ich würde dich direkt mit einem Leckerli belohnen.«

Auf dem Rechner lagen tonnenweise Dateien und Bilder in verschiedensten Formaten.

»Alles meins«, kicherte Suna und startete den Download. »Der Professor hat bestimmt …«

Die Tür zum Computerbüro öffnete sich, ohne dass angeklopft wurde.

Ein Maskierter mit schallgedämpfter Pistole trat rasch herein und schloss die Tür wieder hinter sich. »Keinen Mucks«, warnte er die überraschte Suna und kam näher, die Mündung auf ihren Kopf gerichtet. Aus seiner kurzen schwarzen Lederjacke nahm er eine tragbare Festplatte mit USB-Anschluss. »Verzeichnisse aufrufen. Zeig sie mir. Und dann alles kopieren, was du rausgefunden hast.« Er entsicherte die Waffe mit einem scharfen Klicken, die behandschuhten Finger zitterten nicht. »Versuchst du, mich zu verarschen, Nótt, blase ich dich weg. Ich kenne mich aus.«

Fuck, nein! Nein, nicht schon wieder! Fuck! Am liebsten wäre Suna in Ohnmacht gefallen. Aber ihr Kreislauf blieb dummerweise stabil. Sie sparte sich die Frage, wie man ihr auf die Schliche gekommen war. Am Ende hatte sich einfach einer der Typen nach dem Überfall in der Gasse an ihre Fersen geheftet. Ganz ohne Netz und Stöberprogramme. Analoges Beschatten.

Suna nahm die Festplatte entgegen und schloss sie am Rechner an, es dauerte, weil die bebenden Fingern den Port nicht sofort trafen. »Hier, siehst du?« Sie öffnete die Inventarlisten, die sie online und lokal angelegt hatte. *Atme ein und aus. Dreh nicht durch.* »Das sind mehrere Terrabyte. Die Festplatte reicht nicht.«

»Ich habe noch welche dabei.« Er setzte ihr die Mündung seitlich auf das Bandana. »Fang an.«

Suna versuchte, einen klaren Gedanken zu fassen. Die externe Auslagerung sprach dafür, dass er die Rechner und die Clouds danach vernichtete. Und im Anschluss sie. Keine Spuren hinterlassen.

Der Lauf an ihrem Schädel schmerzte, der Maskierte drückte absichtlich fest und folgte ihren Körperbewegungen mit der Halbautomatik.

Alles in Suna schrie nach mehr Beruhigungspillen. Das Herz

schlug rasch, der Körper setzte Adrenalin frei, ihre Angst stieg. Bei einem kurzen Seitenblick sah sie, dass er tatsächlich jede Mausbewegung und jeden Klick beobachtete. In seinen Pupillen spiegelte sich das Monitorbild. *Damit kann ich keine Hilfe-Mail an Takahashi senden.* »Wie sind Sie –«

»Halt die Schnauze, Nótt«, fauchte er sie an und legte die zweite Festplatte vor ihr auf dem Tisch ab. »Kümmere dich um die Unterverzeichnisse. Da! Ich sehe doch, dass du –«

Die Türfüllung gab plötzlich ein splitterndes Geräusch von sich, und es öffneten sich drei, vier, fünf Löcher in Kopfhöhe.

Warmes Blut spritzte auf Suna. Der Maskierte brach – mehrmals in Hals und Nacken getroffen – neben ihr zusammen. Sofort schlug Suna die Mündung von ihrer Schläfe weg. Ob sie dabei den Schuss auslöste oder der Sterbende im letzten Zucken abdrückte, konnte sie nicht sagen.

Deutlich hörte Suna das überraschend laute Schussgeräusch, die austretende Hitzezunge schmurgelte ihre braunen Haare auf dem Scheitel an; Rauch kräuselte, es stank nach verbranntem Horn.

Die Kugel ging dicht über sie hinweg und bohrte sich in den rechten Monitor, der mit einem leisen Zischen erstarb. Blauschwarzer Qualm stieg aus dem Loch auf, die grüne Kontrollleuchte erlosch.

Erst jetzt schwang die Eingangstür auf.

»Miss Levent«, rief der Generalkonsul neben dem Sicherheitsmann, der seine Pistole mit beiden Händen hielt und mehr oder weniger blind durch die Tür gefeuert hatte. »Miss Levent, geht es Ihnen gut?«

»Ihr dämlichen …« Und nun fiel Suna doch in Ohnmacht.

* * *

DEUTSCHLAND, TIMMENDORFER STRAND, SPÄTSOMMER

»Ich biege jetzt ab«, verkündete Anton über das Bluetooth-Headset. Er setzte den Blinker und bog mit dem gemieteten Kleinlaster auf die Strandpromenade ein, wie es die unbekannte Entführerin seiner Familie von ihm verlangt hatte.

Im Laderaum hinter ihm lag die fertiggestellte Mastertür, gut eingepackt und verzurrt, um Transportschäden zu verhindern. Mic Silver und er hatten die letzten Tage fast durchgehend gearbeitet, wach gehalten von Energydrinks, Koffeintabletten und dem festen Willen, Antons Familie zu retten.

Silvers Können war beachtlich und sogar auf höherem Niveau als Antons. Falls er wirklich so alt war, wie es aufgrund der Fotos den Anschein hatte, wäre es nicht verwunderlich. Wer hundert Jahre Zeit hatte, seine Fertigkeiten zu vervollkommnen, machte keine handwerklichen Fehler.

»Sehr gut, Herr Gärtner. Ich sehe Sie«, sagte die Unbekannte in seinem Ohr.

»Wo sind meine Frau und meine Kinder?« Ohne den Druck und die Gegebenheiten hätte ihm das Werkeln an der Mastertür Spaß gemacht. So aber hatte Anton einfach nur fertig werden wollen. Und sie loswerden. *Damit mein Leben wieder normal wird.* Er fürchtete, dass es das niemals mehr sein würde. Nicht mit dem Wissen, das er nun besaß.

»Gleich neben mir. Sie freuen sich, dass Sie den weiten Weg gefahren sind, um sie zu besuchen. Das haben Sie gut gemacht«, lobte die Frau spöttisch. »Sie sind allein?«

Anton lachte bitter auf. »Wen sollte ich mitbringen?«

»Die Polizei vielleicht. Aber es sieht gut aus.« Die Frau schnäuzte sich die Nase. »Die geschlossene Fischbude mit dem schönen Namen *Grätenfrei*. Da werden Sie anhalten und warten, bis ich mich melde.«

»Aber –«

Klick.

»Scheiße!« Sofort rief Anton Nótt auf seiner zweiten Bluetooth-Verbindung im anderen Ohr unter der Nummer an, die er nach einigem Drängen bekommen hatte.

Noch bevor er etwas sagen konnte, sprach eine verzerrte Stimme: »Super Überwachung hier am Strand. Schön viele Kameras, die ich abgreifen kann.«

»Und?« Anton vermochte nicht herauszuhören, ob es sich um eine Hackerin oder einen Hacker handelte.

»Ich sehe deine Kids. Sie sind keine zwanzig Meter entfernt. Es geht ihnen gut. Daneben sitzt deine Frau und fünf Leute. Zwei Frauen, drei Männer. Sie reden miteinander.«

»Wirken meine Töchter verängstigt?«

»Nein. Sie essen Eis und zoffen sich um den Extrateller mit Sahne.« Nótt lachte blechern wie ein Roboter. »Die Kleine hat gerade gewonnen.«

Evelin. Das sieht ihr ähnlich. Anton sandte ein stilles Gebet an die guten Mächte dieser Welt. »Berichten Sie mir, was Sie tun.«

»Wie abgemacht, tapferes Schreinerlein.«

Anton erreichte die geschlossene Fischbude *Grätenfrei*, hielt an und schaltete den Motor des Transporters aus. Er trug eine graue Arbeitslatzhose und ein kariertes Hemd, die Haare im Nacken zusammengebunden. *Viel zu warm angezogen.* Wegen der sommerlichen Hitze im Wagen drehte er die Scheibe runter und zwang sich zur Ruhe, setzte die Sonnenbrille auf und beobachtete aus dem Schutz der dunklen Gläser die Umgebung.

Menschen flanierten an ihm vorbei die Promenade hinab, es wurde gelacht und Eis gegessen. Es roch nach Meer und Sonnencreme, und das leise Rauschen der Welle täuschte einen perfekten Urlaubstag vor.

Für die anderen, nicht für Anton.

Die Minuten verstrichen quälend langsam. Er wollte endlich die Übergabe hinter sich bringen und seine Familie zurückhaben. Und dann konnte sich Silver mit dieser Bande von widerlichen Erpressern und Mördern herumärgern. *Sollen sie mit der Tür doch machen, was sie wollen.*

Der geheimnisvolle Mann hatte ihm bei den Arbeiten an der Tür einige Dinge erklärt: dass die Particulae ein Energiefeld aufbauten; dass das Wissen darüber uralt war; was die Besonderheit der Mastertür war, weil sie die einzige ihrer Art darstellte, an der man gezielt Justierungen vornehmen konnte. Doch was genau sie vermochte, hatte Silver im Unterschied zu Wilhelm nicht verraten. Auch nicht auf Nachfrage. *Das ist mir so was von egal.*

Nachdem sich eine Weile nichts tat, rief Anton Silver an. »Wo stecken Sie?«

»Ganz in Ihrer Nähe, Herr Gärtner.« Sein Verbündeter klang wesentlich ruhiger und gefasster als er selbst.

Anton knabberte an den Fingernägeln. »Und Sie haben genug Leute dabei?«

»Am Strand werde ich nur im Notfall einschreiten. Zu viele Augen und Ohren. Ihr Hacker hat zwar die Kameras im Griff, aber trotzdem. Diese modernen Smartphones liefern gestochen scharfe Bilder und Filme. Das möchte ich vermeiden, denn …«

»Sie sind da, wenn ich Sie brauche, Herr Silver. Oder ich sprenge diese Tür.« Anton hatte tatsächlich Vorkehrungen getroffen, um das Meisterwerk mit einem Knopfdruck zu vernichten. Ohne das Wissen seines neusten Verbündeten und der Erpresserin. Seine Erinnerungen an den Chemieunterricht und einige antiquierte Blitzwürfel, die sich über Draht und Batterie auslösen ließen, hatten kleine Bomben erschaffen, die Löcher in das Holz von Blatt und Rahmen fetzen konnten. »Die Tür wäre auf der Stelle unbrauchbar.«

»Sie sprengen?« Nun schwang Angst in Silvers Stimme mit.

»Ich bluffe nicht.« Anton war erleichtert, dass er ein funktionierendes Druckmittel in der Hand hatte. Damit fühlte sich seine Ohnmacht nicht vollkommen an.

Ein neuer Anruf ging ein. In seinem zweiten Bluetooth-Stecker meldete sich die unbekannte Frau. »Gut, Herr Gärtner. Ich gratuliere Ihnen zu Ihrer Vernunft. Wir sehen nichts, was uns nervös macht. Die Übergabe kann stattfinden.«

Anton atmete ein bisschen auf. »Und wie?«

»Sie klettern in den Ladebereich des Transporters und öffnen uns die Tür. Ich komme mit einem Experten zu Ihnen in den Wagen, und wir schauen uns an, was Sie erschaffen haben. Danach steigen Sie aus, meine Freunde steigen ein, und Sie können mit Ihren Liebsten noch ein paar angenehme Tage am Timmendorfer Strand verbringen. Ich habe das Zimmer verlängern lassen. Kostet Sie null.«

»Ist gut.« Anton kletterte nach hinten. Von der Bombe erzählte er nichts. *Das wird eine schöne Überraschung.* »Klopfen sie zweimal lang, dreimal kurz.«

»Werde ich, Herr Gärtner. Bis gleich.«

Zeit, dass ich dich gehen lasse. Behutsam entfernte Anton die Transportsicherungen und schälte die Mastertür aus der Verpackung, um sie aufrecht gegen die Seitenwand zu stellen.

Die Schönheit des Kunstwerks, das er und Silver streng nach den Plänen erschaffen hatten, beeindruckte ihn aufs Neue. Das bisschen Licht, das von vorne und durch die Milchglasscheibe hinten hereinfiel, brachte die Intarsien und Symbole zum Leuchten, als freuten sie sich.

Er würde niemals von sich aus wagen, den großen Ring des Klopfers auch nur anzufassen, geschweige denn zu nutzen, aus Furcht, er könnte eine Beschädigung am Holz oder eine Delle in der Aufschlagplatte hinterlassen. Anton kannte dieses Gefühl von sakralen oder musealen Portalen und Zugängen zu uralten Bauwerken. Etwas in den Mustern und den Materialien löste ein ehrfürchtig-andächtiges Empfinden aus.

Nur die Eingeweihten scheuen sich nicht. Sage und schreibe einhundertelf Particulae waren in der Mastertür verbaut, teils in den Halterungen, teils um die Metalle angeordnet. Sie dienten, so Silver, der Lenkung des Energieflusses und der Kalibrierung des entstehenden Kraftfeldes.

Mögen sie damit Spaß haben. Wie verlangt hatte Anton sämtliche Pläne in der Transportrolle verstaut. Leise fluchend wischte er sich mit dem Ärmel den Schweiß von der Stirn, die Wärme im Innern stieg. Er war müde, gereizt, angespannt, kurzum: zu vieles gleichzeitig, um einigermaßen vernünftig denken zu können. Behutsam wog er den verkabelten Batterieblock in der Rechten. *Kathrin und die Kinder. Mehr zählt nicht.*

Es klopfte zweimal lang und dreimal kurz.

Endlich! Anton stieß einen Flügel auf und wich sofort bis zum Durchgang in die Fahrerkabine zurück, um die Entführer hineinzulassen. Dabei hielt er die Batterie zur Auslösung der Blitzwürfel versteckt hinter dem Rücken. Die dünnen Drähte waren in dem schummrigen Licht nicht zu sehen. »Kommen Sie rein.«

Eine Frau und zwei Männer betraten den schmalen Innenraum, äußerlich von Sommertouristen nicht zu unterscheiden. Weite Hemden und Bluse, die geschickt fielen und Waffen im Hosenbund verbargen, Shorts und feste Turnschuhe. Mützen, Hüte und Sonnenbrillen verdeckten einen großen Teil der Gesichter. Schon schlossen sie den Eingang.

»Guten Tag, Herr Gärtner.« Die Frau, deren Stimme er vom Telefon kannte, nickte ihm zu. Sie war um die vierzig und trug kaum Schminke. »Sie können mich Elisa nennen. Meine Freunde werden die Tür nun untersuchen.« Sie lächelte. »Die Pläne?«

Anton deutete auf die Rolle in der Ecke neben dem Eingang. »Da drin.«

Die Männer öffneten den Verschluss, schalteten das Deckenlicht ein und nahmen die Tür in Augenschein. Als sie die Kabel bemerkten, stockten sie.

»Die Drähte nicht abmachen. Oder ich zünde die kleinen Sprengsätze«, warnte Anton.

Elisa zog die Sonnenbrille nach vorne, die dunkelgrünen Augen unter den hellen Brauen geweitet. Ihr Blick zeigte Überraschung. »Ah, eine Absicherung.«

»Genau. Sollten Sie sich nicht an die Abmachungen halten, bekommen Sie die Tür in kleinen Fetzen.«

»Einverstanden.« Sie gab den irritierten Männern das Signal, mit dem Überprüfen fortzufahren.

Daraufhin verglich einer von ihnen die Arbeiten mit den Zeichnungen. Der andere packte mehrere elektronische Geräte aus und fuhr mit einer stabähnlichen Sonde dicht über das Holz, schwenkte sie beständig hin und her. Auf dem Display des Kontrollgerätes entstanden Wellen, der eingebaute Lautsprecher schnarrte und gab gelegentlich ein Fiepen von sich.

Elisa lehnte sich an die Seitenwand des Transporters, setzte die Brille ab und steckte sie am Bügel an den obersten Blusenknopf. Ihr Parfum duftete nach Gras und Kamille. »Ich warte die Expertise der Fachleute ab, Herr Gärtner, aber das sieht sehr gut aus.«

Anton lag eine unfreundliche Erwiderung auf der Zunge. »Danke.«

»Sie würden meine Entschuldigung für die Umstände nicht annehmen.« Elisa legte den Kopf leicht schief. »Es ließ sich nicht anders lösen.«

»Nein. Was Sie …« Anton zügelte sich erneut. *Provoziere sie nicht, solange sie deine Familie haben.*

Elisa lachte freundlich. »Ich verstehe Ihren Zorn. Der ist angebracht. Sie gerieten durch Ihren ehemaligen Meister in eine Sache, die viel größer ist als Sie. Als ich. Als Ihre Kinder. Ich hätte *alles* geopfert.« Sie zeigte auf die Mastertür. »*Dafür.*«

»Auch Ihr Leben?«

»Selbstverständlich. Meins, das meiner Freunde, einfach alles und jeden, was auch immer nötig gewesen wäre.« Elisa sah ihn ernst an. »Sie müssen es nicht verstehen, Herr Gärtner. Ihre Aufgabe ist damit erledigt.«

Die beiden Begleiter bedeuteten Elisa, dass sie die Untersuchungen abgeschlossen hatten.

»Sie ist makellos und weist die verlangten einhundertelf Steine auf. Es gibt nicht eine Abweichung«, fasste der ältere Experte zusammen und hob ein Lasermessgerät. »Niemand hätte das Portal besser erschaffen können.«

Anton atmete auf. »Dann lassen Sie meine Familie frei.«

»Haben wir schon, Herr Gärtner.«

»Haben sie«, flüsterte Nótt mit verzerrter Stimme in seinem rechten Ohr. »Die beiden letzten Aufpasser der Arschlochbande haben deine Familie zum Würstchenstand geschickt und Stellung neben dem Lastwagen bezogen. Deine Kids und deine Frau sind weit genug weg.«

Anton entfernte das Kabel von der Batterie und nahm die Miniaturbomben persönlich von der Tür ab. »Dann …«

»Sind Sie nicht neugierig, was geschieht, wenn man sie aktiviert?«, fragte Elisa. Sie wies ihre zwei Helfer an, die Tür in die Mitte zu stellen und sie am Rahmen festzuhalten. »Wollen Sie das Wunder nicht mit eigenen Augen sehen?«

Nein, Anton verspürte nicht die geringste Lust darauf. »Sehen will ich meine Familie.«

Elisa trat demütig an die Tür heran. Ihre Finger legten sich ehrfürchtig an den Türklopfer. »Ich *muss* diesen einen Test noch machen, Herr Gärtner. Um mich zu vergewissern, dass Sie nicht heimlich gepfuscht haben«, erklärte sie fasziniert. »Einem talentierten Schreinermeister wie Ihnen traue ich diese Sabotage zu.« Sie strich liebkosend über den Ring. »Sobald ich damit auf die Platte schlage, sollte sich ein Kraftfeld aufbauen.« Sie pochte zu Antons Verwunderung einmal gegen die Seitenwand des Kleinlasters.

Die Hecktüren wurden von ihren beiden Außenhelfern einen Spalt geöffnet.

Anton blickte durch die zehn Zentimeter große Lücke genau auf den Wurststand, den Nótt erwähnt hatte. Dort futterten seine Töchter bereits Pommes. Dass sie vorhin erst Eis in sich gestopft hatten, bremste ihren Appetit nicht. *Sie sind wohlauf!* Ein riesiger Stein löste sich von seinem Herzen. Kathrin sah er die Angst selbst auf diese Entfernung an.

»Sehe ich kein Kraftfeld, lasse ich Ihre Liebsten auslöschen. Vor Ihren Augen.« Elisa nahm einige Einstellungen der Particulae in den verschiebbaren Fassungen vor. »Fangen wir mit etwas Harmlosem an. Eine kleine Zeitreise.« Sie fasste den Klopfer mit einer Hand und hob ihn an. »Werfen wir einen Blick ins Jahr null. In Bethlehem. Mal sehen, wer Jesus dort wirklich kennt. Nicht auszudenken, wenn dem Kind was geschieht und aus ihm niemals der Aufrührer wird, der die Geschichte veränderte.« Ihre Begleiter lachten leise. »Wer braucht schon Religion? Sie ist für so viel Leid verantwortlich.« Dann stieß Elisa den Ring kraftvoll herab.

Das Metall traf auf die Schlagplatte.

Doch es erklang kein Knall. Kein Scheppern. Kein Klirren. Nichts.

Nein! Anton öffnete den Mund, um etwas Verteidigendes zu sagen, da fegte ein metallisches Geräusch durch den Laderaum des Transporters, wie von einem göttlichen Hammer, der auf einen titanischen Amboss drosch und die Trommelfelle zu zerfetzen drohte.

Die Männer, welche den Rahmen aufrecht hielten, sackten zusammen und ließen die Tür los. Doch das Kunstwerk blieb von selbst stehen, wankte und kippelte nicht.

Schreiend sank Anton auf ein Knie und hielt sich die Ohren zu. Er sah verzerrt Doppelbilder, die schwingende Sicht überlappte alles und machte das Sehen unscharf. Der Wagen schwankte und rüttelte, als sei er in einem Sturm gefangen.

Die Intarsien der Tür strahlten auf, sämtliche eingelassenen Particulae fingen die Energie ein, die sich in elmsfeuerhaften, wabernden Entladungen auf der Oberfläche zeigte.

»Fuck, was machst du da drin?«, hörte Anton Nótts elektronische Stimme. »Hier sind fast die Vögel aus dem Himmel gefallen. Der Laster hat gedröhnt wie eine Glocke, und die Schallwellen haben zwei Scheiben rausgeblasen.«

Anton konnte nicht antworten. Nach und nach erwachten die Zeichen und Symbole auf den seitlichen Rastern, synchronisierten sich und machten aus dem Elmsfeuer ein dunkelblaues Schimmern, das sich stabilisierte.

Elisa hockte vor der Mastertür und richtete sich verzückt auf. Ihre Hand legte sich auf die energieumspielte Klinke und drückte sie langsam herab. »Sie haben ein Meisterwerk erschaffen, Herr Gärtner«, raunte sie selig. »Werfen wir einen Blick ins Jahr null. Und seien Sie stolz, was Sie erreichten. Ihr Meister wäre es sicherlich.«

Die Tür schwang auf.

Von einem Hügel herab sah Anton auf ein nächtliches Dorf. Um die Siedlung gab es ein paar mondbeschienene Erhebungen und ein steppengleiches Gebiet, durchzogen von Graslandschaften, durch die sich in großer Ferne ein glitzernder Fluss schlängelte. Am Sternenhimmel zog ein Komet seine Bahn, gefolgt von einem herrlichen Schweif, aus dem gelegentlich einzelne Schnuppen regneten.

Die beiden Männer stemmten sich vom Blechboden in die Höhe und gesellten sich unbeholfen neben ihre Anführerin, um das Wunder zu sehen.

Elisa brach in Tränen aus und lachte dabei. »Wir haben es geschafft«, hauchte sie heiser vor Glück. »Unser Ziel ist so nahe.«

Das reicht. Ich will weg! Anton war egal, was jenseits der Schwelle lag. Wankend ging zum Transporterausgang. In seinen Ohren fiepte es leise von der Überlastung. »Damit ist unsere Abmachung erfüllt.«

Elisa drückte den Durchgang der Mastertür zu, ohne dass das Energiefeld erlosch. »Erstaunlich.« Sie versuchte, ob sich die Raster auch unter Spannung verändern ließen. Sogleich veränderte sich die Farbe in schwefeliges Gelb. »Es geht!

»Das ist verrückt!«, rief der junge Experte. »Das widerspricht allen sonstigen Türen, die wir aufstöberten.«

»Man muss die Energie an- *und* ausschalten!«, sprach Elisa aufgeregt zu ihren Begleitern. »Es braucht ein zweites Klopfen. Wir können …«

»Unsere Abmachung«, brachte sich Anton in Erinnerung. Die beiden verbliebenen Begleiter im Freien versperrten ihm mit einer Geste den Ausgang. »Lassen Sie mich raus.«

»Die Pläne, die Tür. Das ist alles richtig.« Elisa wandte sich zu ihm. »Wie ich versprochen habe, wird Ihrer Familie nichts geschehen. Aber wer sagt mir, dass Sie die Pläne nicht kopierten? Sie könnten eine weitere Tür –«

Anton lachte auf. »Gewiss nicht.«

»Aber Sie hängen jetzt in dieser Angelegenheit drin, Herr Gärtner. Sie wissen leider zu viel.« Mit dem Fuß schob sie die selbstgebauten Sprengsätze beiseite. »Ich kann Sie nicht gehen lassen. Sollten Sie unseren Feinden in die Hände fallen, wären Sie denen sehr nützlich.«

Anton hatte es kommen sehen: Sie hielt sich nicht an die Vereinbarung. Gleich schlug Mic Silvers große Stunde. »Das ist keine gute Idee.«

»Wer sollte mich daran hindern? Sie kamen alleine.«

»Ich erspähe noch fünf weitere Typen«, bemerkte Nótt über Telefon. »Sie haben sich in der Nähe des Wurststandes bei deiner Familie versammelt. Einer nimmt sein Smartphone heraus.«

Eine Sekunde darauf läutete es bei Elisa. »Meine zweite Truppe ist bei Ihrer Familie eingetroffen. Sollten Sie mich jetzt nicht begleiten, Herr Gärtner, werde ich die vier erschießen lassen. Und Sie danach.«

»Hast du von der Bitch was anderes erwartet?« Nótt klang angepisst. »So ein Dreckstück!«

Elisa und ihre Truppe von Geschichtsveränderern werden mich niemals gehen lassen. Anton sah unvermittelt an der maliziös lächelnden Frau vorbei, die er zu gerne mit eigenen Händen erwürgt hätte, weil er etwas bemerkte. In dem glimmenden Schwefelgelb und dem gelegentlichen Blitzen der freiliegenden Particulae färbte sich die Türklinke behutsam zu einem schwachen Dunkelrot, das beständig heller wurde.

Das Metall erhitzt sich. Auf der anderen Seite des Portals musste es sehr heiß sein. Das Holz konnte in Flammen aufgehen, sollte es diesen Verhältnissen länger ausgesetzt bleiben. *Soll sie doch.* Die Ablenkung würde Anton nutzen und Silver zum Angriff auffordern.

»Wie lautet Ihre Entscheidung, Herr Gärtner?«

»Welches Angebot können Sie mir darüber hinaus machen?«, entgegnete er. »Sie wollen, dass ich für Sie arbeite und schweige. Also?«

»Oh, Sie sind doch Geschäftsmann.«

»Sie lassen mir keine andere Wahl.« Anton versuchte, so locker wie möglich zu wirken und den Eindruck zu erwecken, dass es ihm ernst mit der Feilscherei war. »Wie lange brauchen Sie mich? Was sage ich meiner Familie, damit sie nicht an eine Entführung glauben?«

»Das Risiko nehm ich in Kauf.«

»Da Sie gerade von Risiko sprechen: Sie wissen nicht, welche Vorkehrungen ich noch zu meiner Absicherung getroffen habe.« Anton sah unauffällig an ihr vorbei zur Klinke, die bereits weiß vor Hitze glomm. *Wie lange dauert das?* »Was, wenn die Pläne im Internet auftauchen?«

Elisa verlor sichtbar die gute Laune. »Niemand würde den wahren Wert erkennen.«

»Ich habe das Gefühl, dass Sie nicht die Einzigen sind, die von diesen Geheimnissen wissen.«

Elisa bemerkte seine Blicke an ihr vorbei. »Wohin starren Sie, Herr Gärtner?« Sie wandte den Oberkörper leicht zur Seite, um nach der Tür zu schauen. Sogleich erkannte sie den weiß glühenden Griff und ihren Fehler. »Verdammt! Ich hätte sie ausschalten müssen.« Sie langte hastig nach dem Ring, und nach einem neuerlichen Schlag erlosch das Glühen des Kraftfeldes.

Antons Vorhaben, die in Flammen stehende Tür zur Ablenkung zu nutzen, fiel in sich zusammen. *Ich muss improvisieren.* Falls er den Klopfer nochmals betätigte, würde das gewaltige Dröhnen Elisa und die Helfer im Lastwagen kurzzeitig außer Gefecht setzen. In dieser Zeit könnte er erneut die Bomben an der Tür anbringen. Der verwirrende Moment und das Durcheinander sollten Silver die Gelegenheit geben, Kathrin und die Kinder zu befreien. *Kein guter Plan, aber etwas Besseres fällt mir nicht ein.*

Da Anton innerhalb von Sekunden entscheiden musste, tat er es. Er rief Silver mit einem Fingertipp auf sein Smartphone an, stieß die überrumpelte Elisa aus dem Weg und schlug den Pocher auf die Platte.

»Silver! Befreien Sie meine Familie!«, schrie er. »Dann bringe ich Ihnen die Tür.«

Erneut dröhnte der glockenähnliche Hammerschlag, dessen Druckwelle durch die Gedärme ging.

Elisa und ihre Begleiter sanken in die Knie. Das Schwefelwabern umspielte Rahmen und Tür.

Ich muss es schaffen. Anton tastete nach den Bomben. »Silver, hören Sie mich? Ich bringe –«

Abrupt flog die Mastertür auf, und grellgelbes Licht ergoss sich wie von hundert Suchscheinwerfern in den Laderaum des Transporters. Ein heißer, stinkender Wind fegte ins Innere, Temperatur und Gestank schnürten Anton die Luft ab. Er würgte und atmete noch mehr davon ein, seine Lunge schien in dem Dampf zu garen.

»Frei«, brüllte eine Stimme, die nichts Menschliches besaß, durch den pfeifenden Odem aus der Hölle. »Endlich frei!«

* * *

»Wenn der Wächter nicht wacht, wacht der Dieb.«

Deutsches Sprichwort

KAPITEL VI

DEUTSCHLAND, TIMMENDORFER STRAND, SPÄTSOMMER

Anton prallte mit dem Kopf gegen die Seitenwand des Transporters. Auf seinen überlasteten Netzhäuten tanzten helle Rechtecke und überlagerten, was seine Augen erfassten. *Ich muss nach vorne. Muss den Wagen …* Ein harter Gegenstand traf ihn an der Schulter und ließ ihn stürzen.

Elisa schrie Anweisungen, dann erklangen Geräusche von reißendem Stoff und brechenden dicken Ästen. Der Geruch von frischem Blut wallte durch den undefinierbaren widerlichen Gestank aus dem geöffneten Portal.

Warmer Regen prasselte Anton ins Gesicht.

Gleich darauf wurde es still.

Unerklärlich still.

»Wieder einmal in dieser Welt«, sprach eine Frauenstimme mit solcher Kälte und Boshaftigkeit, dass es Anton schauderte. Noch immer sah er nichts. Geblendet lag er mit pochendem Herzen am Boden und lauschte. »Aber besser als die letzte.«

»Was geht da drinnen vor?«, meldete sich Nótt über das Bluetooth. »Es hat schon wieder gescheppert. Veranstaltet ihr da drin eine Tür-auf-Tür-zu-Party?«

»Du befreitest mich, Menschlein. Und ich spüre, dass du an der Tür gearbeitet hast, die mich aus meinem Unglück erlöste«, verkündete das Wesen huldvoll, das aus dem Schwefellicht gestiegen war. »Deswegen verschonte ich dich.«

Wer ist das? Anton wünschte sich, mehr von seiner Retterin zu erkennen als einen Umriss. Nur langsam kehrte seine Sehfähigkeit zurück. *Und was hat sie angerichtet?*

Es wurde dunkler im Laderaum.

Oh, mein Gott! Elisa und ihre Begleiter lagen in Fetzen gerissen um ihn verteilt. Das erklärte den Gestank nach Innereien und Blut. Anton presste sich die Hand auf den Mund, um sich nicht zu übergeben.

Vor ihm erhob sich eine Frauengestalt, die zu schlank war und überproportional lange Gliedmaßen hatte, als wäre einem Spielwarenhersteller der erste Versuch einer Puppe misslungen. Sie trug Gewänder und Geschmeide aus einer anderen Zeit, welche an die Antike und das alte Ägypten erinnerten. Allerdings waren die eingestickten und geprägten Symbole weder Hieroglyphen noch griechische Buchstaben. Dass das Blut von drei Menschen ihre Kleidung von oben bis unten tränkte, störte die Gestalt offenbar nicht. Es tropfte aus den langen hellgrünen Haaren, die ihr bis auf die Hüfte hingen. Aus purpurfarben leuchtenden Augen blickte sie erhaben auf Anton nieder. »Ich schulde dir mehr, als dir das Leben zu lassen, Menschlein.«

Eine Dämonin? Ein Alien? Anton kroch langsam rückwärts. »Was bist du?«

»Alles, was ich möchte.« Die Kreatur bleckte die nadelspitzen Zähne und lachte eisern. »Einst nannte man mich in dieser Welt Marwolaeth.« Sie betrachtete die langen Nägel an ihrer rechten Hand, die rasiermesserscharf wirkten. »Oh, wie sehr vermisste ich diesen Geschmack. Nichts schmeckt so gut wie ihr!« Genießend leckte sie das Blut der Zerfetzten von ihren Fingern. »Ich gewähre dir einen Wunsch, Menschlein. Dafür, dass du mich befreitest.«

Das ist meine Chance! »Meine Familie. Rette sie«, erwiderte Anton reflexhaft. »Sie werden von –«

»Mehr musst du nicht sagen, Menschlein.« Die frauenähnliche Kreatur beugte sich zu ihm und atmete tief ein. »Nun kenne ich deinen Geruch. Damit weiß ich sie zu finden und auszusparen.« Sie langte an ihren Hals und riss eine Kette aus Edelsteinen ab. »Ich bin guter Laune.« Achtlos warf sie ihm den

Schmuck zu. »Da, ein Geschenk. Es macht dich in dieser Welt zu einem wohlhabenden Menschen. Oder es kann dir auf andere Weise von Nutzen sein. Das liegt in deiner Hand.«

»Schreinerlein, was ist da los?«, rief Nótt aufgeregt in sein Ohr. »Die Menschen rasten auf der Promenade aus und rennen panisch durch die Gegend. Die Polizei rückt gerade mit zwei Wagen an. Und diese Typen rücken zu deinen Kids vor. Hörst du mich? Wo ist die Scheißkavallerie?«

»Du musst dich beeilen«, bat Anton das Wesen und steckte die Kette ein. »Bitte! Befreie meine Familie.«

»Das werde ich, Menschlein.« Marwolaeth ging an ihm vorbei. »Genieße die Tage mit ihnen. Das wird bald schon ein großes Privileg in deiner Heimat sein.« Mit beiden Händen stieß sie die Hecktüren auf und warf einen Rundumblick aus dem Lieferwagen über die Promenade.

Elisas verbliebene Kumpane starrten die verstörend anders aussehende Frau an, die sich ihnen präsentierte, als erwartete sie Huldigungen. Erst dann schauten sie ins Innere des Transporters – und zogen ihre Pistolen.

»Unheilige Scheiße, *wer* ist *das*?«, erkundigte sich Nótt. »Woher kommt die? Die sieht aus wie aus einer verkackten Freakshow!«

Anton stemmte sich vom blutnassen Boden in die Höhe. Wie er das der Polizei erklären sollte, wusste er nicht. *Eine Entführung, die aus dem Ruder gelaufen war?*

»Herr Gärtner? Alles in Ordnung bei Ihnen?«, kam die verspätete Frage von Silver über den Ohrknopf. »Wir hatten Probleme mit der Verbindung.«

Anton konnte nicht antworten. Gebannt beobachtete er, wie Marwolaeth elegant aus dem Kleinlaster sprang und dabei zwei schnelle Hiebe mit ihren bloßen Händen austeilte. Die langen Fingernägel durchtrennten die Nackenwirbel der Aufpasser, die Köpfe klappten nach vorne und wurden vom Fleisch gehalten, sodass sie nicht auf die Erde fielen. Das Blut sprudelte aus den klaffenden Wunden, und endlich kippten die Toten zur Seite.

Anton schlug sich eine Hand vor den Mund, um den Aufschrei zu unterdrücken.

Just setzte das große Kreischen auf der Flaniermeile ein.

»Oh, fuck! Fuck!«, schrie Nótt. »Was … was hat sie da eben gemacht? Wer ist das? Haben die eine Dämonin auf die Erde geholt?«

»Herr Gärtner, hören Sie mich?«, rief Silver entsetzt. »Was ist in dem Laster vorgefallen?«

In gerade Linie spurtete die überlange Frauenkreatur auf die Typen zu, welche Antons Familie umlagerten. Die Geschwindigkeit, mit der sie sich bewegte, war mit menschlichem Auge kaum nachzuvollziehen. Er sah lediglich einen Schatten zwischen den Gegnern zucken, dann brachen die Bewaffneten rings um Kathrin und die Kinder zusammen. Auch in ihren Leichen taten sich riesige Wunden auf, aus denen das flüssige Rot spritzte.

Anton atmete dennoch auf. *Meine Familie ist gerettet.*

Kathrin hatte die Mädchen an sich gezogen, die sich schutzsuchend an sie pressten. Sein Sohn hing in einer Tragetasche auf ihrem Rücken und gab keinen Mucks von sich, gleich einem Jungtier, das einen Fressfeind nicht aufmerksam macht. Um sie herum lagen die blutigen Überreste ihrer Widersacher, über welche die Kleinen nicht zu steigen wagten.

»Bleibt dort stehen«, rief Anton ihnen zu. Der Anblick, wie sie regungslos, umgeben von Tod ausharrten, wirkte surreal. Wie aus einer apokalyptischen Serie.

Doch Marwolaeths Vernichtungszug endete damit nicht.

Vier Polizisten waren kaum aus den Wagen gestiegen und hatten ihre Pistolen gezogen, schon zuckte das Wesen zu ihnen und durchbohrte ihre Leiber mit bloßen Händen. Die schusssichere Weste bot weder den Nägeln noch der Kraft erkennbaren Widerstand.

Wie im Rausch hüpfte und sprang Marwolaeth über die Promenade und tötete wahllos im strahlenden Sonnenschein. Solche Szenen kannte Anton allenfalls aus Horrorstreifen, doch selbst dort griffen die Bestien bei Vollmond oder im Schutze des Nebels an. Aber nicht an einem Sommertag. Bei bestem Urlaubswetter.

»Das glaube ich nicht. Das glaube ich nicht«, wisperte Nótt und gab würgende Geräusche von sich. »Woher … mit … mit den Fingern! Hast du das gesehen? Die rippt die Menschen mit den Scheißfingern auseinander wie fette Wrestler ganze Stofftiere!«

»Wie konnten diese Leute das Tor für diesen Schrecken öffnen?«, stammelte Silver parallel.

Wie hätte ich das wissen sollen? Anton sah ungläubig über das Massaker, dass Marwolaeth anrichtete. Die Erleichterung, seine Frau und die Kinder gerettet zu haben, wich der Erkenntnis, den vielfachen Tod anderer Menschen heraufbeschworen zu haben. *Mein Gott! Das wollte ich nicht!*

Marwolaeth hob den Kopf, die hellgrünen blutfeuchten Haare flogen empor. Sie sprang hinüber zu einer Gebäudeecke, um die soeben Silver mit einem Dutzend bewaffneter Begleiter bog.

»Dich kenne ich«, vernahm Anton über sein Headset die düstere Stimme. »Alt bist du geworden. Schmecken wirst du mir dennoch!«

Schon warf sich die Kreatur in die Schar der Männer und Frauen, die sofort das Feuer auf sie eröffneten. Aber keine Kugel durchschlug die Dämonin. Die Projektile prallten von ihr ab, fetzten Schmuckstücke und Stofffetzen davon.

Marwolaeth mähte sich durch die Reihen der Tapferen. »Ich besiegte Heere. Titanen. Bessere als euch«, rief sie überschwänglich und grub die Nadelzähne in Hälse, öffnete sie mit einem Biss, riss mit ihren überlangen Armen ganze Gliedmaßen ab.

Anton sah geschockt zu seiner Familie. *Sie dürfen nichts Unbedachtes tun.* »Es wird euch kein Leid geschehen. Kathrin, hörst du? Bleibt genau dort.«

»Was? Scheiße, nein! Ihr müsst von da verschwinden«, brüllte Nótt dagegen. »Das Ding wird euch zerlegen wie ein Ausbeiner ein nettes Kälbchen.«

Anton zuckte beim Klang der verzerrten Stimme zusammen und schaute zu Marwolaeth, die Silver mit einem fürchterlichen Hieb den Unterkiefer zertrümmerte und den Mann viele Meter weiter über die Promenade schickte. Sich mehrmals überschlagend landete er drei Schritt von Anton entfernt. Er sah, wie das Leben aus den Augen wich. Silver starb mit einem vorwurfsvollen Ausdruck auf dem Gesicht, anklagend und fassungslos, als sei er im Sterben unendlich betrogen worden.

Das Wesen hob die Hand in Richtung Anton und grüßte. »Ich habe deinen Wunsch erfüllt, Menschlein. Ich danke dir nochmals. Und fürchte mich nicht. Sehen wir uns wieder, werde ich dich verschonen, selbst wenn du und deine Familie die Letzten eurer Art seid.« Marwolaeth lachte in einem eisigen Klang und rannte die Straße hinab. »Mag sein, dass du durch mich bald Herr dieser armseligen Welt bist! Preise mich!«, rief sie zum Abschied und verschwand gleich darauf zwischen den Häusern.

Das … ist unbegreiflich! Anton taumelte aus dem Lastwagen. Durch das Meer von Toten und Verletzten ging er auf seine weinenden, schluchzenden Liebsten zu.

Männer, Frauen und Kinder, Hunde und Möwen – nichts war verschont worden. Die ausblutenden Körper lagen auf dem Bürgersteig und in Rabatten, über Bänken, auf Vordächern und in den Eingängen zu Geschäften und Restaurants, in denen sie Schutz hatten suchen wollen. Anton realisierte erst jetzt wirklich, was Marwolaeth angerichtet hatte. *Binnen Sekunden.*

»Hörst du mich überhaupt, Schreinerlein?«, plärrte Nótt.

»Ich höre Sie.« Anton verfiel ins Laufen, vorbei an weiteren Leichen, bis er endlich seine Familie erreichte und sie unter Tränen in die Arme schloss. So fest es ging umschlang er Kathrin und die drei Kinder. Abgesehen von den Flecken und Spritzern des fremden Blutes waren sie äußerlich unversehrt. »Da bin ich. Jetzt wird es wieder gut. Seht nicht hin«, sprach er langsam und beruhigend. »Macht die Augen zu. Mama und ich führen euch von hier weg. Dahin, wo es keine Toten gibt, einverstanden?« Er blickte Kathrin an und nickte ihr aufmunternd zu. »Das packen wir.«

Dem flackernden Ausdruck in ihrem Gesicht nach stand sie kurz vor dem Zusammenbruch. Sie hatte in den letzten Tagen viel durchgemacht und obendrein das Gemetzel mit ansehen müssen. »Wir packen es«, erwiderte sie brüchig. »Anton, was –«

»Später«, vertröstete er sie, als hätte er dann eine Erklärung. »Dort rüber. Zum Kaufhaus.« Er nahm Evelin auf den Arm und Annabell an die Hand und führte seine Familie auf dem kürzesten Weg runter von dem Schlachtfeld. Die ersten Möwen und Krähen senkten sich auf die Leichen herab, schnappten sich Fleischfetzen oder verlorenes Essen aus den Händen der Touristen.

Sirenen erklangen, die sich schnell auf die Promenade zubewegten. Ein paar Mutige trauten sich aus der Deckung und suchten nach Überlebenden, denen es zu helfen galt. Auch auf Anton und seine Familie eilten Retter zu, die sie ins Innere eines Cafés geleiteten. Das Rattern eines Hubschraubers verkündete das Eintreffen von Luftunterstützung.

»Was ist in dem Lastwagen passiert?«, erkundigte sich Nótt atemlos. »Das war die krasseste Scheiße, die ich jemals gesehen habe.«

Die Tür! Anton wusste nicht, ob sie geschlossen oder offen war. Aus Marwolaeths Ebene, dem Universum, der Welt, was auch immer, konnten womöglich weitere Monster auf die Erde gelangen.

Eine recht laute Stimme in seinem Hinterkopf sagte ihm, dass er schuld daran sei, dass die Bestie über den Globus streifte und willkürlich mordete. *Ich habe den Klopfer ein zweites Mal betätigt, ich gab der Kreatur die Möglichkeit, der anderen Welt zu entkommen.* Anton sah sich in der Pflicht.

»Du bleibst mit den Kindern im Café«, sagte er unvermittelt zu Kathrin.

Erschrocken fasste sie seinen Unterarm. »Wohin willst du?«

»Nachschauen. Ob ich helfen kann.« Anton musste sie anlügen. *Sie ist eh schon ein Nervenbündel.* Er gab ihr einen raschen Kuss auf die Stirn und eilte ins Freie.

»Was wird das, Schreinerlein?« Nótt hatte ihn offenbar weiterhin auf dem Schirm. »Ich kann die Kameras nicht mehr lange kontrollieren. Die Bullen werden Zugriff haben wollen.«

»Löschen Sie alles.«

»Schon geschehen. Ich schalte jetzt alle aus bis auf die, die ich brauche, um dich zu sehen.«

»Sagen Sie mir, wann die Polizei da ist.«

»Ist sie schon. Sie kommt von der rechten Seite der Promenade. Aufgerödelt mit allem, was sie gefunden haben. Im Funk gehen sie von einem Amoklauf aus. Das wird sich bald in einen Terrorakt ändern.«

Anton erreichte den Lastwagen und sah ins Innere.

Die Mastertür stand einen Spaltbreit offen, und das widerlich gelbe Kraftfeld waberte drum herum. Jederzeit konnte das nächste Ungemach in die Welt treten.

Schließen. Den Klopfer betätigen. Anton sprang in den rutschigen Laderaum, in dem die Leichenteile lagen und das Blut in Pfützen gerann. Er zog den Eingang zu, damit ihn niemand beobachtete. Das schwache Licht machte die Tür unheimlicher, mystischer, als sie ohnehin schon war. *Gleich ist der Spuk beendet.* Rasch trat er an den Durchgang heran und umfasste die abgekühlte Klinke. *Wie hatte mich Wilhelm bitten können, so eine Todesmaschine fertigzustellen, mit der man derlei Bestien befreit?* Tapfer widerstand er der Versuchung, einen Blick in das Fremde zu werfen. Er würde das Kunstwerk zerstören, damit eine solche Katastrophe nicht wieder geschah. Dutzende Verletzte und Tote hatte diese Kreatur hinterlassen. *Von dort kann nichts Gutes kommen.*

»Die Bullen sind jetzt da und sichern die Sanitäter«, berichtete Nótt, in der verzerrten Stimme schwang Panik. »Wenn ich das Gefuchtel richtig deute, zeigen einige Leute zum Lastwagen. Beeil dich! Was immer du da drin machst. Die werden gleich hineinschauen wollen.«

»Ich mach ja schon.« Antons Blick huschte über die Kadaver und das Blut, in dem er stand. Er brauchte eine verdammt gute Geschichte, um das zu erklären, sollte man ihn hier erwischen. *Raus, ehe man mich entdeckt.* Er drückte die Tür.

Kurz bevor das Schloss einrastete, schnellte ansatzlos die Klinge eines schlanken Schwertes aus dem Spalt und blockierte den Schließmechanismus.

Scheiße! Nicht noch so eine! Anton warf sich mit ganzer Kraft gegen das Blatt und hoffte, dass der Stahl brach.

Doch das geschmiedete Metall hielt.

Von der anderen Seite erklang ein wütender Schrei, gefolgt vom Rumpeln starker Tritte. Die Erschütterungen schüttelten Anton durch, der mit dem Fuß den Wagenheber heranzog und damit von unten gegen das Schwert schlug, um es aus der Tür zu zwingen.

»Die Bullen! Sie kommen!«, rief Nótt, im Hintergrund knisterte Plastik. Der Hacker schien Tabletten aus der Verpackung zu drücken.

Anton schwitzte, drosch und rammte in wüstem Wechsel, um das Durchbrechen des unbekannten Widersachers zu verhindern. Nach einem neuerlichen Schlag mit dem Wagenheber fiel die Tür zu. *Endlich.* Mit vollem Gewicht lehnte er sich gegen das Blatt, um es zu blockieren, und hielt die Klinke umklammert, damit sie nicht herabgedrückt werden konnte. *Jetzt nur noch …*

Anton tastete nach dem Klopfer. Dabei rutschte ihm die Klinke aus den schwitzigen Fingern.

Schon wurde der Ausgang aufgestoßen.

Wenn ich es nicht aufhalten kann, dann eben so. Anton wich aus und ließ die beiden Schatten von der anderen Seite herausstolpern, die auf die Ladefläche und zwischen die Körperfetzen stürzten. Danach schlug er die Mastertür zu und betätigte den Klopfer.

Augenblicklich erlosch das Kraftfeld, und das aggressive Summen verstummte.

Erledigt! Noch eine Handbewegung, und die Particulaeeinstellungen am Rahmen waren verschoben. Aus dieser fürchterlichen Ebene käme nie wieder Schlechtes zu ihnen.

Schnell beugte sich Anton nach der Pistole, die er im Matsch aus Blut und Schlimmerem entdeckt hatte. Drohend richtete er den Lauf auf die Umrisse eines Mannes und einer Frau. »Keine Bewegung! Oder ich schieße.« Ob man mit den Worten in dem Universum, aus dem die beiden kamen, etwas anfangen konnten, wusste er nicht.

Die Frau erhob sich als Erstes aus dem widerlichen Sumpf und half dem deutlich schwächer gebauten Mann beim Aufstehen. Das wenige Licht zeigte Rüstungen und Kleidung, wie man sie im europäischen Mittelalter getragen hatte.

»Wo ist Marwolaeth, Bursche?« Unbeeindruckt von der Halbautomatik hob der weibliche Umriss ruckartig das Schwert und hielt es an Antons Kehle. »Sag es! Wir müssen sie töten. Oder deine Welt wird untergehen.«

* * *

»Das sind sehr interessante Dinge, die Ihr Vater vor seinem Tod sammelte.« Oberst Grigorij Wolkow schob die Ausdrucke der Bilder, Messwerte und Grafiken zur Seite, die ihm Milana hingelegt hatte, suchte ein Foto heraus und betrachtete es mit der Lupe. Dabei schwollen seine Muskeln unter dem roten Shirt an, die schwarze Lederjacke lag achtlos hingeworfen auf der Designercouch und begrub seine Aktentasche. »Weswegen schickten Sie mir die komplette Sammlung nicht einfach als Mail?«

»Weil es dann bei Ihnen in der Behörde unterwegs wäre. Unkontrollierbar«, erwiderte Milana mit einem knappen Lächeln. Sie trug ihren goldschwarzen Designerfreizeitanzug und hatte die Halskrause nicht abgelegt, obwohl sie sonst eine sehr eitle Person war. Doch den Oberst des FSB wollte sie nicht durch schönes Aussehen, sondern durch Mitleid auf ihre Seite ziehen. Und natürlich mit dem Lockmittel der geraubten Daten. »Ich habe das Gefühl, dass es extrem geheim gehalten werden muss. Ich bin keine Fachfrau, aber es klingt …« Sie sah Wolkow an und fuhr sich durch die kurzen blonden Haare. »Nein, sagen Sie mir, wie es klingt.«

Er saß in seinem ziemlich günstigen Outfit auf der Designercouch und passte nicht richtig in das überteuerte Loft. Milana hätte ihn zu gerne in einer Uniform gesehen, doch diese wäre ein wenig auffällig gewesen; die Pistole im Holster erinnerte an seinen Job beim Geheimdienst.

»Frau Nikitin, Ihr Vater war alles andere als ein Spinner, sondern ein hoch angesehener Wissenschaftler, der etliche Preise und Auszeichnungen bekam. Daher nehme ich an, dass alles, was er gesammelt und Ihnen geschickt hat, Hand und Fuß hat. So seltsam und … wie aus einem Science-Fiction-Roman es auch klingen mag.« Wolkow machte ein ernstes Gesicht. »PrimeCon scheint eine revolutionäre Forschung zu betreiben.

In der Energiegewinnung. In der Waffentechnik. In so vielen Bereichen. Das dürfen wir Russland nicht vorenthalten.«

Milana entspannte sich innerlich etwas. Ihre größte Befürchtung war gewesen, dass man sie als Irre betrachtete, die auf ihren Events zu harte Drogen konsumiert hatte. »Dann werden Sie und Ihre Behörde mir helfen, Oberst?«

»Ganz sicher, Frau Nikitin.« Er lehnte sich in die Polster und nahm das Glas mit der bereitgestellten dunklen Limonade. »Als mir unser gemeinsamer Bekannter von Ihren Problemen mit einer ausländischen Macht berichtete, hätte ich niemals gedacht, welche nationale Bedeutung Ihren Informationen zukommt. Ihrem Vater wird sicherlich posthum eine Medaille für seine Aufopferung verliehen. Der Präsident schätzt Eigeninitiative.«

»Die Batjuschka das Leben kostete«, erwiderte Milana frostig. »Meines will ich nicht auch verlieren.« *Dafür sorgst du, Genosse Oberst.*

»Das werden Sie nicht, Frau Nikitin. Ich veranlasste verdeckte Personenschützer, die in der Lobby und der Wohnung auf Sie achten werden.« Wolkow trank einen Schluck und blickte sich um. Er war jung, seine Bewegungen erinnerten an Posing, als wollte er sich bei Milana um eine Anstellung in der Firma bewerben. Das glatt rasierte kantige Gesicht und der Kurzhaarschnitt seiner schwarzen Haare passten hingegen zu den alten Sowjetplakaten. »Das ist sehr teuer.«

»Wie bitte?«

»Das Loft. Die Lage. Die Einrichtung.«

»Nicht meins. Leider.«

»Aber Sie arbeiten daran, wie ich hörte.« Wolkow lächelte sie warm an. »Nur zufriedene Kunden. Und die patriotische, selbstlose Tat Ihres Vaters wird sich herumsprechen und Ihnen noch mehr Aufträge bescheren.« Er tätschelte ein besticktes Kissen. »Sie können sich bestimmt bald einen solchen Wolkenkratzer kaufen.«

Milana lachte erleichtert. *Okay, ich habe ihn eingefangen.* »Dann fange ich doch mit jenen Rubel an, die mir Russland zahlen wird.«

»Wofür?«

»Für die Informationen, Oberst. Sämtliche Aufzeichnungen meines Batjuschkas. Ich bin Geschäftsfrau. Kein russischer Spion wäre auch nur in die Nähe dieser Daten gekommen. Oder dieses« – sie beugte sich vor, um es abzulesen – »Projekts Lithos. Dank mir kann der FSB oder welcher Geheimdienst auch immer nach Frankreich reisen und sich dieses Objekt aneignen. Damit wären nicht wenige Probleme Russlands gelöst.«

Wolkow hob die gestählten Schultern. »Ich werde das so weitergeben, Frau Nikitin. An welche Summe dachten Sie?« Er wirkte nicht sonderlich engagiert.

»Kein Geld.« *Vielleicht hätte ich doch auf seinen Vorgesetzten als Verhandlungspartner bestehen sollen.* Milana sah sich ostentativ in dem Apartment um. »Immobilien. Die bessere Anlage.«

Lachend stimmte ihr der Oberst zu und hob sein Glas. »Es wird sich etwas finden, das Ihrem Ruf und Ihrem Geschäft gerecht wird. Natürlich erst, wenn das Material komplett gesichtet und analysiert wurde. Dann ist der Wert zu schätzen.«

»Feilschen Sie schon?«

»Ich bereite Sie nur darauf vor, dass die Rechnungsabteilung und Liegenschaftsverwaltung von Mütterchen Russland harte Verhandlungspartner sein können.« Wolkow deutete auf die verstreuten Papiere. »Darf ich sie mitnehmen? Als erstes Häppchen?«

Milana hatte absichtlich Auszüge ausgesucht, die spektakulär aussahen, aber wenig Substanz enthielten. Erst wenn sie einen Vertrag unterschrieben hatte, der ihr eine schöne Wohnung in Moskau oder eine Villa außerhalb der Stadt sicherte, bekam Russland alles. »Meinetwegen. Sie werden wissen, was damit zu tun ist«, sagte sie mit einer unzufriedenen Note, als gäbe sie einen Schatz aus den Händen.

Wolkow sammelte die Blätter zusammen. »Das wird morgen schon untersucht sein. Höchste Priorität. Ich könnte mir vorstellen, dass Sie der Präsident persönlich empfangen wird.« Die Papiere wanderten in die schlanke Aktentasche, die er unter der Lederjacke herauszerrte. »Ihre Schutzengel werden in einer halben Stunde bei Ihnen sein. Ihnen wird nichts mehr geschehen.« Er dachte einen Moment nach, die dunklen Augen auf das leere Limonadenglas gerichtet. »Vielleicht wäre es besser, Sie an einen ganz anderen Ort zu bringen. Bis wir die Bedrohung ausgeschaltet haben?«

Ich setze keinen Fuß vor die Tür! »Ich vertraue Ihren Leuten.« Milana mochte sich den Umzug zurück in ihre weniger luxuriöse Wohnung nicht vorstellen und vertraute auf die Abschreckung der staatlichen Bodyguards. »Sobald ich Ihnen die gesamten Daten überlassen habe, werde ich für PrimeCon, oder wer auch immer dahintersteckt, uninteressant. Der Schaden ist angerichtet.«

»Gut. Aber ich werde noch einen dritten Mann anfordern.« Er sog wie ein Junge den letzten Tropfen schlürfend aus dem Glas leer und erhob sich. »Haben Sie noch große Schmerzen? Im Nacken?«

»Schleudertrauma. Den armen Fahrer hat es schlimmer erwischt. Eine gebrochene Nase und eine üble Platzwunde an der linken Schläfe.« Milana stand ebenfalls auf und geleitete den Geheimdienstler bis zum Ausgang. Die Halskrause erschwerte ihr das Kopfdrehen. »Sie haben mich sehr beruhigt, Oberst. Danke.«

Er reichte ihr seine Karte aus der Gesäßtasche. »Sollte etwas sein, können Sie mich jederzeit kontaktieren. Rund um die Uhr.« Wolkow gab ihr die Hand und deutete überraschend einen Kuss darauf an. »Zögern Sie nicht, Frau Nikitin.«

Milana hörte die Anspielung in seinen Worten. Der Oberst

war einem Date nicht abgeneigt, aber clever genug, ihr die Initiative zu überlassen, um sich nichts zu Schulden kommen zu lassen. *Hättest du wohl gerne, Toyboy.* »Oh, das werde ich. Sobald ich mich nicht sicher fühle, rufe ich Sie an.«

»Tag und Nacht.« Wolkow hielt Augenkontakt.

»Tag und Nacht, ganz genau.« Milana löste ihre Finger aus seinen und öffnete die Tür für ihn. Sie mochte den trainierten Mann. Es würde sich zeigen, wie weit ihr Interesse an ihm ging. *Zu einfach mache ich es dir nicht.* »Danke nochmals, Oberst. Sie –«

Wolkows Gesicht verformte sich unerwartet. Die rechte Wange wurde etwas eingedrückt, während aus seinem leicht geöffneten Mund rote Tröpfchen gegen sie spritzten; die linke Wange und das Jochbein explodierten regelrecht, die Haut wurde aufgesprengt, und Wolkow spuckte Zahnstücke, Knochensplitter, Fleisch und Blut aus.

Eine Sekunde darauf brach der Oberst auf dem hellen Marmorboden zusammen, um seinen Kopf bildete sich eine große rote Lache.

Was bei …? Erst da verstand Milana, dass ihm eine Kugel durch den Schädel geflogen war.

Gleichzeitig stürmten drei mit Sturmhauben maskierte Männer und eine Frau herein. Die schwarzen Anzüge mit den weißen Hemden wirkten in der Kombination befremdlich, einer von ihnen trug einen Rucksack.

»Ich sagte doch, der muss wieder raus.« Der Erste packte Milana an den kurzen blonden Haaren und am Arm, den er ihr schmerzhaft auf den Rücken bog, und schob sie zurück ins Wohnzimmer.

»Das Warten hätte auch schiefgehen können.« Die Frau setzte sich an den Esstisch, einer der Männer flankierte sie.

Der dritte Typ blieb am Eingang und sicherte. »Oberst Grigorij Wolkow. FSB«, rief er quer durch das Loft. »Hat keinen angerufen, seit er da ist.« Nach einer kurzen Pause fügte er hinzu: »Ausdrucke der Dateien in der Aktentasche. Muss er von ihr haben.«

Milana vermochte sich nicht zu rühren. Die Kombination aus Griff in den Haaren und angewinkeltem Arm immobilisierte sie. Natürlich kannte sie einen Befreiungstrick aus dem Selbstverteidigungskurs, aber der Mann würde ihr dabei den Arm brechen. *Mit einem zerstörten Knochen kann ich mich gegen die anderen drei nicht im Ansatz wehren.* Sie fragte nicht, wen sie vor sich hatte, weil es auf der Hand lag: PrimeCon schickte seine Schläger, um sich die Daten zu sichern. *Ich muss weniger als eine halbe Stunde aushalten. Dann kommen meine Retter.* »Was soll das?«

Der dritte Mann nahm den Rucksack ab und stellte ihn auf den Boden. Ein elektronisches Zubehörstück nach dem anderen wanderte daraus auf den Tisch, mit dem er Milanas Laptop souverän und rasch verkabelte.

»Wir beschleunigen das Unvermeidliche«, antwortete die Anführerin und korrigierte den Sitz ihres schwarzen Schlipses. »Sie hätten kooperieren sollen, Miss Nikitin. Aber den FSB zu kontaktieren und denen Daten anzubieten, die Ihnen gar nicht gehören, das brachte eine Kaskade ins Rollen.«

Der Computerspezialist des Quartetts schaltete Milanas Klapprechner ein und nahm einen Tabletcomputer zur Hand. »Passwort?«

Milana blieb ruhig und sah heimlich zur Wanduhr. *Fünfundzwanzig Minuten. Eher weniger.*

»Miss Nikitin. Ich bin keine Freundin von Folter.« Die Frau holte aus dem gleichen Rucksack ein schmales Etui sowie zwei gefüllte Ampullen ohne Beschriftung heraus. Aus dem Futteral nahm sie ein Spritzenbesteck, das sie in einem Fläschchen aufzog. »Das ist Nowitschok zwei, ein recht wirksames Gift, das Ihnen nach einer kleinen Einwirkzeit Informationen entlockt und Sie danach mental zu einem Krüppel werden lässt«, erklärte sie. »Sie zwangen PrimeCon zu diesem drastischen Schritt, um seinen Besitz zu sichern.« Die Frau legte die Spritze auf den Tisch und stupste sie einmal an, sodass sie um die eigene Achse kreiste, als spielten sie Flaschendrehen. »Oder Sie arbeiten mit uns zusammen.«

Milana beobachtete die geschliffene rotierende Nadel, die nach jeder Sekunde und einer Umdrehung auf sie zeigte. *Ich muss sie hinhalten.* »Gut, ich sage Ihnen das Passwort«, willigte sie ein. »Knochenmühle.«

»Oh, sehr morbid-poetisch.« Die Frau nahm die Spritze und drückte die Luft aus der Kammer, ein Teil des Serums glitzerte feucht an der robusten, dicken Nadel. »Versuchen wir es.«

Der Computermann gab das Wort ein und nickte abwesend. »Mache mich an die Suche.« Danach lud er von seinem Tablet diverse Spürprogramme auf den Rechner, um sämtliche Verzeichnisse, Dateien und Browserverläufe zu durchforsten.

Milana blieb ruhig. Die Gegner wussten nicht, dass es der falsche Laptop war. Sie hatte das Gerät, mit dem sie Zugriff auf Batjuschkas Server besaß, in den Banktresor gesperrt, weil sie dem FSB nach der Kontaktaufnahme durchaus zugetraut hatte, sämtliche elektronischen Datenapparate zu konfiszieren. Wolkow hatte zu ihrer Erleichterung nichts davon angedeutet.

Entsprechend enttäuscht blickte der Computermann nach weniger als einer Minute zur Anführerin. »Nichts. Der Rechner war nie in Kontakt mit den gestohlenen Daten.«

Die Maskierte verzog den Mund, die hellbraunen Augen blitzten wütend auf. »Ah. Ist das Ihre Wahl, Miss Nikitin?« Sie hob die gefüllte Spritze und sah auf die Uhr. »Sie warten auf jemanden, richtig? Deshalb schauten Sie schon ein paar Mal nach der Zeit. Hat Wolkow Ihnen Sicherheit versprochen? Mehr Agenten zu Ihrem Schutz?«

Milana wich dem Blick der Frau aus. *Fünfzehn Minuten.* Mit etwas Glück kamen die Männer früher.

»Was ich vorhin nicht erwähnte: Ich werde das Gift an einer bestimmten Stelle injizieren. Damit es rascher wirkt.« Sie gab

Milanas Bewacher ein Zeichen, der sie mit dem Oberkörper nach vorne auf den Tisch presste.

Jetzt befiel Milana Furcht. *Scheiße! Mir muss noch was einfallen.* »Nein, warten Sie! Ich –«

»Fürs Warten werde ich nicht bezahlt.« Die Maskierte begab sich neben Milana, drückte in ihrem Nacken herum, als suche sie etwas. Gleich darauf stach es schmerzhaft in der Haut. »Die Nadel wird zwischen Ihre Wirbel gedrückt. Dann gebe ich ganz wenig von dem Serum ab und arbeite mich an Ihrem Rückgrat entlang abwärts. Mag sein, dass ich dabei Bandscheiben verletze. Kann sein, dass die Nadel abbricht. Oder ich zerstöre Nervenbahnen und Sie werden Lähmungserscheinungen haben. Oder ich haue diese Spritze mit dermaßen viel Kraft in Ihr Kreuz, dass ich bis ins Rückenmark komme. Das werden Schmerzen, die Sie niemals mehr vergessen.« Sie brachte ihren Mund dicht an Milanas Ohr. »Aber das ist mir egal, Miss Nikitin. Ich bin keine Ärztin. Ich bin nur hier, um die Daten zu beschaffen. In welchem Zustand Sie danach sind, entscheiden Sie. Gesund oder ein körperliches und psychisches Wrack?«

Schnell, irgendwas muss ich denen verkaufen. »Das … das sollten Sie lassen. Mein Anwalt hat eine Kopie der Dateien. Sobald ich sterbe, wird er sie zum FSB bringen.«

»Ihr Anwalt? Sie meinen Herrn Popow, der im Impressum Ihres Eventunternehmens angegeben ist? Oh, ich bin mir sicher, dass wir ihn mit ein bisschen Geld dazu bringen, das zu unterlassen.« Die Anführerin blieb unbeeindruckt. »Gerade trifft er sich mit einem Vertrauten von PrimeCon. Als hätten wir das geahnt.«

Der Bluff funktioniert nicht. Die Angst steigerte sich weiter, zumal Milana gelogen hatte. Es gab keine solche Rückversicherung. Popow schwebte dank ihr nun ebenso in Todesgefahr. »Ich möchte mit Ihrem Auftraggeber sprechen. Er soll mir ein Angebot machen!«

»*Ich* bin das Angebot, Miss Nikitin.« Die Maskierte drückte die Nadel tief in den Nacken und zwischen die empfindsamen Wirbel.

Was immer die geschliffene Spitze getroffen hatte, es löste unsägliche Schmerzen aus. Milana kreischte auf, die Tränen schossen ihr in die Augen. »Nein«, bettelte sie. »Nein, aufhören!« An einen Befreiungstrick war nicht mehr zu denken.

Die Nadel wurde herausgezogen – und tauchte Millimeter weiter abwärts in ihren Körper ein, schrammte dabei über einen Wirbel. Milana hörte es ganz genau. Der Knochen übertrug das Geräusch direkt in ihren Verstand. Wieder schrie sie gellend und hoch. Sie glaubte ein Kribbeln in ihrem rechten Fuß zu spüren. Erste Nervenschäden vom Serum?

»Oder sollen wir sehen, was geschieht, wenn ich Ihnen die Nadel durch den Gehörgang schiebe?«, bot die Maskierte an. »Ist Ihnen das lieber?«

Nichts davon war ihr lieber. Alles, was sie benötigte, waren ein paar Minuten, bevor die FSB-Agenten zu ihrer Befreiung erschienen. *Halte durch, Mila. Gib ihnen einen Happen, das beschäftigt sie.* »Ich sage Ihnen die Serveradresse«, keuchte sie. »Bitte, lassen Sie mich.« Schnell nannte sie die Adresse und den Zugangscode für den gesicherten Bereich, in dem sich der Ordner befand. »Suchen Sie nach *Babaj1*. Darin ist alles, was mein Vater kopierte.« Milana schielte zur Uhr. *Gleich.*

»Das prüfen wir doch zu gerne.« Die Anführerin kehrte an ihren Platz zurück. »Mihail?«

Der Computermann loggte sich mit Milanas Laptop ein und scrollte sich nach dem Retinaabgleich durch die Verzeichnisse. »Nichts.«

»Was?« Milana riss die Augen vor Überraschung weit auf. »Das kann nicht sein. Babaj1. Der Ordner heißt –«

Der Maskierte drehte den Laptop so, dass sie auf den Monitor sehen konnte. »Sämtliche Unterverzeichnisse sind gelöscht. Es gibt keine Eintragungen in den Dateien«, erklärte er grollend. »Was soll diese Scheiße?«

»Das … ist ein Fehler.« Plötzlich begriff sie. *Diese miesen Arschlöcher vom FSB!* »Ich bin gehackt worden! Wann wurde das gelöscht?«

»Vor einem Tag.«

»Ich bin ebenso getäuscht worden! Die Dateinamen wurden als Ablenkung dagelassen. Damit ich es nicht merke.« Milana sah, dass ihr die Anführerin nicht glaubte. Und die Zeit war abgelaufen, ohne dass es an der Haustür geklingelt hatte. »Ich kann nichts dafür.« *Scheiße. Ich bin am Arsch.* Sie zwang die Tränen zurück. Wenn sie schon starb, dann mit Stil, sofern das in einem goldschwarzen Freizeitanzug möglich war.

Die Anführerin musterte sie. »Angenommen, Sie sagen die Wahrheit: Haben Sie Kopien angefertigt?«

In diesem Moment dudelte im Eingangsbereich ein Telefon.

»Oberst Wolkow«, meldete sich der Mann an der Tür am Smartphone des Toten. »Verstanden. Gut. Dann in einer Stunde. Bis nachher.« Nach zwei Sekunden rief er: »Die Personenschützer stecken im Stau. Sie sind erst in einer Stunde hier, Chefin.«

Die Maskierte nahm die Spritze wieder in die Hand und brachte sich neben Milana in Position. »Na, das trifft sich doch. Unser Parkticket ist noch fünfundvierzig Minuten gültig«, sagte sie. »Also, Miss Nikitin: Haben Sie Kopien der Dateien gemacht, die im Ordner Babaj1 steckten?« Die Nadel setzte sich erneut im Nacken auf die Haut. »Wo sind sie?«

Milana wünschte sich, ihr Batjuschka hätte ihr die Unterlagen niemals geschickt.

* * *

»Willst du einen Wächter haben, der vor Schaden wacht?
Nimm dir einen an zum Diener Namens Wohlbedacht.«

Friedrich Freiherr von Logau: Besonnenheit, in: Sinngedichte (1759)

KAPITEL VII

DEUTSCHLAND, TIMMENDORFER STRAND, SPÄTSOMMER

Anton wusste nicht mal, ob die Pistole entsichert war, die er auf die gerüstete Unbekannte mit dem Schwert richtete. Das Licht machte sie zu einem Schemen, genauso wie den schmächtigeren Mann neben ihr. Aber sie kannte Marwolaeth. *Und die Absichten des Wesens.* »Runter mit der Klinge!«, verlangte er.

»Nein.« Die Frau sah sich um. »Was ist das für ein Raum?« Sie zeigte mit der freien Hand auf die Tür. »Jagore, prüfe, welche Art Portal das ist.«

Der Mann deutete eine Verbeugung an.

»Zwei Spezialeinsatzbullen kommen jetzt auf den Transporter zu«, verkündete Nótt. »Keine Minute, dann sind sie da. Und die haben scheißekrass gepimpte Maschinenpistolen dabei.«

In Anton überschlugen sich die Gedanken. Sollten die Polizisten den Wagen beschlagnahmen, war die Tür verloren. Außerdem erfuhr er nichts mehr über Marwolaeth oder deren Pläne und über die zwei Besucher aus dem anderen Universum. *Sie sprach von der Vernichtung der Welt!* Weniger als eine Minute reichte nicht aus, um sich mit den Fremden darüber auszutauschen. Daher musste Anton mit ihnen vom Tatort verschwinden. Samt der Tür.

»Nótt, ich brauche eine Ablenkung.« Er senkte die Pistole, und die Unbekannte nahm die Klinge von seinem Hals. Anton steckte die Halbautomatik in eine Seitentasche des Laderaumes. Schusswaffen waren nicht seins. »Ich muss mit dem Laster weg.«

»Du machst mir Spaß. Am Timmendorfer Strand wimmelt es von Sicherheitskräften. Was soll ich denn machen?«

»Sie sind der Hacker. Nutzen Sie …«

»… die Macht, ja?« Nótt stieß die Luft aus. »Du schuldest mir Gefallen bis an dein Lebensende, Schreinerlein. Ich lasse mir …« Die verzerrte Stimme schwieg ein, zwei Sekunden. »Okay, das Schicksal kommt uns zu Hilfe. Diese Killerbarbiepuppe mit den grünen Haaren mordet sich einige Straßen weiter durch den Ort. Sie ziehen sämtliche Bullen dorthin ab.«

»Auch die am Transporter?« Anton kletterte in die Fahrerkabine und setzte sich hinter das Steuer.

»Ja. Die rennen los.« Aus Nótts Sprechkanal erklang das Klappern eines Keyboards. »Warte noch eine Minute, dann kannst du ganz normal wegfahren. Ich sag Bescheid.«

»Ist meine Familie noch im Café?«

»Jepp.«

Ich werde sie nachher anrufen. Anton tat es in der Seele weh, sie schon wieder verlassen zu müssen, doch es ging nicht anders. Er wandte sich zu den Unbekannten um, die er wegen der schlechten Beleuchtung nach wie vor nicht richtig sah. Rostiges Metall und Eisenringe blinkten auf, es roch nach altem Schweiß in grober Kleidung. »Ich bringe uns weg. Wir müssen in Ruhe über Marwolaeth reden.«

»Wir wollen Marwolaeth töten. Nicht über sie reden.«

»Gerade ist es zu gefährlich. Man würde Sie sofort festnehmen.« Anton wusste nicht, ob die Unbekannten etwas mit dem Begriff *Polizei* anfangen konnten. »Es sind … Gesetzeshüter unterwegs. Sehr, sehr viele.«

»Einverstanden. Reden wir, während sich die Lage beruhigt. Und dann suchen wir die Dämonin.« Sie kam nach vorne und setzte sich neben ihn auf den freien Sitz. Das Sommertageslicht beschien eine Frau von Mitte zwanzig, die ihre langen dunkelbraunen Haare in einem Zopf trug. »Ah. Die

Welt entwickelte sich weiter. Aber nicht so weit, wie ich dachte«, befand sie nach einem knappen Rundumblick über die Promenade. Am Hals, auf der Wange und auf der Stirn zierten alte Narben ihre ansonsten reine Haut. Die Rüstung bestand aus einer Mischung verschiedener Elemente, von Leder über Kettenringe bis zu größeren Platten, gehalten von Bändern und Draht. »Mein Name ist Lucia, mein Begleiter nennt sich Jagore.«

Ihre Sprechweise durchzog ein starker Akzent, doch sie war gut zu verstehen. Weder machte Lucia einen ängstlichen noch einen verwunderten Eindruck. *Als wäre sie schon mal hier gewesen.* »Ich bin Anton. Wie heißt die Welt, aus der Sie und Ihr Freund kommen?«

»Meine Welt?« Lucia lachte. »Ich komme aus den spanischen Landen, Jagore ist ein Baske. Er ist nicht nur mein Freund, sondern auch Gefolgsmann. Der letzte.«

Nun war Anton verwirrt. »Aber …«

»Das ist eine lange Geschichte«, unterbrach ihn Lucia. »Welches Jahr haben wir?« Er nannte ihr das Datum. »Oh, das ist weit weg von meiner Zeit.«

Anton wusste sie nicht einzuordnen. *Eine Kriegerin. Wann und wie ist sie in dem anderen Universum gelandet?*

»Du kannst fahren«, sagte Nótt in seinem Ohr. »Langsam. Keine Aufmerksamkeit erregen. Ich lotse dich an den Sperren vorbei.«

»Es ist eine Tür, wie ich sie nie sah, Gebieterin«, rief Jagore aus dem Laderaum. »Sie braucht keine Halterung, keine Mauer oder eine Wand, aber ich verstehe nicht, wie es vonstattengeht. Eine Beschreibung wäre hilfreich, sonst –«

»Haben wir eine Beschreibung, Anton?« Lucia blickte ihn von der Seite an.

Er schüttelte den Kopf. Damit war geklärt, dass die Besucher sich mit den Türen auskannten. »Nur eine Bauanleitung.«

»Das wäre hilfreich«, meinte Jagore. »Und ich erkenne Beschädigungen. An zwei Ecken. Sie scheint überlastet worden zu sein. Sie war dem Kraftfeld zu lange ausgesetzt, Gebieterin. Aber sie ist noch nutzbar.«

Anton steuerte den weißen Kleinlaster durch Timmendorfer Strand. Nótt schickte ihn auf der idealen Route raus aus der Gegend, vorbei an den Blockaden und manövrierte ihn in ein kleines Wäldchen, wo die Entdeckung durch einen Hubschrauber so gut wie unmöglich war. Dort hielt Anton den Wagen auf Lucias Bitte hin an.

Er rief Kathrin an und erklärte ihr, dass er noch eine Sache zu erledigen habe. Sie fragte nicht nach, sondern atmete hörbar die Tränen weg. »Ich passe auf mich auf«, versprach er. »Euch wird nichts geschehen. Ihr seid sicher. Sag den Kindern, dass ich sie liebe. So sehr wie dich.« Dann legte er auf, um ihre Widerworte nicht hören zu müssen. Er ertrug es sonst nicht.

»Ich beneide dich nicht um Weib und Familie. Es macht dich angreifbar.« Lucia kletterte in den Laderaum und öffnete die Hecktüren, um Licht hereinzulassen und zu lüften. Mit dem Fuß schubste sie die menschlichen Überreste hinaus, die in den Staub des Weges plumpsten. »Das war unverkennbar Marwolaeths Werk. Ihre Form der Dankbarkeit.«

»Das war sie, ja.« Anton verließ die Fahrerkabine und ging außen herum, um frische Luft einzuatmen. Er trat hinter den Transporter und betrachtete die Fremden. Jagore war um die vierzig und deutlich kleiner als Lucia, seine Rüstung prunkloser. Auf den kurzen dunkelblonden Haaren saß eine braune Lederkappe. In Anton herrschten Ratlosigkeit, Neugier sowie der Wunsch, diese Geschichte möge bald enden. Zeitgleich hatte er die Befürchtung, dass sie gerade erst richtig anfing. »Was können Sie mir über Marwolaeth sagen? Und wieso ist die Erde in Gefahr?«

Lucia lächelte aufmunternd. »Es war sehr tapfer von dir, den Durchgang zu schließen, um weiteres Übel zu verhindern.

Aber Jagore und ich sind die einzige Rettung, die deiner Welt bleibt. Das meinte ich ernst.« Sie sprang ins Freie, wobei ihre Rüstung schepperte, und rieb die groben Stiefel im spärlichen Gras ab. »Wir verfolgten Marwolaeth schon eine geraume Zeit. Beinahe hätten wir sie gestellt.«

»Aber?« Anton sah sich auf dem improvisierten Parkplatz um. Niemand zeigte sich, sie blieben ungestört.

»Diese Tür«, antwortete Jagore und pochte mit seinen schmutzigen Fingern gegen den Rahmen. »Sie erschien wie aus dem Nichts.«

»Ich nehme an, diese Toten« – Lucia zeigte auf die Menschenreste – »hatten sie benutzt. Zufall oder Absicht.«

»Zufall«, sagte Anton sogleich und verbarg sein schlechtes Gewissen. Immerhin war er es gewesen, der die Einstellung verändert und den Ausbruch des Wesens ermöglicht hatte. Davon würde er Lucia vorerst nichts sagen. *Nicht, solange sie in meiner Nähe steht und ein Schwert hält.* »Sie absolvierten einen Testlauf«, ergänzte er.

»Was ist ein Testlauf?«

»Sie wollten erkunden, ob die Tür funktioniert.« Anton deutete auf Wilhelms Werk. »Ich half, sie zu bauen. Nach den alten Plänen.« In Kürze fasste er die Geschehnisse zusammen, angefangen vom Überfall auf seinen Meister über die Entführung seiner Familie bis hin zum Auftauchen von Mic Silver, der nun tot am Timmendorfer Strand lag.

»Ah, ich verstehe. Eine Probe. Um zu sehen, ob du tüchtige Arbeit geleistet hast, schalteten sie das Artefakt ein.« Jagore nickte ihm anerkennend zu, kratzte sich unter der Lederhaube. »Das ist äußerst gelungene Arbeit, Meister Anton. So etwas seh ich zum ersten Mal.«

»Ihr kennt nun meine Geschichte. Wie ist Ihre?« Anton sah vor allem Lucia an. »Wie kamen Sie in diese andere Welt? Und warum bedeutet Marwolaeth den Untergang?«

Lucia schloss die Augen und atmete einmal tief ein – dann

stieß sie einen anhaltenden und wütenden Schrei aus. Einige Vögel flogen erschrocken aus dem Dickicht auf.

Anton zuckte zusammen und hielt sich die Ohren zu. Ihre Stimme tönte lauter, als es ein menschliches Organ durfte.

»Entschuldige«, sagte Lucia und wandte sich ihm zu. »Es musste heraus, sonst hätte es mich zerfressen.« Dann verbeugte sie sich vollendet höfisch, was in ihrer martialischen Aufmachung seltsam wirkte. »Lucia Carmen Maria Consuela dela Vega. Ich gehörte zu einer Abteilung tapferer Männer und Frauen, die sich in dieser Welt vor vielen hundert Jahren aufmachten, Marwolaeth zu verfolgen und zur Strecke zu bringen.«

»Sie hauste im Baskenland, kam durch ein solches Portal gekrochen und suchte die Menschen heim. Sie wurde stärker und stärker. Letztlich stellten wir sie.« Jagore deutete zur Mastertür im Lastwagen. »Marwolaeth rettete sich vor uns, aber wir ließen nicht nach, sie zu jagen.«

»Die Hatz ging durch viele Welten, durch Türen, Portale, Übergänge. Mein Gefolgsmann und ich sahen Dinge, die uns an unserem eigenen Verstand zweifeln ließen«, erzählte Lucia weiter. »Wir verloren viele gute Kriegerinnen und Krieger an Marwolaeth, bis wir sie in einer Höhle zu fassen bekamen. Der Kampf tobte unerbittlich, und wir drängten sie durch eine von fünf Türen, aus der es kein Entrinnen geben sollte. Dachten wir.«

Jagore holte nach Antons Fingerzeig die Rolle mit den Plänen und schüttelte die Zeichnungen auf den trockenen Waldboden, um sie grübelnd zu studieren. »Wir beide standen Marwolaeth mit den letzten zwei Dutzend Streitern gegenüber. In einer anderen Welt. Dann schlug einer unserer Verletzten die Tür zur Höhle zu und verriegelte sie von der anderen Seite.«

»Marwolaeth tobte und schleuderte uns zurück. Sie versuchte, die Tür zu öffnen, doch sie ließ sich nur von einer Seite aus aufschließen«, führte Lucia aus. »Ein Mädchen zog den Schlüssel ab und verhinderte das Schlimmste für diese Welt. Damals.« Die Kriegerin pflückte ein paar Minzblätter und rieb sie zwischen den Fingern, inhalierte den aromatischen Duft.

»Und Sie beide blieben dort? Mit dieser Kreatur? Was ist das überhaupt?« Anton hatte viel gehört und nur noch mehr Fragen.

»Wir versuchten, Marwolaeth in dieser anderen Welt zu stellen. Einer nach dem anderen fiel gegen sie. Heimtücke ist ihre größte Waffe, und sie beherrscht sie perfekt.« Lucia hob das Schwert. »Eine Kometenlegierung. Damit ist sie zu töten. Was immer sie ist. Dämonin, Ausgeburt eines boshaften Gottes, eine Kreatur aus einer anderen Welt. Mir ist es einerlei.«

Jagore drehte und wendete die Skizzen und Konstruktionsanweisungen nachdenklich hin und her. »Ich begreife, was dieses Artefakt vermag und wie es zu handhaben ist, Gebieterin. Wir können durch sie zurück. Mit Marwolaeth.«

»Wieso denn *mit* ihr?« Anton betrachtete das unscheinbare Schwert. »Reicht es nicht, sie zu töten?«

»Diese Klinge ist aus dem gemacht, was man Steine aus der Sonne nennt. Particulae. Sie schneidet sich durch diese Bestie wie Butter. Aber sie *muss* in der anderen Welt sterben. Nicht hier.« Lucia setzte sich auf einen Baumstumpf. »Vor ihrem Entkommen warf Marwolaeth einen Fluch über die Welt, die sie verließ. Nur durch ihren Tod wird er aufgehoben. Dort. Ihr Blut muss auf den Boden treffen, während sie ihr Dasein aushaucht.«

»Was wir geschafft hätten, ohne diese verdammte Tür. Sie entwischte uns unfassbar knapp.« Jagore machte eine beschwichtigende Geste zu Anton. »Dich trifft keine Schuld, Meister. Du hast getan, was du musstest, weil du dachtest, es kommen noch weitere Monster in deine Weilt.« Er spuckte auf die umherliegenden Leichenteile und Kadaver, um die bunt schillernde Fliegen schwirrten, um ihre Eier darauf abzulegen.

»Diese Schwachsinnigen öffneten Marwolaeth den Ausgang, den sie benötigte.«

Wieder stach das schlechte Gewissen tief in seine Seele. *Das wollte ich nicht!* Anton mied es, die umschwärmten Körperteile anzuschauen. »Aber wieso sorgt das Wesen für den Untergang der Erde?«

»Marwolaeth ist walisisch. Im Spanischen würde man ihren Namen mit *la muerte* übersetzen. Der Tod, die Vernichtung, das Auslöschen allen Lebens«, erklärte Lucia. »Du hast gesehen, welches Vergnügen sie beim Töten hat?«

»Ja.«

»Marwolaeth schert sich nicht um Menschenleben. Wir sind nichts weiter als essbare, hilflose Kreaturen.« Jagore rollte die Papiere sorgsam zusammen und verstaute sie in der Rolle. Seine Fingerabdrücke hafteten an den Blättern. »Ihre Gestalt ist wandelbar. Meistens sucht sie sich ein Land aus und errichtet dort ein Imperium. Sobald sie die Lust daran verliert, verlässt sie die Welt entweder oder zerstört sie. Aus reiner Bosheit.«

»Ich bin der Geist, der stets verneint«, murmelte Anton. *Ich habe Mephisto auf die Menschheit losgelassen.* »Wie gelingt ihr die Zerstörung? Über Kriege oder …?«

»Wir fanden bei unserer Jagd einige Welten, in denen sich Marwolaeth austobte.« Lucia sah zum Himmel, wo sich über den üppig grünen Baumkronen graue Wolken im Blau sammelten. Ein Unwetter zog wie aus dem Nichts herauf, der Wind frischte von Land her auf und brachte die Bäume zum Rauschen. »*Darauf* versteht sie sich.«

»Wind?«

»Wetter. Je stärker sie auf einer Welt wird, desto mehr vermag sie der Natur zu befehlen. Sturm, Unwetter, Regen, sengende Hitze entstehen, wo und wann sie es will«, erläuterte Jagore. »Am Anfang ist es ein kleines Unwetter, später jedoch peitscht sie ganze Meere als Sturmfluten bis ins Landesinnere, während woanders Menschen unter der vernichtenden Sonne vertrocknen wie dörrendes Korn am Halm, und das Eis von den Bergen schmilzt, um Ebenen zu fluten.«

Anton räusperte sich. Offensichtlich hatte er seine Familie von einer Gefahr in die nächste getragen. »Wie lange benötigt Marwolaeth dafür?«

»Um solche Macht zu erlangen?«

»Ja.«

Lucia warf den dunkelbraunen Zopf zurück und überlegte. »Jagore, was hattest du errechnet?«

»In einer Welt wie unserer: Nicht mehr als ein Jahr. Sie passt sich rasch an und weiß die Energie der Umgebung aufzunehmen, um sie in ihre eigene zu wandeln. Wie immer sie das auch anstellt.« Er sah auf seine mittelalterliche Kleidung und Rüstung, dann zu Anton. »Wir brauchen andere Gewänder. In unseren erregen wir Aufmerksamkeit.«

Anton versuchte zu verstehen, was er gehört hatte, und sortierte das neue Wissen in seinem Kopf. »Da Marwolaeth die Gestalt ändern kann – wie finden wir sie?«

»Wir?« Lucia sah ihn verwundert an und legte die Hände an ihren Waffengurt. »Du willst uns begleiten? Du hast Frau und Kinder.«

Jagore hüstelte. »Und du besitzt nicht einmal im Ansatz solche Mächte oder Kampfkünste wie wir. Bei allem Respekt, Meister Anton. Du bist ein Schreiner.«

Anton zeigte auf das Artefakt. »Du sagtest, sie sei kaputt? Ich kann sie instand setzen. Alles, was ich dafür brauche, liegt in meiner Werkstatt.« Seine Blicke gingen zum Himmel, wo sich Dunkelheit zusammenrollte. Kälte kam mit dem Wind, erste Nebelschwaden stiegen empor und huschten zwischen dem Trio hindurch. »Also: Wie finden wir Marwolaeth?«

»Du fühlst dich verantwortlich. Weil du es warst, der die Tür erbaute«, sagte Lucia. »Das musst du nicht tun, Meister Anton. Wir kommen ohne dich zurecht.«

»Ich möchte es. Und ich will lernen. Über euch, die Türen und alles, was damit zusammenhängt. Ihr hingegen habt keine Ahnung, wie Welt in der Gegenwart funktioniert«, behauptete Anton. »Ich tue alles, um diese Kreatur aufzuhalten. Für meine Familie.«

»Hörst du, Gebieterin? So wird aus einer Schwäche wiederum eine Stärke«, sagte Jagore mit einem leichten Lächeln. »Du bist sehr uneigennützig, Meister Anton.«

Das sah Anton anders, widersprach jedoch nicht. Was als kleiner Gefallen für seinen Ausbilder begonnen hatte, wuchs sich zu einer Weltrettungsmission aus. Er musste akzeptieren, mitten in diesem unbegreiflichen Geschehen zu stecken – ja, sogar dessen Auslöser zu sein. Nun war es seine Aufgabe, die schlimmen Folgen aufzuhalten. *Mit der Tür. Sonst wäre sie nichts weiter als ein Werkzeug der Zerstörung.*

»Suchen wir uns einen anderen Wagen. Dieser Laster wird sicherlich schon gesucht.« Anton versuchte, ob er via Smartphone zu Nótt durchdrang. Aber der Hacker reagierte nicht auf seinen Anruf. »Ihr bleibt hier. Ich organisiere uns etwas.«

»Sollte die Sonne vor deiner Rückkehr untergehen, Meister Anton«, sagte Lucia, »brechen wir ohne dich auf. Marwolaeth fühlt sich wohl in deiner Heimat. Sie wird bald irgendwo sein, wo sie sich ein Imperium errichten kann. Und ihre Kräfte erstarken. Tag um Tag.«

»Schaffe ich locker. Ich bin bald zurück.« Anton trabte los in Richtung der Straße, um nach einer Mitfahrgelegenheit Ausschau zu halten.

Ihm war zum Heulen zumute.

* * *

DEUTSCHLAND, FRANKFURT AN MAIN, SPÄTSOMMER

»Noch Wünsche, Takahashi-san?« Suna saß am Flughafen in der hintersten Ecke der First-Class-Lounge. Ihr Ticket erlaubte den exklusiven Zugang in den Luxusbereich des Wartens. Über eine sichere Internetverbindung besprach sie letzte Details mit ihrem Auftraggeber, der ihr tatsächlich anderthalb Millionen Euro im halben Jahr bezahlen würde. Für ihre Hacks. Die sie aus einer Luxusunterkunft im Szeneviertel Shibuya tätigen würde, mitten in Tokio. *Ein verfickt geiler Traum geht in Erfüllung.*

»Ich werde da oben nicht online sein. Das ist mir ein bisschen zu heikel.« Mit »da oben« meinte sie die zwölf Stunden Flug, welche der A380 benötigte, nonstop. Zwar gab es inzwischen WLAN bei den Langstreckenflügen, aber Suna traute der Verbindung nicht. Ihr war keine Zeit geblieben, sich intensiv über die Internettechnik und die Sendeeinstellungen in Flugzeugen zu informieren.

»Ihr Flug geht in anderthalb Stunden, richtig?«

»Ja.« Suna zog den Schirm ihrer Basecap tiefer ins Gesicht und rückte die Sonnenbrille auf der Nase gerade. Der Rest von ihr steckte in bequemen Baggy Pants und Schlabberpulli. In Tokio würde sie endlich wieder ihren Pseudo-Broker-Look mit den vergammelten Sneakern tragen. Darauf freute sie sich. *Shibuya unsicher machen. So abgefahren!*

»Reicht die Zeit, um die Bilder weiter aufzuarbeiten, Miss Levent? Ich müsste diese gleich in einem Meeting zeigen.«

Suna rief die Aufnahmen auf, welche die Sicherheitskameras am Timmendorfer Strand gemacht hatten. Die Stiftung wollte sämtliche Aufzeichnungen zur Mastertür, zu Marwolaeth und den beiden Unbekannten. »Das kriege ich hin. Die gefilterten Sprachaufzeichnungen waren in Ordnung?«

»Beste Qualität.« Takahashis Stimme verriet seine Anspannung. »Was wären wir ohne Sie? Sie haben uns Informationen beschafft, von denen wir nur träumen konnten. Die Mastertür, dieses Schwert aus einer Particulaelegierung, die Nachrichten über dieses Wesen«, zählte er beeindruckt auf. »Der Hack von Anton Gärtners Smartphone – brillant.«

Suna grinste. »Das ist jetzt keine Hexerei.«

Gärtners Mobiltelefon zeichnete unaufhörlich auf und sendete jegliche Unterhaltung, die der Schreiner führte. Das hatte sie auf Wunsch von Takahashi eingerichtet, um mehr über die Unbekannten zu erfahren. *Lucia und Jagore. Wenn das nicht nach Märchen klingt.* Ihre Vorliebe für Märchen machte Suna anfällig für die Geschichte, die sie Anton erzählt hatten. Und sie passte hervorragend zu den Ereignissen auf der Strandpromenade.

»Ich habe die Wetterdaten gecheckt«, fügte sie hinzu. »Meteorologisch gab es keinerlei Grund für das Unwetter. Ganz schön viel Sturm und Regen für einen sonnigen Tag bei dieser Hoch-Tief-Lage.«

»Demnach das Werk von Marwolaeth.«

»Genau, Takahashi-san. Oder irgendwelchen Aliens, die wir übersehen haben.« Suna schüttelte es. Eine Dämonin oder was auch immer war auf die Erde gekommen. Und hatte das Potenzial, den Klimawandel dermaßen zu beschleunigen, dass niemand, wirklich niemand mehr daran zweifeln konnte. Das war leider weniger märchenhaft.

Eine Angestellte im schicken Airlinedress kam an Sunas Platz in der hinteren Ecke der Lounge, von der aus sie das Flugfeld im Blick hatte. »Darf es noch etwas für Sie sein, Miss Levent?«

»Nein, danke.«

»Sollten Sie einen Wunsch haben, rufen Sie mich einfach.« Die Frau verschwand wieder.

Was die Fluggesellschaft an Bewirtung aufbot, fand Suna

übertrieben. Man konnte hier besser essen als in manchen Restaurants, und die Auswahl an Spirituosen nahm es mit Mittelklassebars locker auf. Fehlte nur der Barkeeper, der alles mixte.

»Takahashi-san, was hat die Stiftung mit den Informationen vor?« Sunas Finger flogen über die Tasten und tippten Befehle. Mit speziellen Programmen auf ausgelagerten Hochgeschwindigkeitsrechnern motzte sie die Aufnahmen auf. Ihr Laptop hätte Tage dafür benötigt, die gekaperten Supercomputer vollbrachten das Ganze wesentlich schneller.

»Ich verstehe die Frage nicht. Oder vielleicht falsch.«

»Anton Gärtner. Er scheint ja gerade zusammen mit Super-Lucia und Wunder-Jagore zum Rettungsteam der Welt zu werden«, sprach sie leise, ohne ihre Arbeit zu unterbrechen. Wie bei einer Nähmaschine schnurrten die Tasten unter ihren auf und nieder zuckenden Kuppen. »Wäre die Stiftung nicht die richtige Adresse, um ihnen Beistand zu leisten?«

»Das tun wir doch. Durch Sie.«

»Ich meine eher … mit Ninjas.« Suna grinste, weil sie das Gesicht des Japaners vor sich sah, wie er in seinem schicken Büro saß und nicht fasste, was sie vorschlug. »Sie sitzen doch an der Quelle.«

Takahashi lachte lauthals. »Ich mag Ihren Humor, Miss Levent.«

»Im Ernst: Bräuchte Gärtner nicht Hilfe? Gegen diese Marwolaeth?«

Das Lachen ihres Vorgesetzten verebbte allmählich. »Die Kadoguchi-Stiftung ist nicht unbedingt der aktive Part. Das wissen Sie doch.«

»Aber die Welt wird binnen eines Jahres abkacken!«

»Das wissen wir nicht.«

»Die meteorologischen Daten, Takahashi-san«, erinnerte Suna und spürte Verärgerung. *Was für eine Arschloch-Stiftung ist das, die nichts unternimmt?* »Das wäre, wie wenn … jemand wüsste, dass Atombomben auf Japan geworfen werden sollen, und derjenige schaut dem verzweifelten Helden nur dabei zu, wie er versucht, es zu verhindern.«

»Das ist ein wenig geschmacklos. Das wissen Sie.«

»Na schön. Jemand wirft Bomben auf die ganze Welt.« Sie fuhr mit der Arbeit an den Bildern und den geöffneten Bearbeitungsprogrammen fort. »Übrigens, was Lucia und Jagore angeht: Ich habe mir diese Legende rausgesucht. Von den tapferen dreihundert, welche den Dämon jagten.«

»Und?«

»Es gibt sie wirklich. Und zu jener Zeit, als sie Marwolaeth durch die Gegend hetzten, gab es Beschreibungen von Wetterphänomen, die man Hexen in die Schuhe –«

»Miss Levent«, unterbrach Takahashi sie genervt. »Ich brauche die Bilder.«

Suna drückte die Entertaste und sandte die neuen Aufnahmen an die Stiftung. »Sind raus.« Sie meinte die Bitte um Beistand für Anton Gärtner ernst. *Eine Chance gebe ich ihm noch. Sonst werde ich ihn in Tokio dazu zwingen.* »In diesem Meeting, in das Sie gleich müssen, wäre es da nicht angebracht, dass Sie …«

»Da sind die Aufnahmen. Perfekt wie immer. Vielen Dank.« Takahashi tippte auf seiner Tastatur und überging ihren Vorstoß rotzarrogant. »Ich habe neue Anweisungen für Sie.«

»Ich bin ganz Ohr. Komme ich aber erst in Tokio zu.«

»Aber Sie können sich bereits Gedanken über Programme und Ihr Vorgehen machen. Die Stiftung möchte, dass Sie sämtliche Konten von Anton Gärtner hacken. Banken, soziale Medien, einfach alles, was Sie bekommen.«

Suna zögerte. Ihr Bauchgefühl begehrte auf. *Erst nicht helfen wollen und jetzt den Einzigen anpissen, der etwas unternimmt?* »Was hat das mit der Tür zu tun?«

»Wir benötigen mehr Kontrolle. Um zu verfolgen, was er tut, während er mit diesen zwei Leuten unterwegs ist.«

Die Tonlage passte nicht zu dem Takahashi, wie Suna ihn kannte. *Er lügt.* »Kann es sein, dass die Stiftung ihn erpressen will? Wegen der Mastertür, den Plänen und seinem Wissen?«

»Miss Levent –«

»Kommen Sie mir nicht mit *Miss Levent*«, begehrte sie auf. Es missfiel ihr ganz entschieden, jemandem, der für seine Familie und die Erde mit ihren sieben Milliarden Menschen kämpfte, das Leben schwer zu machen. »Ausspionieren, klar. Aber alles andere finde ich scheiße.« Sie lupfte die Basecap ein wenig und ordnete die halblangen schwarzen Haare neu. Sie hasste das Kitzeln einzelner Strähnchen an der Nase.

Takahashi seufzte laut. »Ich werde Ihre Bedenken und Ihre Vorschläge weiterleiten, Miss Levent.«

»Sagen Sie Ihren Vorgesetzten oder dem Rat oder wem auch immer, dass ich Unterstützung verlange«, sagte Suna entschieden. »Sollte man diese Gärtner nicht zukommen lassen, dann werde ich sehr viel Zeit bei meinen Hacks brauchen.« *Weißte Bescheid.*

»Erpressung steht Ihnen nicht zu.«

»Untätigkeit Ihnen auch nicht. Sie haben Verantwortung und Wissen durch meine Arbeit bekommen. Wir müssen es nutzen.« Suna hob den Blick und schaute sich aufmerksam in der Lounge um. Niemand in ihrer Nähe sah nach Problemen aus. Bis zum Flughafen war sie von zwei Bewaffneten aus dem Generalkonsulat begleitet worden, die wegen ihrer Pistolen nach der Gepäckaufgabe zurückgeblieben waren. Trotzdem fühlte sie sich sicher. *Ich baue Kadoguchi ein paar Bugs, sollten sie nicht spuren und dem Gärtnerlein nicht beistehen.* »Versuchen Sie es, Takahashi-san, und Sie bekommen lebenslänglich Schaumküsse. Egal, welcher Geschmack.« *Oder es wird unangenehm für dich und die Stiftung.*

Jetzt musste der Japaner lachen. »Sie haben ein weicheres Herz, als ich annahm, Miss Levent. Es wird sich vielleicht etwas machen lassen. Ich muss in meine Besprechung.«

»Viel Erfolg.«

»Danke. Genießen Sie den Flug. Es ist übrigens noch ein Upgrade zur First Class. Wird gewiss ein phänomenales Erlebnis, um das ich Sie beneide. Ich hole Sie persönlich am Airport ab. Bis dahin: *Sayonara.*«

»*Sayonara*, Takahashi-san.« Suna legte auf und fuhr mit ihren Prozeduren und Routinen in den verschiedenen Netzen fort, die Tag und Nacht nach den festgelegten Parametern wie *Particulae* suchten. Einige Vorgaben hatte sie angepasst, um die Geschehnisse um Nikitin und Cadarache nicht aus den Augen zu verlieren. Durch Zufall mochte sich was Neues ergeben.

Suna sah auf eine Nachricht, die just ihre Informationsjäger aufgestöbert hatten. »Oh, kackige Scheiße.«

Das gekoppelte Übersetzungsprogramm übersetzte etwas holprig aus dem Russischen, dass Milana Nikitin, die Tochter des in Cadarache umgekommenen Wissenschaftlers, erst ihren Liebhaber aus Eifersucht erschossen und dann sich selbst umgebracht habe. Meldungen, dass der Liebhaber Oberst des FSB gewesen sei, wurden dementiert.

Suna nahm an, dass die Zeitungsmeldung lediglich deswegen existierte, weil es zu viele Zeugen gab, die den Selbstmord mit angesehen hatten. Aufnahmen und Filmchen der zerschmetterten Leiche kursierten bereits im Netz. Derlei ließ sich nicht vertuschen.

Mit zwei Klicks sandte sie den Zeitungsartikel samt Bilder und Links zu den aufkeimenden Verschwörungstheorien an die Kadoguchi-Adresse.

»Niemals ist das Zufall«, murmelte sie vor sich hin und startete eine neue Suchbreitseite rund um den FSB-Oberst, verschaffte sich Zugriff auf die Überwachungskameras des noblen Hochhauses, in dem sich die Tragödie abgespielt hatte.

Suna spürte einen Anflug von schlechtem Gewissen. Der Geheimdienstmann war zu Nikitin gegangen, um mit ihr über den Tod des Wissenschaftlers zu sprechen. »Und um sich die Beweise anzuschauen, die ich für Takahashi gelöscht habe.« Sie sank in den weichen Sessel und atmete schneller. Panik schlich sich an, ihr Nacken kribbelte und zog. »Habe ich Nikitin auf dem Gewissen?«

Ansatzlos schien die Lounge zu schrumpfen. Die Wände rückten näher, die Unterhaltungen und Geräusche dröhnten mit Echos auf sie ein.

Suna wusste, dass sie diese Monsterpanikattacke nicht aufhalten konnte, auch nicht mit Atemtechniken. Schnell warf sie zwei Beruhigungspillen ein, die sie zum Faultier machen würden, doch bei anstehenden zwölf Stunden im Flugzeug war es egal. »Ich bin in Sicherheit«, sprach sie leise vor sich hin. »Ich bin in Sicherheit, und es wird mir nichts geschehen.« Krampfhaft lenkte sie ihre schwindende Aufmerksamkeit auf den Bildschirm, auf die Programme und Anzeigen, um sich abzulenken. »Ich bin an einem geborgenen Ort.«

Nach zehn Minuten wirkten die Chemikalien in Sunas Blut und dämpften die Angst, ohne sie gänzlich zum Schweigen bringen zu können. Die Arbeit unterstützte sie dabei, stark zu bleiben, nicht in die Toilette zu stürmen und sich einzuschließen und den Flug zu verpassen. Es half Suna, sich an Orten aufzuhalten, die relative Ruhe boten, und Toiletten, so abstrus es erschien, waren für sie Balsam. Große offene Flächen hingegen konnten die Furcht noch vergrößern.

Irgendwann leuchtete der Hinweis auf dem Display auf, dass sie sich zum Gate begeben solle. Also packte Suna ihre Sachen und eilte mit dem Rucksack auf dem Rücken los.

Als Suna am Gate eintraf, wurden die Passagiere der ersten Klasse gerade zum Boarding gebeten. *Mein Timing ist perfekt.* Unter dem Einfluss des Medikaments gerieten ihre Bewegungen und das Sprechen zu einer Zeitlupenshow.

Die Stewardessen waren unfassbar freundlich und leiteten sie in den gesonderten Suite-Bereich des walgleichen Flugzeugs, mit dem sie den Flug nach Tokio absolvieren würde. Sie wurde in die kleine Ruhekabine geführt, in der es wirklich Privatsphäre und nicht mal einen Sitznachbarn gab. Sie schnallte sich an, nachdem sie ihren Rucksack verstaut hatte.

»Bin zu müde, um mich bei Takahashi abzumelden.« Kaum waren Cap und Brille abgelegt, fiel sie in medikamentös herbeigerufenen Schlaf.

Wie lange sie traumlos und tief geschlafen hatte, wusste Suna nicht beim Aufwachen. Die Angst war gewichen, eine bleierne Schwere lag stattdessen in ihrem Verstand. *Das wird noch einen halben Tag anhalten.*

»So«, raunte sie und kratzte sich am Kopf. »Wo sind wir denn?«

Das Essen stand neben ihr auf dem Tischchen. Sushi und leckere kleine Mochi als Dessert auf einem formschönen Kühlakku. Schon das Anrichten war ein Kunstwerk. Ohne das Summen der Triebwerke und dem leichten Rütteln hätte Suna vergessen können, dass sie in einem A380 saß.

Sie schaltete den kleinen Monitor in der Kabine an und prüfte die Zeit.

Knappe sechs Stunden hatte sie im Schlummer verbracht und war nun leidlich hungrig. Zufrieden baute sie ihre elektronischen Spielzeuge auf, machte sich über das Essen her und drückte den Rufknopf, um sich einen Matcha zu bestellen. Zwischen den köstlichen Häppchen loggte Suna sich ins bordeigene Internet, unterließ jedoch jegliche Hackversuche oder das Aufrufen von illegalen Seiten.

»Wie ein kleines Userlamm«, sagte sie und musste breit grinsen, als ihr Tee gebracht wurde, in dem sie mit einer Prise ihrer Kardamom-Zimt-Nelken-Pfeffer-Piment-Muskatnuss-Gewürzmischung eine Aromabombe zündete.

Die auflaufenden Mails beinhalteten weder Katastrophen noch Neuigkeiten.

Gesättigt und ausgestattet mit einer Prise Entdeckerinneugier machte sich Suna auf, die übrigen Decks des A380 zu erkunden. Sie hatte von der Bar gehört und wollte sich anschauen, was den Flieger so besonders sein ließ.

Die Menschen, denen sie unterwegs begegnete, grüßten sie höflich und zurückhaltend. Sie nickte zurück und setzte ihre Sonnenbrille auf, die noch an ihrem Pullikragen hing, um sich abzuschirmen. »Sollen sie mich ruhig für einen Star halten.« Zügig durchquerte sie die kleine Bar, in der reger Betrieb herrschte. Die privilegierten, internationalen Passagiere plauderten und lachten, es wurde Small Talk auf Englisch und Russisch gehalten.

Suna mochte die Atmosphäre. Mit einem Mineralwasser setzte sie sich in die Ecke, um die Leute zu beobachten und gelegentlich einen Blick über die Wolken in den strahlenden Sonnenschein im Freien zu werfen. Die Furcht war völlig von ihr gewichen. Sie genoss den Aufenthalt.

Ein blondgefärbter Asiate in einem gut sitzenden weißen Anzug und mit einem überlangen Oberlippenbärtchen sah zu ihr und prostete ihr zu.

»*What the fuck?*«, flüsterte Suna. *Eine Anmache oder reine Freundlichkeit?* Ihre Verunsicherung stieg, als er seinen Platz verließ und auf ihr Tischchen zusteuerte. »Nein, nein, nein. Geh weg. Geh weg! Ich will nichts von dir«, repetierte sie leise und beschwörend.

»Entschuldigen Sie bitte die Störung«, sagte er behutsam lächelnd. »Ich bin mir nicht ganz sicher, aber: Sie sind doch die Schwester von Lil Sunshine, dem Instagramstar?«

Suna lachte. Die Sonnenbrille hatte ihn angelockt statt abgehalten. Die Passagiere der ersten Klasse waren auf Celebrity-Jagd wie alle anderen auch. »Nee.«

»Sie sind nicht Elona?« Er sah verwundert auf sein Handy und scrollte mit dem Daumen, schaute vergleichend hin und her. »Ich hätte geschworen, dass Sie es sind.« Nach einem kurzen Schritt näher an sie heran zeigte er ihr das Display, auf dem eine Frau zu sehen war, die ihr wirklich ähnelte. Und sogar dieselben Sachen trug. »Oder? Stimmen Sie mir zu?«

Suna beugte sich leicht vor und schob die Sonnenbrille in den Haaransatz. *Oh, ich weiß, wessen Seite gehackt wird. Ist mir ein Vergnügen, Bitch.* »Das ist echt verflucht ähnlich, Sie haben recht.«

»Oh, das ist die falsche Aufnahme.« Der Asiate zoomte die Züge noch näher. »Diese Dame nennt sich Nótt.«

Suna wurde schlecht.

* * *

»Liebe ist der beste Wächter.«

Deutsches Sprichwort

KAPITEL VIII

POLEN, NAHE LITAUEN, SPÄTSOMMER

ICH LIEBE DICH!
Zum sicherlich zehnten Mal schickte Anton diese Nachricht in Großbuchstaben an seine Frau, und es kam ihm noch zu wenig vor. Er steuerte den neu gemieteten Transporter über die polnische Autobahn in Richtung Osten, den Anweisungen von Lucia folgend. Da er nicht in der Lage war, einen Wagen zu knacken, musste er wohl oder übel die offiziellen Möglichkeiten nutzen, auch wenn sein Weg damit leichter nachzuvollziehen war. Kreditkarte und GPS im Mercedes hinterließen deutliche Spuren. *Es geht nicht anders.*

»Gut. Man sucht nicht nach uns.« Er legte das Smartphone in die Ablage, nachdem er Kathrins letzte Nachricht gelesen hatte. Sie hielt ihm den Rücken frei, obwohl sie seine Entscheidung nicht guthieß und beständig zwischen Vorhaltungen und Bitten schwankte, er möge sein Vorhaben aufgeben. Doch letztlich akzeptierte sie es.

Erleichterung wollte sich dennoch nicht einstellen. Sollte die polnische Polizei sie anhalten und Ausweise verlangen, konnte es kritisch werden. Lucia und Jagore besaßen nichts Derartiges und waren nirgendwo registriert. Bei einem raschen Stopp an einer Autobahnraststätte hatten sie alle geduscht und die Outfits gewechselt, der Shop des Rasthofs hatte genug Auswahl geboten.

Die alten Rüstungen und die Gewandung lagen im Laderaum nahe der Mastertür. In Shirt und Hosen wirkte das Duo zeitgemäß und harmlos und nicht ansatzweise fähig, es mit einem Wesen wie Marwolaeth aufzunehmen. Sie saßen neben Anton auf der breiten Beifahrerbank. Jagore studierte die Baupläne der Tür, Lucia hielt eine einzelne vertrocknete Kralle an einem goldenen Faden in die Luft. Der Fingernagel deutete unbeirrt nach Osten und wies ihnen den Weg.

»Sicher, dass das Ding in dieser Welt funktioniert?«, erkundigte sich Anton skeptisch.

»So haben wir Marwolaeth in *sämtlichen* Welten gefunden. Der Finger ist von ihrer rechten Hand«, erklärte Lucia und tippte mit dem Fuß gegen das Schwert, das unter dem Sitz verstaut lag. Verborgen, aber griffbereit. »Ich schlug ihn ihr ab. Er trachtet danach, zu seiner Herrin zurückzukehren, und funktioniert daher für uns wie ein Kompass. Sobald der Nagel zu leuchten beginnt, sind wir näher als hundert Schritte. Je heller, desto dichter.«

»Deswegen tragen wir dieses Relikt nachts in einer geschlossenen Schachtel«, fügte Jagore an und sah sich um, als erwartete er ihr spontanes Auftauchen. »Damit Marwolaeth uns nicht bemerkt.«

»Unser Vorteil ist, dass sie nicht weiß, dass wir ihr folgten. Sie denkt, dass es auf der Erde niemanden gibt, der sich ihr widersetzen kann. Mit uns rechnet sie niemals. Das verschafft uns einen Vorteil. Dieses Mal vernichten wir sie.« Lucia senkte den abgeschlagenen, mumifizierten Finger und legte ihn auf dem Oberschenkel ab. »Was ist im Osten?«

»Wie meinen Sie das?« Anton sah den nächsten Wegweiser. Sie näherten sich der litauischen Grenze. Er hoffte, dass es keinerlei Kontrollen gab. *Ist vielleicht besser, wenn wir abfahren und es über die grüne Grenze versuchen.*

»Marwolaeth reist nicht ohne Grund in diese Richtung. Und sie verliert keine Zeit.« Lucia schaltete das Radio ein und suchte einen deutschen Sender. »Erinnerst du dich an ihre Vorgehensweise, wie ich sie dir darlegte?«

Anton hatte nicht alles behalten. »Nein, verzeihen Sie. Ich musste mich um zu viele Dinge kümmern. Mir schwirrt der Kopf«, gestand er. *Wo bleibt denn die nächste Ausfahrt?*

Kathrin war nicht zur Polizei gegangen, weil er sie darum gebeten hatte. Sein Name durfte bei den Ermittlungen zum vermeintlichen Terroranschlag in Timmendorfer Strand mit mehr als zwei Dutzend Toten nicht auftauchen. Unauffälligkeit stand bei seiner Mission an oberster Stelle. Befragungen und Verhöre oder sogar den Verlust der Tür konnte sich Anton nicht leisten, sofern er helfen wollte, Marwolaeth aufzuhalten.

Den ersten gemieteten Kleinlaster hatte er als gestohlen gemeldet. Er hatte behauptet, ihn nach einem Geschäftstermin für längere Zeit auf einem Rastplatz nahe Frankfurt geparkt zu haben, um nicht mit Timmendorfer Strand in Verbindung gebracht zu werden. Er hatte ihn im Wäldchen angesteckt, um so zu tun, als wären Verbrecher damit zugange gewesen. Sollte die Polizei ruhig annehmen, der Amokläufer habe das Fahrzeug in Frankfurt entwendet. Die Nachfragen der Autovermietung hatte er geduldig am Telefon beantwortet und sein baldiges Erscheinen zugesagt.

Verdammt. Keine Abfahrt.

»Es geht ihr stets um ein Imperium«, sagte Lucia. »Erst will sie Spaß haben und ihre Überlegenheit demonstrieren, indem sie ein Land oder eine Nation zur dominierenden über alle anderen macht, bevor sie noch mehr Vergnügen daran finden wird, die Erde mithilfe der Elemente zu ruinieren. Bis die Menschen kaum mehr darauf leben können.« Lucia klang, als habe sie diesen Text schon öfter aufgesagt. »Was ist im Osten, das Marwolaeth als Basis für ein Imperium dienen kann?«

»Das Wesen scheint entweder ins Baltikum zu wollen oder …« Er dachte nach. »Für ein Imperium wäre Russland die bessere Wahl.« In wenigen Worten schilderte Anton, was er über das Land, den Präsidenten und die Möglichkeiten wusste, welche das Militär bot. Je mehr er erzählte, desto wahrscheinlicher erschien es ihm, dass Marwolaeth perfekt dort aufgehoben war. *Russland. Sie wird es zur neuen Macht aufbauen.* »Sie sagten, dass –«

»Hörst du jetzt endlich mit diesem Sie auf?«, fiel ihm Lucia ins Wort. »Wir sind Krieger, Waffengeschwister.« Sie hielt ihm die Hand hin. »Schlage ein, Meister Anton, und sage Lucia zu mir.«

Anton fühlte sich geschmeichelt und nahm das Angebot an. Ihr Griff war fest, die Haut schwielig vom Waffenführen. Ihm fiel dabei doch noch eine Sache ein. »Du meintest, das Wesen wechselt seine Gestalt?«

»Ja.«

»Ich ahne, was sie beabsichtigt. In Gestalt des russischen Präsidenten kann sie massive Vernichtung anrichten und Feldzüge führen«, sagte Anton entsetzt. »Amerikaner und Chinesen, Europa müsste darauf reagieren. Die Welt würde in blutigem Chaos versinken.«

»Genau nach Marwolaeths Geschmack. Dann sehe ich es wie du: Russland ist ihr Ziel.« Jagore rutschte auf der Bank hin und her. »Mein Arsch ist eingeschlafen, Gebieterin. Man sollte meinen, dass die Zukunft bessere Sitze baut.«

Anton bemerkte den Hinweis auf den nahenden Grenzübergang. *Nicht eine Ausfahrt vorher.* »Keine zwei Kilometer mehr. Ein paar Minuten noch. Wir müssen uns vollkommen normal verhalten.«

»Was heißt *normal?*« Jagore wirkte verwirrt. »Ist es falsch, wenn ich zu viel lächle oder dem Mann ins Gesicht lache oder –«

»Lasst mich reden, sollten sie uns kontrollieren«, kürzte Anton ab. »Wir …« Die Worte blieben ihm im Hals stecken. *Was zum …?*

Schwarze Rauchsäulen standen über den Zollgebäuden auf polnischer und litauischer Seite. Brennende Trümmer von Fahrzeugen und Häusern lagen auf der Straße. »Oh, Gott!«

»Marwolaeth hat sich nicht aufhalten lassen«, konstatierte Lucia grimmig und nahm die Kralle am Goldfaden zur Hand. »Der Nagel leuchtet nicht. Sie ist nicht hier.«

Anton dachte nicht daran, anzuhalten. Polen und Litauen würden die Grenzen alsbald schließen, und bis dahin musste er mit der Tür im Laderaum möglichst weit nach Litauen reingefahren sein. »Nach Russland kommen wir nur über die grüne Grenze. Die Russen werden nach diesem Vorfall garantiert keinen reinlassen.«

Wortlos durchquerten sie den Schrecken.

Große und kleine Brände tobten in den zerstörten Lastwagen und Fahrzeugen, Wohnmobile hatten sich in kompakte Fackeln verwandelt, die schmorenden Isolierungen erzeugten schwarze Schwaden, die das Passieren erschwerten.

Anton richtete den Blick nur auf die Straße vor sich. Er wollte weder kokelnde Körper noch sterbende Menschen in den Ruinen und Wracks sehen. *Nicht schon wieder.*

»Sie ist weiter nach Osten.« Lucia deutete die freigefegte Autobahn hinab.

»Nach Russland.« Jagore nickte langsam und mit düsterer Miene. »Wir haben weniger Zeit, als wir annahmen. Ein paar Tage, mehr nicht.«

Stumm pflichtete Anton ihm bei und wich reflexhaft einem taumelnden Verletzten aus, der wie aus dem Nichts aus der Rauchwand auftauchte. »Fuck!« Lucia und Jagore wurden durchgeschüttelt, aber der verwundeten Person blieb der Aufprall auf dem Kühler erspart. »Scheiße, das war knapp.«

Sobald Anton den litauischen Grenzposten und die letzten gefährlichen Qualm- und Flammenwände passiert hatte, trat er das Gaspedal durch.

Rechts und links von ihnen erschienen alsbald weitere fahrende Wagen aus dem Rauch, in denen Menschen mit kalkweißen Gesichtern saßen. Sie sahen aus, als seien sie dem Jenseits entkommen.

* * *

Sunas Medikamente wirkten noch und schwächten den nächsten Panikanfall ab. Auf dem kleinen Display des Unbekannten war *sie* zu sehen. Zweifelsfrei. Die Gegenseite war auf ihre Flucht vorbereitet gewesen.

Lass dir nichts anmerken. Sei stark, sei cool. »In dem Vogel gibt es bestimmt einen Sicherheitsdienst. Ich schreie den Laden zusammen, wenn du versuchst, mir was zu tun«, sagte sie fest. *Mach, dass er nicht merkt, wie mir die Düse geht.*

»Miss Levent. Nótt. Dieselbe Person. Schön, dass wir uns begegnen«, erwiderte er ruhig und steckte das Gerät weg. Er roch nach kaltem Rauch und Metall und Leder. Ein ansprechendes Parfum. »Mein Name ist Nagata. Ich komme zu Ihnen, weder um Sie zu töten noch zu bedrohen.«

»Sondern?« *Fick dich, verfickter blondgefärbter Ficker!*

»Um ein Geschäft vorzuschlagen. Die Organisation, für die ich arbeite, hat großes Interesse an Ihren Fertigkeiten. An Ihrem Wissen. An Ihren Suchprogrammen.« Nagata spielte mit der Linken an seinem Bartende herum. »Wir wissen, dass Sie für die Kadoguchi-Stiftung hacken.«

»Und jetzt willst du mich abwerben?«

Nagata hob den Daumen und grinste schlagartig, als wäre die Heiterkeit eingeschaltet worden. »Es wäre so, dass wir beide in Tokio in eine wartende Limousine steigen und ich Sie in das beste Hotel der Stadt bringe. Dort beginnen die Verhandlungen von Angesicht zu Angesicht. Ihre Unversehrtheit ist garantiert.«

Suna musste schallend lachen. Dass Nagata glaubte, sie fiele auf diesen Trick herein! Sie ärgerte sich, noch keine japanischen Schimpfworte gelernt zu haben. »Deine Chefs können mich anrufen, und dann reden wir.«

»Nein. Es gibt nur diese Vorgehensweise.«

»Ich könnte Takahashi mailen und ihm sagen, was du mir gerade vorgeschlagen hast.«

Nagata machte eine einladende Geste. »Dagegen habe ich nichts. Er kann ruhig wissen, dass Sie mit der Konkurrenz reden.« Er schwenkte seinen Drink. »Wir bieten Ihnen für Ihre spezialisierten Dienste zehn Millionen Euro. Im Jahr. Steuerfrei und fern von jeglicher Autorität, staatlich oder privat. Das ist die Verhandlungsbasis. Kann die Stiftung das toppen?«

Suna musste vom Wasser trinken. *Er will dich nur anlocken und tilten.* »Wow. Das ist eine Ansage, Nagata-san«, erwiderte sie. Sie widerstand dem Drang, am blonden Bart des Asiaten zu ziehen, um herauszufinden, ob er angeklebt oder echt war.

»Sie kennen Ihren Marktwerk, Miss Levent. Aufgrund Ihrer Arbeit für die Stiftung sind Sie eine Expertin für die Particulae, die besonderen Türen und alles, was damit zusammenhängt. Das kann Ihnen gefallen oder auch nicht.« Nagata zuckte mit den Achseln. »Aber Sie sind es nun mal.«

»Ich bin zu wertvoll, um mich einfach an Bord umzubringen«, übersetzte sie.

»So kann man es auch sehen. Aber meine Anweisung lautet, Ihnen nichts zu tun, solange wir in der Luft sind.« Nagata stellte das gruselige Roboterlächeln ein. »Wir reden ein bisschen. Sie können mich fragen und ich antworte, soweit es mir zum Thema möglich ist.«

Solange wir in der Luft sind. Damit blieben Suna noch Stunden, um eine Entscheidung zu fällen. Sie dachte an Takahashi, an Anton Gärtner, an die Todesumstände der Nikitins und dass sie bei allen Vorgängen involviert gewesen war. Aktiv oder passiv.

Und daran, dass sie grade ihrem potenziellen Mörder gegenübersaß und dass es mehr als einen Killer geben konnte. Zu viele Eindrücke und Gedanken tanzten durch ihren langsamen Verstand, der unter dem Einfluss von pharmazeutischen Wundermitteln stand. *Ich bin am Arsch.*

»Meine Auftraggeber hätten außerdem gerne sämtliche Daten, die Sie erbeuteten. Inklusive der gestohlenen Unterlagen von Professor Nikitin«, redete Nagata weiter.

Das war offensichtlich ein Test, um zu erfahren, ob sie hinter dem Datenklau bei der nun toten Eventmanagerin steckte. Sie drehte das Wasserglas um die eigene Achse und sah den kleinen Perlchen im Wasser beim Aufsteigen zu.

Der bedrohliche Unterhändler im weißen Anzug war sicher von PrimeCon geschickt worden. Wie die Killer in Frankfurt, die ihren Ex erschossen und Egon überrollt hatten. Sie waren ihr die ganze Zeit auf der Spur gewesen. *Haie auf Beutezug.* »Und wie sollte ich der Stiftung erklären, dass ich abgesprungen bin?«

»Sie können die Wahrheit sagen: Sie haben ein besseres Angebot erhalten.«

»Und wenn Takahashi seine Ninjas losschickt?« Suna seufzte. »Ich glaube inzwischen, ich hätte Kreditkartenfirmen hacken und erpressen sollen. Oder das Scheiß-FBI. Oder irgendeinen Staat. Aber nein, ich dachte, diese Sucherei wäre ungefährlicher.«

»Da haben Sie sich getäuscht, Miss Levent.« Nagata rief die Bedienung, um sich eine weitere Limonade zu ordern. »Für Sie auch noch was?«

»Einen Fallschirm.«

Er lachte leise. »Man mixt Ihnen bestimmt einen Cocktail, der so heißt.«

Suna entschied, Takahashi kurzerhand eine Mail zu schreiben, in der sie ihre vertrackte Situation erklärte. *Was anderes fällt mir nicht ein.* »Ich ziehe meinen Joker«, verabschiedete sie sich und stand auf.

»Ihren … ach so. Die Stiftung.«

»Genau.«

»Nur zu.« Nagata bekam seine Limonade gebracht. »Ich sagte ja, meine Auftraggeber haben nichts dagegen.«

»Du fühlst dich schon sicher, was?«

»Ich bin ein harmloser Passagier, der mit Ihnen plauderte. Es gibt das gesprochene Wort zwischen uns, Miss Levent. Keine Beweise.« Nagata zog die Schale mit den Knabbersachen heran und wühlte darin nach den Wasabinüssen. »Zehn Millionen Euro. Steuerfrei. Für die gleiche Sache, die Sie ohnehin tun.«

»Nur dass die Kadoguchi-Stiftung keine Arschlöcher sind.«

»Wer sagt das?«

»Ich.«

»Und Sie haben sich mit den Hintergründen Ihrer Brötchengeber beschäftigt?«

»Sicher.« Suna band ihm gewiss nicht auf die Nase, was sie wusste. Dass es eine versteckte Verbindung zur Van-Dam-Familie gab und längst nicht alles an der Organisation astrein war. *Noch ein Test.*

Nagata klopfte einladend auf den Platz, den sie eben verlassen hatte. »Darf ich Sie ein bisschen erleuchten, Miss Levent?«

»Ich bin hell genug, danke.« Suna wollte sich keinen Scheiß erzählen lassen, um sie umzustimmen. »Obwohl meine Haare dunkel sind.«

»Sie wissen, dass Sie nicht die erste Hackerin für die Stiftung sind, oder, Miss Levent?« Ihr verwundertes Schweigen nahm er als Aufforderung, weiterzusprechen. »Da Sie mir nicht glauben möchten, finden Sie doch selbst heraus, was aus Black Award, Giana Bro und Double Double wurde.« Er steckte sich eine Wasabinuss in den Mund und kaute sie ungerührt, als machte ihm die Schärfe nichts aus. Einige Krümel blieben in den langen Fransen des Schnurrbarts hängen. »Die drei suchten für die Kadoguchi-Stiftung in den Netzen nach Geheimnissen. In den letzten zwei Jahren. Ziemlicher Verschleiß, oder?«

»Sie sind tot, nehme ich an?«

»Oh, das herauszufinden überlasse ich Ihnen.«

Der generöse Tonfall nervte Suna. *Dämlicher Penner.* »Der Internetzugang hier ist nicht eben schnell. Das weißt du.«

»Tja.« Nagata aß eine zweite Nuss provozierend langsam. »Mir würden Sie es eh nicht glauben.«

Suna zückte ihr Smartphone, loggte sich ins WLAN des A380 ein und schickte eine Mail an Takahashi, in der sie die drei genannten Namen auflistete, gefolgt mit einem Fragezeichen. »Schauen wir, was sich tut.«

»Ihr Vertrauen in die Stiftung ist riesig, was?«

Suna starrte auf das Display und ärgerte sich, das der Asiate sie dazu brachte, in Zweifel auszubrechen.

»Haben Sie sich nicht gefragt, wieso der Sicherheitsmann durch die geschlossene Tür feuerte und sich nicht darum kümmerte, ob er Sie auch traf? Im Generalkonsulat?« Nagata verschlang den dritten Snack und kehrte grüne Brösel von seinem weißen Sakko. »Der Erschossene hatte eine Verbindung zur Zentrale geöffnet. Wir hörten die Unterhaltungen über seinen Tod hinaus mit. Sie nicht, Miss Levent. Sie waren zu der Zeit schon ohnmächtig.« Er hob sein Smartphone an. »Wollen Sie das Gespräch vom Generalkonsul und Takahashi hören? Sie können sich das File ziehen und checken, ob wir es manipulierten. Haben wir übrigens nicht.«

Suna sah Nagata nicht an. Sie wollte glauben, dass die Stiftung zu den Guten gehörte, auch wenn man sie ein bisschen dazu zwingen musste, wie im Fall von Anton Gärtner.

Takahashis Antwort kam herein: BIN NOCH IM MEETING. WOHER KENNEN SIE DIESE NAMEN?

Suna wechselte in ein simples Chatprogramm. WURDEN MIR EBEN GENANNT.

WER IST BEI IHNEN?

ICH DENKE, DASS ES JEMAND VON PRIMECON IST. UND JETZT?

WERDEN SIE BEDROHT?

JA. MIT EINEM BESSEREN ANGEBOT.

»Ah, ich sehe, dass sich die Stiftung rührt«, kommentierte Nagata ihr Tippen. »Wie schnell das plötzlich geht, was? Sie haben mit den Namen wohl eine wunde Stelle berührt.« Er sah sich in der Bar um. »Daran kann man sich gewöhnen.«

Suna setzte sich auf den nächsten Stuhl. SIND BLACK AWARD, GIANA BRO UND DOUBLE DOUBLE TOT?

DAS KANN ICH IHNEN NICHT AUF DIESEM WEG BEANTWORTEN. KÖNNEN WIR TELEFONIEREN?

Suna war nicht nach sprechen zumute. Und sie hatte auch keine Lust mehr, sich mit Takahashi auszutauschen. Seit es in ihrem Leben um Particulae ging, wollte sie jeder wahlweise verarschen oder umbringen. »Und dem Wichser habe ich Schaumküsse besorgt«, grummelte sie. »Vergiften hätte ich sie sollen.«

Nagata nippte mit einem wissenden Gesichtsausdruck an der Limonade und leckte glitzernde Tröpfchen aus dem Bartende. »Hat er Sie vertröstet?«

»Halt bloß die Fresse, echt!«, zischte Suna ihn an und steckte das Smartphone ein, um sich zwei weitere psychopharmazeutische Tabletten einzuwerfen und sie mit dem letzten Schluck Wasser hinabzuschwemmen. *Angenommen, ich wechsle die Fronten, wie lange hält sich das Unternehmen an Abmachungen?* »Ich werde mir ein Dutzend Absicherungen bauen müssen«, redete sie gedämpft vor sich hin. Und danach abtauchen, sobald die ersten zehn Millionen auf ihrem Konto waren. Diese Particulaescheiße konnten Kadoguchi und PrimeCon unter sich ausmachen. *Ich will nicht mehr.*

Sie wandte sich Nagata zu, der geduldig wartete. Jetzt war es an ihr, etwas zu verlangen. »Einverstanden. Ich wechsele die Seiten. Wenn deine Auftraggeber was für einen Freund machen können. Der braucht gerade Rückendeckung. Es geht um eine besondere Tür. Ihn zu finden wird kein Problem sein. Ich habe sein Handy getrackt, ohne dass er es weiß.«

»Eine gute Nachricht, Miss Levent Und so schnell.« Nagata zog sein Mobiltelefon zu sich. »Was genau soll –«

Die Bordlautsprecher erwachten nach einem Signalton zum

Leben. »*Ladies and Gentlemen*, hier spricht Ihr Captain. Bitte begeben Sie sich zu Ihren Sitzplätzen zurück und behalten Sie Ruhe. Ich muss Ihnen mitteilen, dass unsere Maschine von einer unbekannten Anzahl Terroristen entführt wurde. Unsere Fluggesellschaft verhandelt bereits mit den Bewaffneten. Bis wir die Lage geklärt haben, muss ich Sie bitten, nichts zu unternehmen und nicht aktiv zu werden. Halten Sie sich an die Anweisungen des Personals, und es wird Ihnen nichts geschehen. Vielen Dank. Und möge Gott mit uns sein.«

Nagata steckte das Smartphone ein und erhob sich, warf Suna im Davongehen einen beruhigenden Blick zu, der so viel sagte wie: Ich kümmere mich darum.

* * *

LETTLAND, SPÄTSOMMER

Anton stocherte in dem lecker duftenden Essen herum. Er hatte das Gefühl, Marwolaeth nicht näher zu kommen, und das ließ ihn appetitlos werden.

Ihr Krallenkompass machte keine Anstalten, zu leuchten. Sie wussten nicht einmal, ob sie den Abstand zu dem Wesen hielten. Im schlechtesten Fall hatte Marwolaeth ihre Gestalt gewandelt, sich einen Platz in einem Flugzeug gesucht oder eine Maschine auf einem kleinen Airport entführt und befand sich längst in Russland. Auf ihrer ersten Stufe der totalen Zerstörung der Welt.

»Gar nicht mal schlecht«, meinte Lucia und biss in die deftige rote Wurst. Durch die Narben im Gesicht und die Mütze auf den lose zusammengebundenen Haaren wirkte die Mittzwanzigerin wie eine toughe Truckerin aus einem Endzeitfilm. »Das Essen ist nicht mieser geworden.«

Jagore nickte und stopfte sich seine zweite Portion Pommes in den Mund; obgleich er fast doppelt so alt war wie seine Gebieterin, war deutlich, wer von ihnen das Sagen hatte. »Schönes Ding, dieses einundzwanzigsten Jahrhundert. Wenn es nicht dank Marwolaeth vor dem Untergang stünde.«

Die Menschen an der vollbesetzten Autobahnraststätte kümmerten sich nicht um die drei. Es waren in erster Linie Fernfahrer und Fernfahrerinnen eingekehrt. Touristen suchte Anton vergebens. Wenigstens fielen sie mit dem ausländischen Kennzeichen nicht auf, Speditionen aller Herren Länder parkten auf dem Platz.

Anton sah zwischen Jagore und Lucia hin und her. *Es ist nach wie vor schwer zu glauben, dass das gerade geschieht. Und dass es real ist.*

In den letzten Tagen hatten sie sich viel unterhalten. Über die Türen und verschiedene Welten, Universen und die Reisen hindurch. So etwas wie die Mastertür, die Anton fertiggestellt hatte, hatten weder Jagore noch Lucia bisher gekannt, wohl aber die Hintergründe dieser von Menschenhand erschaffenen Durchgänge. Anton schwirrte der Kopf von den Informationen über die Verschwörer, welche die Erde mit einigen Türen zu kontrollieren gedachten, und über die Verrückten, die aus den Particulae ein Portal errichten wollten, um die ultimative Sphäre zu bereisen, ohne zu erahnen, wohin sie gingen.

Und es gab jene wie Wilhelm Pastinak und neuerdings Anton, die sich auf das Erschaffen von Türen verstanden, basierend auf jahrtausendealtem Wissen. Leute wie sie waren bei beiden Gruppierungen gefragt. Man verfolgte sie, um an die Particulae-Vorräte zu kommen oder um sie dazu zu bringen, neue Durchgänge zu bauen.

Wilhelm log mich nie an. Die Beweise dafür saßen gerade vor ihm und aßen Wurst und Pommes.

Jagore sah ihm wohl an, dass er grübelte. »Hast du noch Fragen, Meister Anton?«

Anton schüttelte den Kopf, die langen braunen Haare rutschten über die Schulter nach vorne. Die letzten Reparaturen an der Tür hatten sie abgeschlossen. Theoretisch sollte sie einwandfrei ihren Dienst verrichten. »Nein. Ich habe alles begriffen. Denke ich.«

Der Tüftler und Anton hatten sich in den Fahrpausen durch die Pläne studiert und langsam verstanden, was die Einstellungen der Particulae-Halterungen am Rahmen und auf dem Blatt selbst bedeuteten. Nicht in Gänze, aber doch so, dass es zumindest möglich war, Marwolaeth dahin zu bringen, wo sie vor ihrem Abtauchen den Fluch hinterlassen hatte.

Der Praxistest hingegen stand ihnen noch bevor.

»Menschen wie dich«, setzte Lucia an und pikste ein Wurststück auf, »gab es schon immer. Die solche Portale errichteten. Du stehst damit in einer langen Tradition, Meister Anton.«

»Aber wer begann damit? Habt ihr bei euren Reisen Hinweise erhalten?«

»Nein«, gestand Jagore und sah auf den geschrumpften Berg frittierter Kartoffelstückchen. »Es bedarf eines gewissen Geschicks. Daher schließe ich aus, dass die ersten Menschen die Particulae anders nutzten, als damit Schädel einzuschlagen oder als Schmuck zu tragen.«

Lucia grinste. »Ich nehme auch an, dass die Entdeckung der Durchgänge ein Zufall war. Jemand setzte vielleicht ein Fragment als Zierde in einen Türrahmen ein, und durch eine Fügung aktivierte sich das Kraftfeld. Wie bei den meisten Entdeckungen der Menschheit wird Glück dabei gewesen sein.«

Anton fand, dass Jagore und Lucia, die ursprünglich aus dem Mittelalter stammten, eine sehr abgeklärte Sicht auf die Dinge hatten. Andererseits beschäftigten sie sich notgedrungen seit Langem damit. *Und mit der Jagd auf Marwolaeth.*

»Ich kann dir leider nicht sagen, wie viele Verschwörer es in deiner Zeit gibt, Meister Anton. Oder ob sie überhaupt noch aktiv sind. In anderen Jahrhunderten sah es anders aus.«

Jagore schlug mit der flachen Hand auf den Tisch. »Ho, ich entsinne mich. Das antike Rom! Und die Kelten.« Er deutete auf das aus Particulae und Stahl geschmiedete Schwert, das Lucia mit einem Mantel umwickelt neben sich auf die Bank gelegt hatte. Sie trennte sich niemals davon. »Dann dieses Männlein. Das sich die Finger im Wams wärmte.« Er schob sich die Hand andeutungsweise auf Bauchhöhe unter ein imaginäres Hemd und machte eine Grimasse.

»Napoleon Bonaparte?«, entfuhr es Anton.

»Genau, so nannte er sich. Der französische Kaiser. Er gehörte zu den Verschwörern«, bestätigte Lucia. »Plötzlich standen wir in seinem Zelt. Gerade so konnten wir verhindern, dass Marwolaeth ihn ersetzte.«

»Ich habe vergessen, wie viele Sprachen ihr sprecht.« Anton aß etwas, weil er Kohlenhydrate brauchte. Seine Aufmerksamkeit sank. »Wie alt seid ihr?«

Lucia machte sich an ihre dritte Wurst. »Ich habe den Überblick verloren. Durch die Reiserei in andere Welten kommt man durcheinander. Außerdem funktionieren Zeitrechnungen manchmal anders als auf dieser guten alten Erde.«

»Es reichte zumindest, um sich zu bilden.« Jagore lachte in sich hinein. »Bei Gott, was waren wir unbedarft, Gebieterin. Das Mittelalter. So viel … Dummheit ist das falsche Wort. Wir wussten es nicht besser.«

»Und wart ihr im Weltall? Oder auf einer Raumstation?« Anton fühlte sich wie ein kleiner Junge, der Aliens interviewte. »Was war das Verrückteste?«

Lucia und Jagore lachten freundlich. »Versuch es doch selbst«, schlug sie vor.

Stimmt. Das könnte ich wirklich. Gelegentlich vergaß Anton, dass er dank der Tür von nun an das gleiche Leben führen konnte. Sofern er ein Abenteurertyp gewesen wäre. *Ohne Familie mit drei Kindern und einer besorgten Frau. Die Verantwortung ist zu groß.* Was er gerade erlebte, bedeutete Aufregung genug für zehn seiner Leben. Und er freute sich darauf, wieder in seiner Werkstatt zu stehen und Dinge aus Holz zu kreieren.

Beim Gedanken an seine Liebsten überkam ihn Sehnsucht. *Außerdem muss ich wissen, wie es um Wilhelm steht.* Anton drehte sich leicht zur Seite und beugte sich nach vorne, wählte Kathrins Nummer. Nach nur zweimal läuten hob sie ab. »Ich bin es.«

»Geht es dir gut?«, fragte sie atemlos.

»Mach dir keine Gedanken. Ist bei euch alles in Ordnung?« Anton wäre am liebsten durch das Telefon gekrochen und zu ihnen geflogen. Sie zu hören, löste Erleichterung und Freude aus. »Wo seid ihr?«

»Ja, alles in Ordnung. Wir sind bei meiner Schwester und vermissen dich alle sehr, und … das am Timmendorfer Strand …« Kathrin unterdrückte das Zittern in der Stimme. »Wir schlafen schlecht, aber das wird sich legen.«

Sie spielt mir die Tapfere vor. »Das Monstrum wird bald weg sein. Ich verspreche es. Und dann komme ich zu euch und wir überlegen, was wir danach tun.« Anton kam sich hilflos vor. Er müsste bei ihr sein, bei den Kindern, um ihnen Halt zu geben. *Verdammt!* »Hat die Polizei irgendwas von euch gewollt?«

»Nein. Nur die Autovermietung. Sie wollen Papierkram ausgefüllt haben. Ich sagte, dass du auf einer wichtigen Geschäftsreise bist.« Kathrin atmete tief ein. »Anton?«

»Ja?«

»Ich brauche dich in meinem Leben. *Wir* brauchen dich. Sei kein Held. Oder nur ein … halber Held und lass das Gefährliche diese anderen beiden Leute machen«, bat sie. Im Hintergrund riefen die Kinder durcheinander. Es wurde um Spielzeug gestritten.

Anton hatte einen Kloß im Hals, als er die Stimmen der Mädchen hörte. *Meine Schätze. Für sie tue ich das alles. Sie sollen nicht in einer verwüsteten Welt leben.* »Ich gebe acht. Versprochen. Und …«

»Meister Anton«, unterbrach ihn Lucia leise.

»Ich liebe dich, Anton.« Kathrin legte auf.

»Meister Anton«, sagte die Kriegerin erneut mit Nachdruck.

»Was?«, schnauzte er sie an.

Lucia zeigte mit dem Messer auf den Fernseher. »Ich weiß, wohin Marwolaeth will.«

Auf dem Bildschirm lief ein Bericht über das anstehende gemeinsame Truppenmanöver der russischen und weißrussischen Armee dicht an der Grenze zu Lettland.

Dann spazierte der russische Präsident durchs Bild, in Uniform und mit einem beeindruckenden Schnellfeuergewehr in der Hand, auf dem Weg zum Schießstand.

»Die Sprecherin sagt, dass der Präsident persönlich am Manöver teilnehmen wird«, übersetzte Jagore leise. »Bis dorthin sind es keine fünfzig Kilometer. Marwolaeth muss nicht mal nach Moskau, um ihn zu ersetzen.«

»Ein Manöver?« Anton sah das Szenario schon vor sich, wie die Dämonin in der Gestalt des Präsidenten flugs aus einem Manöver einen raschen Einmarsch ins Baltikum machte. *Der Ausbruch eines Krieges in Europa kann in wenigen Stunden geschehen.* Andeutungen, sich nach der Krim auch die Kleinstaaten zu nehmen, angeblich, um russische Minderheiten zu schützen, hatte es mehr als einmal gegeben. Das Baltikum fürchtete den großen Nachbarn schon lange. »Das wird das Wesen nutzen, um eine Invasion anzuzetteln!«

Lucia trank von der Cola. »Sind wir vor Marwolaeth bei diesem Manöver, brauchen wir uns lediglich in der Nähe auf die Lauer zu legen.«

»Sofern unsere Annahme stimmt.« Anton bezweifelte irgendwie, dass das klappte. Der russische Präsident war bei einem Manöver umgeben von Soldaten und Leibwächtern, Geheimdienstmenschen und versteckten Scharfschützen. Während das Wesen mehrfach die Gestalt wechseln konnte, um dem Mann näher und näher zu kommen, standen zwischen dem Trio viele Dutzend schwerbewaffnete Hindernisse. Doch Anton mühte sich, die gleiche Zuversicht wie Jagore und Lucia auf dem Gesicht zu tragen. »Solltet ihr irgendwelche besonderen Kräfte haben, wie Fliegen und Unsichtbarwerden, wäre jetzt die Gelegenheit, sie einzusetzen.«

»Wir besitzen eine Mastertür«, erinnerte ihn Jagore verschmitzt. »Hast du vergessen, was sie vermag, Meister Anton?«

»Reisen und …« Anton fiel es wieder ein. Sie konnte Distanzen zurücklegen, indem man die Koordinaten eingab, das Kraftfeld durchschritt und am gewünschten Punkt erschien. Schaltete man die Energie ab, blieb die Tür an ihrem neuen Ort stehen, sofern niemand die Einstellungen änderte. »Großartig! So sind wir bestimmt vor Marwolaeth da!«

»Wie wir an den Präsidenten rankommen, wird uns auch noch einfallen.« Lucia nickte aufmunternd. »Das Biest ist uns das letzte Mal entkommen.«

Anton verschwieg ihnen nach wie vor, dass er es gewesen war, der dem Monstrum die Flucht ermöglicht hatte. *Ohne die Mastertür läge es erstochen in dieser anderen Welt, und alles wäre gut.*

Verschwiegen hatte er den beiden Verbündeten auch den Lohn, den ihm Marwolaeth gegeben hatte: die Kette aus Edelsteinen. Sie ruhte zwischen seinen Sachen im Lastwagen.

Jagore sah glücklich seufzend auf seinen leeren Teller. »Wohlan, so gern ich noch eine Portion äße, ich verkneif's mir. Sonst platzt mir der Wanst in sämtliche Himmelsrichtungen.« Das Rülpsen fing er mit der hohlen Hand ab.

Anton musste grinsen. Gelegentlich blitzte die altertümliche Ausdrucksweise auf. Gerade wollte er etwas erwidern, als ihm das Leuchten unter Lucias Shirt auf Herzhöhe auffiel. Dort trug sie ihren ungewöhnlichen Kompass. »Der Nagel leuchtet!«

»Dann ist Marwolaeth hier.« Alarmiert nahm Lucia das Relikt heraus und nutzte die Speisekarte als Blickfang vor den anderen Gästen.

Der abgetrennte Finger der Kreatur drehte sich rasch am Faden, und die Kralle daran glomm.

»Wie weit ist sie weg?« Anton schaute sich hektisch in der Raststätte um. Irgendeiner der Männer und jede beliebige Frau konnte Marwolaeth sein, maskiert als Mensch und bereit zur Attacke auf ihre Verfolger. »Woher weiß sie, dass wir hier sind?«

Lucia erwiderte nichts und langte mit der freien Hand unter ihre abgelegte Jacke, packte den Griff des Schwertes. »Vielleicht weiß sie es gar nicht.«

»Wir können dichter an ihr dran gewesen sein, als wir ahnten«, fügte Jagore hinzu und zog sein Messer, das verborgen im Stiefelschaft steckte.

Anton trug eine Pistole der Entführer, ohne dass er damit richtig umzugehen wusste. Eine Schießerei in einem vollbesetzten Raum war undenkbar. *Ich darf sie nicht einsetzen. Das ist unverantwortlich.* Sollte dies ihre Absicht gewesen sein, hatte Marwolaeth den Ort perfekt gewählt.

Der abgetrennte Finger zeigte eindeutig in eine Richtung.

»Da sitzen elf Leute, die infrage kommen«, stellte Anton fest. »Was tun wir?«

»Herauslocken.« Ganz langsam erhob sich Lucia, hielt die getrocknete Kralle am goldenen Faden in die Höhe. »Achtet auf die Umgebung.«

* * *

»Eitelkeit ist die sicherste Wächterin der öffentlichen Ruhe.«

Ludwig Börne: Fragmente und Aphorismen, in:
Gesammelte Schriften, Teil 6 (1835)

KAPITEL IX

INTERNATIONALER LUFTRAUM

Der A380 hatte mehrfach die Route korrigiert. Suna bemerkte die leichte Neigung bei den Kursänderungen und den veränderten Sonnenstand. Wohin sie flogen, sagte der Captain nicht, eine Informationsweitergabe an die Passagiere fand nicht statt.

Die Stewardessen und Flugbegleiter schauten in regelmäßigen Abständen in die Suite, in der sich Suna verschanzte und abwartete.

Nagata meldete sich nicht, aber es blieb ruhig an Bord. Was immer der Mann beabsichtigte, es hatte noch nicht begonnen oder es geschah leise.

»Ninjas! Wo sind die Scheißninjas, wenn man sie braucht?« Suna stellte fest, dass das mobile Internet nicht funktionierte. Bei einer Flughöhe von etwa zehntausend Metern und einer Geschwindigkeit von neunhundert Sachen hatte ihr Smartphone keine Chance, ein Signal zu erhaschen. Dennoch bereitete sie eine Flut von Nachrichten an jene Menschen vor, die ihr etwas bedeuteten. Es waren nicht viele. Und ein Update an Takahashi. Ihr Handy würde die Botschaften senden, sobald es ein Netz fand.

Suna fühlte sich komplett abgeschnitten von ihrer Welt und verbrachte Stunden der Hilflosigkeit in einem Luxus, der ihr bei einem Absturz wenig brachte. »Bequem sitzen bis zum Aufschlag.« Ihre Finger lagen ruhig auf der Tastatur des Laptops. Es gab nichts zu tun. Gar nichts. »So eine verfickte Scheiße!« Sie sah aus dem Fenster und betrachtete die Wolken, die eine Fläche aus begehbarer fluffiger Watte vorgaukelten. »Aussteigen wäre gut. Einfach raus.«

Neben dem A380 erschien wie aus dem Nichts ein Schatten

aus den weißen Gespinsten, der sich dank der Form und den Waffen unter den Flügeln als Militärmaschine entpuppte. Der Kampfjet hielt Abstand und begleitete den Airbus.

»Nein. Fuck, nein!«, rief Suna und presste die Nase gegen die kleine Scheibe. Sie wusste genau, was das bedeutete: Der A380 befand sich im Luftraum eines Staates, der es nicht witzig fand, dass eine tonnenschwere Last mit beinahe Schallgeschwindigkeit auf bewohntes Gebiet zuraste. Die Abzeichen auf dem Heck des Jets vermochte Suna nicht zu deuten. Die Raketen unter den Tragflächen hingegen erkannte sie mit bloßem Auge.

»Eine von den Dingern reicht doch schon. Scheiße!« Suna hörte weitere Ausrufe aus den Suiten um sie herum. Der tödliche Begleiter war bemerkt worden.

Schon erklang der Signalton der Durchsage. »*Ladies and Gentlemen*, hier spricht Ihr Captain. Die Verhandlungen der Entführer und der Fluggesellschaft laufen noch. Wie von den Terroristen verlangt, sind wir in den chinesischen Luftraum abgebogen. Aus Sicherheitsgründen werden wir von Abfangjägern eskortiert. Es besteht kein Grund zur Sorge. Unser Personal wird gleich mit dem Servieren des Abendessens beginnen. Bewahren Sie auf alle Fälle Ruhe. Vielen Dank.«

»Bin ich auf der verfickten *Titanic?* Spielt noch eine Band, ja?« Suna schloss die Augen und bemerkte eine Sekunde danach an der Neigung und dem flauen Gefühl im Magen, dass der Airbus sich absenkte. »Er verringert die Flughöhe?« Sofort sah sie erneut hinaus.

Der Jet war verschwunden.

»Fuck!« In Sunas Vorstellung hing der Kampfjet bereits am Heck des A380 und aktivierte die Bordwaffen. Die Raketensysteme. Und überlegte, wohin er am besten schoss, damit die Passagiere nicht litten.

Wie lange lebte man noch, wenn der Rumpf zerbrach?

Erstickte man in der Höhe, bevor man nach dem tiefen Fall aufschlug?

Kann man den Aufprall überleben? Suna hatte von Fallschirmspringern gehört, die ungebremst aus zweitausend Metern niedergegangen waren und den Touchdown mit Knochenbrüchen überstanden hatten. Wie lange beschleunigte man? »Hätte ich in Physik nur besser aufgepasst.«

»Das Abendessen verschiebt sich, Miss Levent«, erklang neben ihr eine Stimme.

Suna wandte den Kopf und sah eine Stewardess vor sich. »Entschuldigung, wieso sinken wir?«

»Wir werden landen. Machen Sie sich keine Gedanken, Miss«, log die Frau sehr schlecht. Sie war bleich und schwitzte.

»Gibt es Fallschirme? Ich hätte gerne einen. Unten im Gepäckraum vielleicht? Hinter irgendeiner geheimen Klappe? Das ist doch so in Actionfilmen.«

Die perfekt geschminkte Stewardess presste die Lippen aufeinander. Die Maske der Professionalität bröckelte. »Bleiben Sie bitte in der Suite und …« Sie räusperte sich, um ihre Angst zu überspielen. »Und freuen Sie sich auf das Dinner. Sie hatten vegetarisch bestellt?«

Das hatte Suna. Doch jetzt wollte sie einen Fallschirm. Sollte sie das überleben, würde sie stets einen Fallschirm als Bordgepäck mitnehmen.

Unvermittelt befiel sie ein Gedanke.

Suna löste den Gurt und eilte zur Bar.

Der Gedanke war vollkommen irrational, aber sie hoffte, Nagata zu treffen, der ihr sagen sollte, dass alles gut werden würde. »PrimeCon kann diese beschissenen Terroristen doch bezahlen. Das wäre okay«, redete sie leise zu sich.

In der Bar war niemand, der Tresen lag verlassen vor ihr.

Weil Suna nichts Besseres mit sich anzufangen wusste, suchte sie sich eine Cola und trank aus der Flasche. »Mann, Mann. Niemals wieder. Niemals wieder fliege ich.«

Plötzlich gab ihr Smartphone ein Signal von sich.

Der Empfang ist zurück! Unter normalen Umständen wäre

Suna in Jubel ausgebrochen, doch jetzt bedeutete es lediglich, dass der A380 so tief gesunken war, dass die Funknetze am Boden erreicht wurden.

»Scheiße.« Suna zog ihr Handy heraus und sah die Flut von eingehenden Nachrichten. Takahashi bombardierte sie mit Mails und Kurzmitteilungen, sogar eine Sprachnachricht war darunter.

Bevor Suna sie abhören konnte, gingen ein Schlag und gleich darauf heftiges Rütteln durch den Airbus. Die träge reagierende Maschine legte sich um fünfundvierzig Grad zur Seite, die Vibrationen nahmen zu. Suna stürzte und rutschte unter eines der Tischchen, bevor der A380 noch weiter kippte und die Triebwerke hörbar aufbrüllten.

»Nein, ich will nicht draufgehen!«, schrie sie und suchte nach Halt.

Es stank nach Rauch, ein dunkles Fauchen erklang und kündigte die Hitzewoge an, die ätzenden, schwarzen Qualm in die Bar drückte, sodass Suna husten musste. *Fuck! Das wird nichts mehr. Das wird …*

Knisternd und krachend zerbrach unvermittelt die Seitenwand, und die kreischende Hackerin wurde hinausgerissen.

Sie kreiselte und stürzte abwärts, die eiskalte Luft riss an ihrer Kleidung. Eine Orientierung war unmöglich, der Fall ließ sie unkontrolliert auf die Erde zurasen. Es pfiff und rauschte in ihren Ohren, der Fallwind drückte schmerzhaft gegen die Augen.

Eine Sekunde lang sah Suna eine große Stadt nicht weit entfernt; schon knallte sie auf einen harten, brennenden Gegenstand, der ihr von unten entgegenkam und deutlich langsamer fiel als sie. *Physik.*

Noch ehe Suna die Hitze spüren konnte, brach die Kollision ihren Schädel.

Den Aufprall auf dem Boden bekam sie nicht mehr mit.

* * *

Lucia stand mit der Kralle in der Hand im Raum, deren Nagel auf ihr Ziel zeigte – das sich zwischen einem Dutzend Menschen verbarg.

Anton verfolgte angespannt, wie sie auf die Sitzbank stieg und nun von wirklich jedem in der Raststätte gesehen wurde. »Ist das schlau?«

»Es gibt weder schlau noch klug, wenn man gegen Marwolaeth zieht.« Jagore hielt den Dolch stichbereit. »Du weißt, was zu tun ist, Meister Anton?«

Er wusste es. Die Kugeln aus der Pistole vermochten das Wesen nicht zu töten, aber so weit zu irritieren, dass es mit Schwert und Klinge angegriffen werden konnte. *Ich bin die Ablenkung.* Anton zog die erbeutete Glock 26 – Fabrikat und Modell hatte er dank des Internets herausgefunden und sich dann einigermaßen mit der Waffe vertraut gemacht. Ob er damit irgendwas traf, würde sich gleich zeigen. *Suchen wir das Wesen.*

Anton stand vornübergebeugt auf, als habe er Magenschmerzen, und bewegte sich zur Seite, um einen besseren Blick auf die Handvoll Verdächtigen zu haben. Jagore ging in die andere Richtung, die Augen auf die Menge gerichtet und den Dolch eng an den Unterarm gehalten, damit man ihn nicht sofort sah.

Lachen und Rufen setzte ein. Lucias seltsames Verhalten war bemerkt worden. Dass sie fotografiert und gefilmt wurde, machte der Kriegerin nichts aus. Eine Kellnerin kam auf sie zu und redete auf sie ein, gestikulierte und zeigte mit dem Finger auf das Polster.

Lucia dachte nicht daran, sich zu setzen. »Marwolaeth. Zeige dich«, sprach sie mit fester Stimme, die Augen zusammengekniffen auf die Gruppe gerichtet.

Salatblätter und eine Tomate flogen in ihre Richtung, es wurde noch mehr gelacht. Einige Jugendliche äfften sie nach.

»Wir wissen, dass du unter uns bist. Und ich verspreche dir deinen Tod.« Lucia betrachtete einen Gast nach dem anderen. »Du wirst keine weitere Welt in den Untergang führen.«

»Ist das eine versteckte Kamera?«, rief ein Mann auf Französisch. »So ein Jedi-Prank? Habe ich im Internet gesehen. Gleich wird was Abgefahrenes passieren! Passt auf, *mes amis*. Das sieht aus wie echt.«

Anton stand neben der Geschirrrückgabe und achtete auf die Reaktionen. Noch verriet sich Marwolaeth nicht. *Haben wir sie überrascht?*

Zu den Tomatenscheiben und Blättern gesellten sich Eiswürfel, denen Lucia entspannt auswich. »Hört auf damit, ihr Einfältigen. Der Tod steht mitten unter euch.« Dann tat sie etwas Unvorhergesehenes: Sie ließ den goldenen Faden los.

Der abgeschlagene, vertrocknete Finger schoss durch die Luft und wollte an die Hand des Wesens zurückkehren, dem er genommen worden war.

Ein guter, aber gefährlicher Kniff. Wenn Marwolaeth entkommt, werden wir sie niemals mehr aufspüren können! Anton machte sich bereit. *Lucia hat alles auf eine Karte gesetzt.*

Unter den überraschten Rufen der Gäste flog die Kralle an die Hand eines älteren Mannes, der gebrechlich auf seinem Platz saß – bis zu dem Moment, in dem der Finger an den Stumpf andockte und ein deutliches Leuchten über die Hand ging, als die Gliedmaßen miteinander verwuchsen.

»Was habe ich gesagt, *mes amis?*«, rief der Franzose und klatschte einmal begeistert.

Marwolaeth richtete sich auf und bedachte Lucia mit tödlichen Blicken. Einiges an ihrer greisen Tarngestalt passte nicht zusammen. Wie in ihrer letzten Erscheinung waren die Proportionen des alten Mannes falsch. Offenbar war sie nicht in der Lage, die menschliche Statur fehlerfrei nachzuahmen.

»Ihr habt so oft versagt«, sprach sie verächtlich, wobei ihre Nadelzähne im Greisenmund zum Vorschein kamen und ihre

Pupillen weiß leuchteten. »Ich werde euch töten und mir diese Welt nehmen.« Sie schaute einmal in die Runde, ihre faltigen Hände verformten sich zu Klauen, und die tödlichen Nägel wuchsen um viele Zentimeter. »Ihr alle werdet untergehen. Ersticken in Blut und hinfort geweht von …«

Verdammt! Anton hatte beste Sicht auf Marwolaeth. *Ich muss sie ablenken.* Er riss die Pistole mit beiden Händen in die Höhe und schoss in stetem Takt, wie er es in einem Tutorial gesehen hatte.

Der erste Knall beendete die selbstgefällige Ansprache der Kreatur.

Sie duckte sich nicht, sondern drehte den Kopf zu Anton. Der dritte Schuss traf ihre Brust, das vierte Projektil flog genau in ihren zum Lachen geöffneten Mund, sirrte zwischen den Fängen hindurch, schrammte eine Spitze ab und brachte das Wesen zu einem erstickten Laut.

»Bravo!«, rief der französische Trucker begeistert und klatschte anhaltend. »Bravo! Das ist *formidable!* So eine tolle Show!«

Hässlich klickend blieb der Schlitten der Glock unvermittelt hinten, eine Patrone hatte sich im Auswurf verkantet.

Scheiße! Anton sah über den Lauf hinweg, wie Marwolaeth die Umstehenden pfeilschnell packte und wie Puppen durch die Luft schleuderte, um ihre drei Jäger damit zu treffen. Die schreienden Männer und Frauen flogen meterweit und krachten ringsherum auf Stühle und Bänke.

»Greif an, Meister Anton!« Lucia wich den wirbelnden Leibern aus und rannte über die Tische, das Schwert aus Particulae und Stahl zum Schlag erhoben. »Jetzt oder nie!«

Jagore näherte sich von der rechten Seite, huschte geduckt voran, um von der Bestie nicht sofort bemerkt zu werden.

Anton fummelte an der Glock herum, um die verkeilte Hülse zu entfernen. Er zog und wackelte sekundenlang, ohne die Augen vom Kampf abzuwenden. *Scheiße. Los, geh endlich raus!*

»Seid ihr mir doch gefolgt. Die Letzten von dreihundert.« Marwolaeth zerschlug einen Tisch mit bloßer Klaue und riss den Metallfuß ab, parierte damit das Schwert. »Noch habt ihr mich nicht.« Vor den Fenstern der Raststätte ballten sich schwarze Wolken. Ein Unwetter raste heran, um dem dämonischen Wesen zu Hilfe zu kommen. »Ich lege dieses Haus mit euch in Schutt und Asche.« Ihr harter Tritt fegte eine umherliegende Frau gegen Jagore und warf ihn um. »Mich wird kein Blitz treffen. Aber euch hundertfach!«

Endlich! Die verbogene Hülse klirrte auf den Boden, Anton hob die Pistole erneut. Doch im Durcheinander in der Raststätte fand er sein Ziel nicht mehr. Die Besucherinnen und Besucher rannten schreiend vor der Mündung herum. Die Menschen hatten begriffen, dass es sich nicht um Tricks handelte. Lediglich der Franzose und seine Freunde blieben sitzen und filmten mit drei Handys, kommentierten die Paraden und Angriffe.

Was mache ich? Anton wusste, dass er in der Konfrontation mit Marwolaeth keine Aussicht auf Erfolg hatte. Dazu fehlte ihm Kampferfahrung und die adäquate Waffe. *Ich bin absolut nutzlos.*

Unvermittelt fiel es ihm wie Schuppen von den Augen. *Die Tür!* Marwolaeth musste durch sie zurückgebracht werden, um den Fluch durch ihr Ableben in dem fremden Universum aufzuheben. Starb das Wesen auf der Erde, endete der Schrecken zwar, doch eine andere Welt harrte ewig der Erlösung. *Wir müssen die Dämonin wegschaffen.*

»Ich bereite das Portal vor«, rief er Lucia und Jagore zu. »Bringt Marwolaeth raus!«

Ohne eine Erwiderung abzuwarten, sprintete er ins Freie und zum Transporter. Mehrmals wich er davonbrausenden Wagen und Lkw aus. Die Menschen rasten in blanker Panik weg von der Raststätte des Sterbens und nahmen keinerlei Rücksicht.

Der reißende Wind steigerte sich zu einem Sturm, Regen peitschte schmerzhaft in Antons Gesicht, sodass er eine Hand schützend über die Augen hielt. Düstere Wolkenwalzen rollten herbei. In ihrem Inneren leuchtete und glomm es, als luden sie sich durch das Rotieren mit Strom auf, den sie auf Marwolaeths Geheiß abfeuerten.

Anton schaffte es durchnässt zum Kleinlaster.

Jetzt schnell! Im schummrigen Licht der Deckenleuchte und einer Taschenlampe nahm er die notwendigen Einstellungen vor, die einen Durchgang in die andere Welt öffnen sollten. In den Plänen fand sich kein Verzeichnis, welche Ziele sich mit welchen Rasterstellungen eröffneten, deshalb vertraute er auf seine Erinnerung.

Er stieß die Hecktüren auf, damit Jagore und Lucia die besiegte Kreatur gleich durchs Portal tragen konnten; feuchter Wind fegte herein, der Transporter wankte im Sturm.

Ist es die richtige Kombination? Anton rieb sich das Wasser aus den Augen. Er betrachtete die Markierungen und zögerte. *Oder … muss der rechte Raster weiter nach oben?* Es war in Timmendorfer Strand zu schnell gegangen. Hektisch prüfte Anton die Einstellungen erneut. Auf sein Gedächtnis konnte er sich normalerweise verlassen.

Aber wenn nicht? Beliebig viele Versuche gab es nicht. Er erhob sich, die Hand legte er an der Pochvorrichtung. *Aktiviere ich sie und prüfe es?* Dummerweise hatte er damals keinen Blick hindurchgewagt. Er konnte also gar nicht prüfen, ob die Einstellungen stimmten. *Es muss so stimmen. Muss!* Er sah angespannt hinaus in den Sturm und wartete, in der Rechten die Glock. *Wo bleiben sie?*

Der Regen flog waagerecht mit dem Wind. Laut knallten dicke Tropfen und murmelgroße Hagelkörner gegen die Seite des Transporters, der sich in den ruppigen Böen nach rechts und links neigte.

Unvermittelt stachen drei Blitze gleichzeitig aus den finsteren Wolken und krachten an verschiedenen Stellen durch das Dach der Raststätte.

Scheiße! Anton schloss geblendet die Augen. Als er nach einigen Sekunden wieder etwas sah, brannte das Gebäude an mehreren Ecken.

Von Lucia, Jagore und Marwolaeth fehlte jede Spur.

Antons Blick fiel auf die Kette des Wesens, die unbemerkt aus seinen Sachen im Laderaum gerutscht war. *Was meinte sie, als sie von anderem Nutzen sprach?* Er hob sie auf, rieb und drückte an den Steinen herum, um hinter das Rätsel zu kommen. Aber nach einigen Minuten des Probierens ergab sich nichts, was ihn weiterbrachte. Er steckte den Schmuck ein und sah erneut in den wütenden Sturm und auf die langen Lohen, die aus Löchern im Dach stachen.

Noch immer zeigte sich niemand.

Nach ewigen, quälenden Minuten blieb Anton nichts anderes übrig, als durch das Unwetter zu rennen und in die lodernde Raststätte zurückzukehren. Kaum trat er durch den Windfang, vernahm er das Scheppern und Rumpeln. Der Kampf tobte nach wie vor.

Anton behielt den Kopf unten und stahl sich ins Innere.

Lucia hatte mehrere Schnitte erhalten, sie focht beständig, aber wesentlich langsamer. Jagore lag mit aufgeschlitzter Kehle inmitten toter Gäste, die zwischen die Fronten geraten waren. In seiner Hand hielt er den Dolch.

Scheiße. Behutsam pirschte Anton zu ihm und nahm die Klinge aus den erkaltenden Fingern, obwohl ihm vor Angst schlecht wurde. Lucia käme die zweite Waffe sicher recht.

Ansatzlos packte Jagore seinen Arm, beinahe hätte Anton vor Schreck aufgeschrien. »Falle Marwolaeth in den Rücken«, wisperte er sterbend. »Stich zu und laufe davon. Lass Lucia den Rest erledigen.« Er lachte schwach, während ihm Blut aus dem Mund sickerte. »Niemand erwartet von dir, ein Krieger zu sein, Meister Anton. Aber gib der Kriegerin die Gelegenheit, die

Bestie tödlich zu verletzen. Dann hilf ihr, Marwolaeth durch die Tür …« Die Augen brachen und wurden stumpf. Jagores Seele hatte den Leib verlassen.

Anton packte den Dolch fester. »Das werde ich«, versprach er dem Toten.

Erneut schossen etliche Blitze gleichzeitig nieder und ließen das Restaurant beben. Die Luft lud sich auf, in kleinen Explosionen vergingen überlastete elektrische Geräte und schufen neue Brandnester. Anton fühlte ein Kribbeln im Nacken, die Härchen richteten sich durch die Elektrizität auf. *Ich muss Marwolaeth ablenken, bevor mich ein Blitz erwischt.*

Aufgeladen mit dem ganzen Mut, den ihm der Gedanke an seine Familie gab, orientierte er sich in der verlassenen Kantine.

Die Gestalt des alten Mannes hatte Marwolaeth aufgegeben. In undefinierbarer humanoider Form mit zu langen Armen und aufragendem Oberkörper drosch sie mit zwei Eisenstangen auf Lucia ein. Die Kriegerin würde den entscheidenden Zweikampf verlieren.

Anton schlich sich vorwärts, mit trommelndem Herzen in der Brust und unsäglicher Angst im Kopf. *Zustechen und laufen.* Er visierte eine Stelle im hohen Rücken an, wo beim Menschen die Nieren saßen. *Zustechen und laufen.* Das würde Marwolaeth nicht töten, aber Schmerzen bereiten. Hoffte er. *Zustechen und laufen.*

Kraftvoll rammte Anton den Dolch aus geschmiedetem Stahl und Particulae in den Leib der Kreatur, die sich laut schreiend aufrichtete und vor Qualen reflexartig ins Hohlkreuz ging. »Lucia, jetzt!«

Marwolaeth drehte sich ruckartig zur Seite, noch bevor Anton den Griff loslassen konnte. Die Klinge glitt aus dem Leib, gefolgt von einem Schwall rosafarbenem Blut, das sich in der Luft grünlich grau färbte.

»Du wagst es?«, kreischte die Kreatur und schlug mit der Eisenstange nach ihm. »Ausgerechnet du?«

Anton schaffte es nicht, sich wegzuducken, und wurde von dem Stahl getroffen. Die Kraft beförderte ihn quer durch den zerstörten Raum. Dumpf prallte er mit den Schultern gegen die Theke und rutschte benommen zur Seite. Das brennende, qualmende Restaurant drehte sich vor seinen Augen.

»Meister Anton! Halte durch!«, rief Lucia hinter dem Berg aus Trümmern. »Ich …« Sie schrie laut auf und verstummte.

Nein. Nein, sie darf nicht …! Anton stemmte den Oberkörper in die Höhe und lehnte ich gegen den Tresen. Angestrengt starrte er zu ihr hinüber. »Lucia?«

Über die Halde aus rauchenden Holzsplittern, zerfetzten Leichen und verbogenem Eisen schritt die Kriegerin, das Schwert in der Linken, an dem Marwolaeths Blut haftete. Sie lächelte tapfer, ungeachtet der Schnitte und Kratzer. »Wir haben es geschafft.«

Anton versuchte, sich zu erheben und ihr entgegenzugehen – als es ihm auffiel: *Ihre Proportionen stimmen nicht.* Aus der aufkommenden Hochstimmung wurde blanke Todesangst. Die Kreatur erlaubte sich den Spaß, die Gestalt der besiegten Gegnerin anzunehmen.

»Du kannst mich nicht täuschen«, wisperte er.

Marwolaeth lachte auf ihre metallische Weise. »Ich muss noch üben, Menschlein. Bald werde ich perfekt sein.« Sie kam in Lucias verschobener Gestalt auf ihn zu. »Man soll mich doch nicht zu früh aus dem Amt jagen, das ich anstrebe. Ich habe viel vor.« Die Klingenspitze richtete sich auf Anton, der angsterfüllt am Boden saß, mit dem Rücken gegen den Tresen gelehnt. »Wieso verrietest du mich?«

»Weil du ein Scheusal bist!« Es war ohnehin egal, warum also lügen?

»Aber du warst es, der mich rettete. Vor Jagore und Lucia. Und ich ließ dir das Leben. Gab dir Schmuck, der dich unendlich reich gemacht hätte.« Die falsche Kriegerin musterte ihn unverständig aus weißen Augen. »Stattdessen holst du meine Feinde auf die Erde und machst gemeinsame Sache mit ihnen.«

Versagt. Wir haben versagt. Anton deutete mit der Linken kraftlos durch das vernichtete Gebäude. »Du bringst nichts als den Untergang. Wie konnte ich dich da gewähren lassen?«

»Ich versprach dir Schonung.«

»Aber was soll ich alleine mit meiner Familie auf der einsamen Welt?«

Marwolaeth lachte lauthals. »In Frieden leben, du Narr. Niemand, der dich angreift. Keiner, der dich bestiehlt. Nicht eine Seele, die dich umbringen will. *Das* hätte ich dir geboten.« Langsam stach sie Anton die Schwertspitze in die rechte Schulter und drückte den Stahl durch sein Fleisch, sodass er gellend aufschrie. »Dieses Angebot schlugst du aus und verschmähtest meine Großmut. Umbringen wolltest du mich, Menschlein.« Sie lehnte sich nach vorne und schob die Klinge durch das Gelenk. Die Legierung ließ sich durch die dicken Knochen und das Holz der Theke nicht aufhalten. »Dafür töte ich dich. Und deine Familie.«

Anton konnte vor Pein nicht mehr klar denken. Etwas Vergleichbares hatte er noch nicht gespürt. Aufgespießt hing er fest, die Tränen rannen ihm über die Wangen. Warm sickerte das Blut den Rücken hinab. »Das kann ich nicht zulassen. Meine Kinder und meine Frau sollen leben!«, raunte er erstickt und hastig atmend. *Eine letzte Chance gibt es. Aber …*

»So halte mich auf, schwaches Menschlein.« Marwolaeth grinste dämonisch und rammte das Schwert bis zum Heft in den Schreiner und die Theke dahinter. Ihr Mund näherte sich seinem Ohr. »Was willst du gegen –«

Ruckartig hob Anton die linke Hand und stach Jagores Dolch mit all seiner verbliebenen Kraft durch Marwolaeths Trommelfell in ihren Schädel. Die Particulae-Klinge schnitt sich in den Kopf, teilte das Hirn.

Das Wesen riss die Augen vor Überraschung, Schmerz und Wut weit auf, bevor Anton das geschliffene Metall in gerader Linie nach vorne aus dem fehlerhaft proportionierten Frauengesicht zog. Der Knochen bot keinen Widerstand.

Marwolaeth brach ohne ein Wort über ihm zusammen, weder ein Zucken noch ein Keuchen entwich ihr. Das hellrote Blut sprudelte aus dem zerstörten Schädel und tränkte Antons Kleidung, wo es sich grünlich grau verfärbte.

Ich habe es geschafft. Anton vermochte die Leiche, die ihn hinabdrückte, mit einem Arm nicht von sich zu schieben; das Schwert hielt ihn an der Theke wie ein aufgespießtes Insekt in einem Schaukasten. Die Erde war vor der vernichtenden Bosheit bewahrt, auch wenn es bedeutete, dass eine andere Welt den Fluch von Marwolaeth nicht mehr abstreifen konnte. *Es war das Beste, was ich tun …*

»Meister Anton?« Schnelle Schritte kamen über das Trümmerfeld, dann wurde das tote Wesen von ihm gezerrt. Lucia strahlte ihn an. »Du lebst! Bei den Allsternen! Du hast Marwolaeth besiegt!« Sie umfasste den Schwertgriff. »Warte, ich helfe dir.« Mit einem Ruck zog sie das Metall aus dem Schreiner und dem Holz.

Anton schrie vor Pein. »Ich dachte, du wärst …« Die Ohnmacht näherte sich, das letzte bisschen Kraft wich aus seinen Gliedern.

»Nicht ganz.« Lucia platzierte die Klinge neben sich. Beherzt öffnete sie seinen Mund mit einer Hand und legte ihm mit der anderen eine klebrige Substanz auf die Zunge. »Es wird gleich besser.« Sie streichelte seine Wange.

Tatsächlich ließen die Schmerzen nach, und Energie kehrte in Anton zurück. Die Wunden in Brust und Rücken kribbelten und juckten, als marschierte eine Ameisenarmee durch seinen Torso, das zerstörte Gelenk knackte und knirschte hörbar, während die Knochen heilten. »Was ist das für eine …?«

»Keine Zeit, Meister Anton. Wir sollten gehen.« Lucia hob den Dolch auf und reichte ihn ihm. »Das Gesetz wird bald erscheinen, und ich möchte nicht ins Gefängnis. Nicht für die unschätzbare Tat, die wir begangen haben.« Lucia legte ihm eine Hand auf die Schulter. »Die du vollendet hast, Meister Anton. Diese Welt wird es nie erfahren, doch ohne dich wäre sie untergegangen.« Sie half ihm beim Aufstehen und nahm ihr Schwert an sich.

Der Wind hatte sich gelegt, aus den Sturzbächen war ein sanfter, abklingender Regen geworden. Ohne die Macht der Kreatur löste sich das Unwetter auf. Natur durfte wieder Natur sein.

Anton sah auf Marwolaeths Leiche, die sich schlagartig zersetzte und zu Asche zerfiel. Die grauweißen Flöckchen sanken herab und schmolzen zu nichts. Zurück blieben lediglich die grünlich grauen Blutpfützen. »Aber eine andere Welt ist verloren.«

»Es wäre zu schön gewesen.« Lucia ging zum toten Jagore und schloss ihm die gebrochenen Augen. »Es war sein dringendster Wunsch.«

Anton betrachtete den älteren Mann, der sich im Kampf gegen das Ungeheuer geopfert hatte. Ein Gedanke stahl sich aus der Erinnerung. *Aber … sagte Jagore nicht, dass …?* Sein Kopf schnellte herum, der Blick richtete sich auf Marwolaeth. »Lucia, lass uns noch eine Sache versuchen.«

Die Kriegerin machte ein fragendes Gesicht.

* * *

JAPAN, TOKIO, SPÄTSOMMER

»… Bestürzung und Trauer über den Abschuss eines Airbus A380 nahe Peking. Die chinesische Regierung sah sich zu diesem Schritt gezwungen, da die Verhandlungen mit den Entführern gescheitert waren und der Airbus Kurs auf die Stadt nahm. Um Tausende von Tote und eine noch größere Katastrophe zu verhindern …«

Yūki Takahashi schaltete die Nachrichten ab und schaute aus dem Fenster seines Büros. Das schwarze Sakko hing über dem Stuhl, die obersten zwei Knöpfe am weißen Hemd standen offen, und die Ärmel waren hochgekrempelt. Die Kleidung fühlte sich trotz der Maßschneiderei zu eng an.

Der Schock über das Geschehen saß tief. Sosehr er mit den Hinterbliebenen trauerte und sich nicht ausmalen konnte, was es bedeutete, einen geliebten Menschen auf diese tragische Weise zu verlieren: *Ich habe Nótt eingebüßt.*

Suna Levent war an Bord gewesen. Mit ihr starben ein immenses Wissen über Hacking, Particulae, die Türen und wohl viel zu viele Geheimnisse, welche die junge Türkin gehortet hatte.

Dass bei dem Abschuss auch der Kontaktmann von Prime-Con ums Leben gekommen war, bedeutete nicht im Ansatz eine Genugtuung. Es brachte der Stiftung keinen Vorteil.

Verflucht und nochmals verflucht. Sunas Mobiltelefon hatte ihm viele kleine Nachrichten gesendet, die sie kurz vor ihrem Tod verfasst hatte. Es waren neuste Informationen verbunden mit der Bitte, Anton Gärtner nicht im Stich zu lassen. Die Mission sei zu wichtig. Für die Menschheit.

Yūki erhob sich aus dem Sessel und steckte die Hände in die Hosentaschen. *Für die Menschheit*. Der Hinweis verfolgte ihn.

Die Kadoguchi-Stiftung mischte sich nicht ein, niemals, sondern sie sammelte Informationen. Aus dem Hintergrund und ungesehen von jenen, die sie überwachte und beobachtete. Sie sammelte Informationen und leitete sie weiter. Andere Stellen entschieden, was damit geschehen sollte. Kein einziges Mal hatte Yūki an diesem ehernen Prinzip gezweifelt. Die strikte Zurückhaltung hatte in der Vergangenheit Menschenleben gefordert. Auch das von Unbeteiligten. Aber Suna Levents Vehemenz, mit der sie bis zum Ende auf Unterstützung für den Schreiner gepocht hatte, tat etwas mit ihm. Es rührte ihn.

Yūki wandte den Kopf und ließ den Blick über den Schreibtisch schweifen, auf dem das Dossier zu Pastinak, Gärtner und der Mastertür lag, das innerhalb weniger Tage einen beachtlichen Umfang angenommen hatte. *Voller Erkenntnisse. Voller Unklarheiten. Voller Überraschungen.*

Da Suna Levent nicht mehr zur Verfügung stand, um die Ereignisse rund um das Artefakt zu verfolgen, brauchte es eine andere Lösung. Unkonventionell und riskant.

Yūki Takahashi nahm die Hände aus den Taschen und kehrte an den Schreibtisch zurück. Er musste ein paar Anrufe tätigen.

* * *

»Mit Narren leben wird dir gar nicht schwer,
Versammle nur ein Tollhaus um dich her.
Bedenke dann, das macht dich gleich gelind,
Daß Narrenwächter selbst auch Narren sind.«

Johann Wolfgang von Goethe: Zahme Xenien (1797)

KAPITEL X

LETTLAND, SPÄTSOMMER

Anton stand neben dem Transporter, den er samt Mastertür und Lucia sowie Jagores Leiche vierzig Kilometer von der zerstörten Raststätte weggefahren hatte. Er war noch nicht dazu gekommen, seine Kleidung zu wechseln, doch hier auf dem Waldweg sah ihn niemand außer die Kriegerin.

»Wann?«, fragte er bestürzt in sein Smartphone. *Ich dachte, mit Marwolaeths Tod wendet es sich zum Besseren.*

Am anderen Ende sagte Kathrin: »Vor wenigen Minuten.«

»Und niemand schöpfte Verdacht?« Anton konnte und wollte es nicht glauben. Er legte eine Hand an die Stirn und ging im Kreis, um nachzudenken. »Ist dir etwas aufgefallen?«

»Nein.«

»War irgendwas im Zimmer, das …?« Beunruhigt streifte er sich die langen braunen Haare aus dem Gesicht.

»Nein, Anton. Ich dachte zuerst, er sei gestorben und sie hätten das Bett für einen neuen Patienten vorbereitet.« Kathrin klang eingeschüchtert. »Die sind überall. Ich habe das Gefühl, ständig beobachtet zu werden.«

»Bleib bei deiner Schwester mit den Kleinen. Es ist bald vorüber.« Das war gelogen, aber was sollte er sonst sagen? »Ich liebe dich.«

»Ich dich auch.« Kathrin legte auf.

Lucia kam um den Transporter herum. Sie trug einen grauen Mechanikeroverall, den sie aus einem der zurückgelassenen Reisekoffer im Diner gezogen hatte. Ihr Raststätten-Outfit war zerfetzt und mit Blut besudelt. Eigenem und fremdem.

»Ist etwas mit deiner Familie?«

Anton schüttelte langsam den Kopf und steckte das Gerät in die Tasche. »Unbekannte haben meinen Meister vor ungefähr einer halben Stunde aus dem Krankenhaus entführt.« Dass sich Nótt nicht mehr meldete, machte ihn zusätzlich nervös. *Uns gehen die Verbündeten aus.* »Meine Frau wollte ihn besuchen, aber das Bett war leer.«

»Dein Ausbilder, der die Pläne fand?«

»Ja.« Anton fluchte laut und trat gegen das Hinterrad. »Ich hätte auf ihn achtgeben sollen!«

»Du hattest genug andere Gedanken im Kopf«, erwiderte Lucia beschwichtigend. »Irgendeine Ahnung, wer dahinterstecken könnte?«

»Vermutlich die Leute, die ihn damals überfielen, als ich mit meiner Familie bei ihm war.« Es wäre für ihre Widersacher nicht besonders schwer gewesen, herauszufinden, wo Wilhelm behandelt wurde. »Meiner Frau wurde gesagt, er sei in ein anderes Krankenhaus verlegt worden, auf Wunsch seiner Schwester.«

In dem Augenblick erinnerte er sich an Wilhelms Warnung auf der Aufnahme. *Die Schwester habe ich vergessen. Sie kann hinter all dem stecken!* Verärgert ging er um den Wagen herum und stieg durch das Heck ein. *Eins nach dem anderen.*

»Lass uns zuerst versuchen, den Fluch zu brechen. Uns läuft die Zeit davon.« Auf das Umziehen verzichtete er. Der Ausflug rechtfertigte kein ordentliches Äußeres.

Die Tür erhob sich im Zwielicht und wartete darauf, dass man sie aktivierte.

»Ich werde mit dir auf die Erde zurückkehren, um dir zu helfen, deine Familie zu beschützen, sobald wir unsere Mission jenseits des Durchgangs erledigt haben. Du hast mein Wort.« Lucia kam an seine Seite und hob Jagores Leiche auf ihre Schulter. Er würde in der anderen Welt begraben werden, wie er es sich wünschte. Lucia nahm den Letzten Willen ihres Untergebenen sehr ernst. »Ich bin bereit, Meister Anton. Ich hoffe, dass du recht hast.«

Anton rechnete ihr das Versprechen hoch an. Eine Kämpferin benötigte er dringend an seiner Seite. Er trat an das schlummernde Portal und warf einen prüfenden Blick auf die Einstellungen am Rahmen und auf dem Blatt. *Es sind die richtigen Raster.* Entschlossen griff er den Pocher und ließ ihn kraftvoll auf die Platte niederfahren.

Das überlaute Geräusch eines Hammerschlags auf den Amboss kannte Anton bereits, doch auch wenn er damit gerechnet hatte, ging er leicht in die Knie.

Das Energiefeld flammte gehorsam auf.

Weder Detonation noch schlimmere Katastrophen. Gut! »Wir müssen uns beeilen«, sagte er zu Lucia. »Die Dauerbelastung ist für die Komponenten schädlich. Nicht dass das Holz verbrennt und es keine Rückkehr für uns gibt.«

Lucia bestätigte mit einer Geste.

Anton stieß die Tür auf und warf einen Blick auf die andere Seite. *Sind wir richtig?*

Schroffe Felswände erhoben sich rings um einen Fjord, am flachen Strand rollten Wogen hinauf. Es roch nach Meer, und Vögel riefen zur Begrüßung. Im ersten Moment dachte Anton, durch einen Fehler in den Einstellungen in Skandinavien gelandet zu sein. Dann entdeckte er die Stadt im Fjord. *Als wäre Bauhaus mit Barock und Mittelalter gekreuzt worden.* Minimalismus mischte sich mit gezielter Opulenz, schlichtes Weiß an den Fassaden betonte die gewaltigen goldenen und schwarzbraunen Verzierungen. Lange blaue Fahnen rollten und schlängelten sich in der Seebrise.

»Los, rein mit dir.« Lucia gab ihm einen Schubs, sodass er über die Schwelle trat.

Anton setzte einen Fuß auf den felsigen Untergrund, auf dem an manchen Stellen sattgrünes Gras wuchs. Die Luft roch frisch und verursachte ein Schwindelgefühl im Kopf wie bei einem schwachen Alkoholrausch. »Ich dachte, Marwolaeths Fluch hätte die Welt zerstört?« *Bin ich betrogen worden?*

»Sieh ins Meer.« Lucia ging an ihm vorbei und legte Jagores Leichnam nach knappem Umschauen behutsam auf den Boden. Sogleich begann sie damit, Steine um den Toten aufzuschichten. »Hier würde er liegen wollen, mit Blick über die unendlichen Wogen und die ewig währenden Gezeiten.«

Anton ging bis an die Klippen, die steil abfielen, und erkannte seinen Irrtum. Der Strand bestand aus kleinen Steinen, aber unter der Wasseroberfläche sah er die Überreste etlicher Gebäude. *Die Stadt muss vor dem Anstieg des Meeresspiegels wesentlich größer gewesen sein.*

Am Horizont stiegen vereinzelte schwarze Rauchsäulen in den dunkelgrauen Himmel, die dazugehörigen Brände waren gewaltig. Darüber zogen sich neue Unwetter zusammen. Immense Feuersbrünste tobten und vernichteten Hunderte Kilometer von ihnen entfernt Land, Städte, Wald, was auch immer die Lohen zu fassen bekamen.

Am Firmament erkannte er ein unheilvolles Schimmern, das um die eigene Achse rotierte; dabei saugte es finstere Sturmwolken an. Marwolaeths Fluch erschuf vor seinen Augen einen Tornado, um die Reste der Stadt zu vernichten.

»Wenn du mir hilfst, sind wir schneller«, rief ihm Lucia zu. »Und vergiss nicht, weswegen du hergekommen bist. Sollte es dir nicht gelingen, möchte ich nicht im Inferno bleiben und sterben.« Sie zeigte zum sich formendem Wirbel. »So etwas habe ich schon einmal mit ansehen müssen. Das ist die Keimzelle einer gigantischen Wasserhose, die eine Flutwelle auslöst. Diese Stadt wird wie die anderen untergehen.« Der nächste Stein fügte sich auf das geschichtete Grab. »Meister Anton, es liegt an dir.«

So ist es. Anton zog das Plastikschälchen aus der Tasche, das er in der Raststätte mit dem grünlich grauen Blut der dämonischen Kreatur gefüllt hatte; im Gegensatz zu Marwolaeths Leib löste sich die Flüssigkeit nicht auf.

In der Stadt bemerkten die Bewohner die bedrohliche Erscheinung am Himmel. Der unruhig gewordene Wind trug Lucia und Anton das Aufjaulen von Warnsirenen zu.

Im Fjord gibt es kein Entkommen. Er wird geflutet. Anton entfernte die Abdeckung und kippte das Schälchen leicht, damit das Blut herauströpfelte. *Muss ich dazu etwas sagen?* Er hoffte, dass keinerlei Zauberformel nötig war, um den Fluch zu brechen, und der Beweis genügte, dass Marwolaeth tot war. *Ihr Blut muss auf den Boden treffen, während sie ihr Dasein aushaucht*, hatte Jagore gesagt. *Hoffen wir, dass es reicht.* Anton ließ die grünlich graue Flüssigkeit in einem durchgehenden, dünnen Strahl aus dem Behältnis auf den Fels regnen. Plätschernd und spritzend ergoss sich das Blut auf den Untergrund.

Nichts geschah.

Verdammt. Anton kippte alles aus, die Lache auf dem Stein wurde groß wie eine Schallplatte. *War es der falsche …?*

Abrupt leuchtete das Blut auf und veränderte seine Farbe zu hellem Rosa, wie es aus der lebendigen Marwolaeth gesprudelt war, und warf Blasen. Es kochte auf dem kalten Untergrund, ätzende Dampfwolken stiegen auf, formten einzelne rosige Fäden und schlängelten sich in die Höhe.

»Lucia, sieh!«, rief Anton freudig und wich zurück.

Die Kriegerin erhob sich aus der Hocke und verfolgte gebannt, was auf dem Plateau über dem Fjord geschah.

Die dünnen blassrötlichen Dampffäden stiegen hoch und höher, bis sie das Schimmern am Firmament erreichten. Plötzlich erklang ein lautes Grollen, und aus der Blutpfütze schoss ein baumstammdicker Strahl aus Energie in den Himmel. Der Felsen bebte und schwankte unter der Kraft, Risse und Sprünge bildeten sich im Gestein. Lucia schrie warnend auf.

Verflucht, was … ? Anton hüpfte erschrocken zurück, als ihn ein Ausläufer aus der Entladung traf. Aber er spürte keinen Schmerz. Eingehüllt in das Kraftfeld kribbelte und summte es in seinem Körper, bis die Erscheinung endete.

Gleich darauf zuckte ein goldenes Leuchten über den Himmel, gefolgt von einem Flirren. Die Unwetterwolken lösten sich auf, das gefährliche Strahlen verschwand. Sogar das Meer zog sich zurück und gab die überspülten Ruinen frei. Der versunkene Teil der Stadt erschien aus den Fluten.

»Du hast es geschafft!« Lucia rannte zu Anton und umarmte ihn.

»Es war der Rat von Jagore, der den Fluch brach.« Anton schwankte leicht und war froh, dass die Kriegerin ihn hielt.

»Ohne dich wäre dies nicht geschehen, Meister Anton.« Sie gab ihn frei und betrachtete ihn eingehend. »Was hat dieser Strahl mit dir gemacht? Ich dachte, es wäre Marwolaeths letzte Rache, dass der Bezwinger und Fluchbrecher sterben müsse.«

Anton sah an sich hinab. Weder fühlte er eine Veränderung noch erging es ihm schlecht. »Ich weiß es nicht.«

Die Pfütze existierte nicht mehr. Außer einigen grünlichen Kristallen am Boden erinnerte nichts an das aufgelöste Blut, mit dem die fürchterliche Macht über diese Welt vergangen war.

»Lass uns Jagore begraben. Und dann nichts wie zurück.« Anton eilte mit Lucia zum Toten und half ihr, weitere Steine um ihn zu schichten.

Danach ritzte die Kriegerin mehrere Zeichen in einen größeren Brocken und legte ihn auf das Kopfende. »Andorranisch«, erklärte sie. »Ein Segenswunsch für meinen tapferen Freund und die dreihundert Verlorenen, die ihre Leben gaben, um Marwolaeth zu vernichten.« Leise sprach sie ein unverständliches Gebet.

Ihre Odyssee ist beendet. Jetzt steht meine an. Anton sah zwischen ihr und der Stadt hin und her. *Wir sind schon zu lange hier.* Er musste herausfinden, was mit Wilhelm geschehen war. Sein alter Meister brauchte ihn.

Schiffsähnliche Fahrzeuge schwebten durch die Luft, die Bewohner näherten sich vorsichtig der Stelle, von der aus das Wunder gewirkt hatte. Weiße und safrangelbe Fahnen wehten im Wind, leise Musik erklang. An Deck der Gleiter standen

Menschen in bunten Roben, die durch Ferngläser zu ihnen schauten und winkten.

»Wir bekommen Besuch«, sagte Anton zur Kriegerin.

»Sie werden sich bedanken wollen.« Lucia erhob sich. »Du bist ihr Retter, Meister Anton. Kannst du es ihnen verdenken, dass sie sich erkenntlich zeigen möchten?«

»Ich habe nur etwas wiedergutgemacht, was ich angerichtet habe«, erwiderte er leise. »Du kannst gerne bleiben und beim Wiederaufbau helfen. Sie werden dich ebenso als Heldin feiern. Genieße es.«

Lucia schüttelte den Kopf. »Ich versprach, dir zu helfen, deine Familie zu beschützen, Meister Anton. Diese Welt wird auch ohne mich klarkommen.« Sie reichte ihm die Hand. »Und nun los.«

Anton wandte sich erleichtert um und lief auf das geöffnete Portal zu, Lucia folgte neben ihm. »Danke, dass du …« Seine Stimme versagte, als ein Schatten im Durchgang auftauchte, auf der anderen Seite, in ihrer Welt.

Gleich darauf fiel die Tür zu.

Und verschwand.

* * *

LETTLAND, NAHE DER RUSSISCHEN GRENZE, SPÄTSOMMER

»Hey! Langsam aus dem Wagen aussteigen!« Polizistin Svetlana Zvonkė ging vorsichtig mit vorgehaltener Pistole auf den Transporter zu, der auf dem Seitenweg im kleinen Waldstück geparkt stand.

Im Inneren hatten bis eben mehrere Stimmen leise gesprochen, der Kleinlaster wackelte durch die Bewegungen im Laderaum leicht. Daneben parkten zwei schwere Pick-ups mit polnischen Kennzeichen und Schalenabdeckungen.

»André, geh auf die andere Seite«, wies Svetlana ihren Kollegen nervös an, der seine Maschinenpistole in den Anschlag hob. »Zentrale«, funkte sie. »Wir haben das verdächtige Fahrzeug. Mehrere Personen im Inneren.«

»Verstanden. Schicken Verstärkung«, kam es leise über den Ohrstöpsel.

Svetlana war kurz zuvor noch bei der vernichteten Raststätte gewesen und entsetzt über das Ausmaß der Zerstörung. Die Spurensicherung fand verbrannte Stellen von Blitzeinschlägen, aber auch Leichen von Gästen, die nicht durch Stöße von Tausenden Volt ums Leben gekommen waren. Das deckte sich mit den Inhalten aufgeregter Notrufe, in denen von einem Kampf die Rede war. Mit mehreren Personen. Und einige Beteiligte seien zu einem weißen Transporter gelaufen und damit weggefahren.

Um diesen Transporter bewegte sich Svetlana angespannt Schritt um Schritt, um in den Laderaum sehen zu können. Das Kennzeichen stimmte. Die Hecktüren waren geöffnet, aber die Parkposition machte einen sofortigen Blick hinein unmöglich.

»Kommen Sie langsam und mit erhobenen Händen raus. Wir möchten Ihre Identitäten abklären«, rief sie bestimmt; ihre Makarow war längst entsichert. Zum ersten Mal würde sie die Mündung auf Menschen richten. Mit ihren zweiundzwanzig Jahren hatte sie keine große Polizeierfahrung, und in einer solchen Lage hatten weder sie noch ihr Streifenpartner sich je zuvor befunden. Adrenalin und Angst.

André erreichte die Fahrerkabine mit vorgehaltener MP. »Keiner drin. Die müssen innen im Laster sein«, funkte er.

»Komm zu mir.« Svetlana überlegte, ob sie es wagen konnte weiterzugehen. Die Spurensicherung und die Zeugen sagten nichts von Schusswunden, die Leute im Transporter waren vermutlich nicht mit Pistolen ausgestattet. *Oder doch?*

Die Pick-ups verunsicherten sie.

André spurtete an ihre Seite, die entsicherte Schnellfeuerwaffe nach vorne haltend und den Finger am Abzug. »Was machen wir? Warten?«

Svetlana fand es sträflich, nichts zu unternehmen. »Solange alle im Laderaum stecken, haben wir die guten Karten«, entschied sie. »Schauen wir, wer drin ist.«

Gemeinsam umrundeten sie den Lastwagen und spähten hinein.

Vier Männer und eine Frau befanden sich in dem blechernen Räumchen, ihre Kleidung war unauffällig und leger. Einer sprach in ein Smartphone, ein anderer filmte eine aufgestellte Tür ab, als wäre es ein Museumsstück.

Was Svetlana nicht gefiel, waren die Pistolen in den Gürtelhalterungen; der Telefonierer hatte eine AK-47 griffbereit umgehängt. Abgelenkt von ihrem Tun bemerkten sie die Polizisten nicht. Erst als sich die Beamten auf fünf Schritt genähert hatten, wurden die Unbekannten aufmerksam.

»Ganz langsam die Waffen auf den Boden«, befahl Svetlana und ärgerte sich, dass ihre Stimme vor Anspannung höher klang als sonst. »Bei einer hektischen Bewegung feuern mein Kollege und ich. Kommen Sie nacheinander mit erhobenen Händen raus.« Sie gratulierte sich zur Entscheidung, Handschuhe zu tragen, ihre Finger schwitzten.

Der Telefonierer drehte sich in Zeitlupe um, um keine plötzliche Reaktion herauszufordern. Er war erkennbar älter als die Übrigen, die schwarzen Haare lagen in perfektem Seitenscheitel und erinnerten an längst aus der Mode gekommene Frisuren.

»Richtig. Die Polizei«, sagte er auf Englisch zu seinem Gesprächspartner. »Gerade angekommen.«

»Legen Sie auf«, verlangte Svetlana nachdrücklich. »Sofort!«

»Ich weiß nicht, ob man mit denen verhandeln kann, Sir«,

sprach er ins Telefon. »Ich versuch's mal.« Er betrachtete die Beamten. »Guten Tag. Darf ich Ihnen den Vorschlag machen, dass wir uns finanziell –«

»Auflegen. Los!«, rief Svetlana energisch. »Weg mit den Pistolen, hab ich gesagt!«

»Nein, ich fürchte, es wird nicht verhandelt, Sir«, erstattete der Telefonierer seelenruhig seinem Gesprächspartner Bericht. »Das ist mir ein bisschen peinlich. Ich weiß auch nicht, wie das geschehen konnte, Sir.«

»Jetzt reicht es!« Svetlana feuerte einmal zur Warnung in die Luft.

Was sie zunächst für das dunkle Echo des Pistolenknalls hielt, entpuppte sich als zweiter Schuss. André sank neben ihr ohne einen Laut zusammen. Die Kugel hatte ihn an der Schutzweste vorbei seitlich in den Oberkörper getroffen, das Blut floss aus dem großen Loch und färbte das blaue Hemd dunkel.

Woher kam das? Svetlana wollte sich zur Seite drehen, um nach dem verborgenen Schützen zu sehen, da krachte es mehrmals aus dem Laderaum.

Die Polizistin wurde in die Brust getroffen. Das Kevlar hielt die Projektile auf, aber die Einschläge pressten ihr die Luft aus der Lunge. Der Schmerz verschmolz zu einem einzigen grellen Stechen, und noch ehe sie abdrückte, erwischte sie ein weiteres Geschoss im Oberkörper, das sie rücklings zu Boden warf.

Ihr Kreislauf sackte ab, ihr Magen hob sich. »Zentrale«, funkte sie ächzend. »Wurden niedergeschossen, Polizist verletzt.«

»Die Verhandlungen sind abgeschlossen«, hörte sie den Telefonierer lässig in den Hörer sagen. »Ich habe Jacek immer verarscht, weil er das Schnellziehen übt. Mit einem Revolver, wie in diesen uralten Western. Genau, Sir. Aber gerade sehe ich, es lohnt sich.«

»Sorry, Boss«, sagte ein Mann, der mit einer geschulterten

Pumpgun aus dem Unterholz trat. Damit hatte er auf André geschossen. »Ich war nur kurz pissen, und da tauchten diese beiden Wichser auf.«

Svetlana versuchte, sich herumzurollen und die Makarow zu heben. Aber ihr war zu schlecht, und mitten in der Bewegung übergab sie sich.

Dann stand der Telefonierer vor ihr und sah auf sie herab. »Keine Zeugen. Ist gut.« Er schwenkte die umgehängte AK-47 auf sie. »Sicher?«

»Bitte«, stammelte Svetlana und spuckte aus. »Bitte, ich … ich nehme das Geld. Ich …« Ihr Leben verging mit dem sensationellen Blick in eine wunderschön aufblühende Feuerblume, die sich unter lautem Rattern entfaltete.

* * *

IN EINER UNBEKANNTEN WELT

Anton konnte nichts gegen die Schockstarre tun, die ihn gefangen hielt: Dort, wo die Tür eben noch auf sie gewartet hatte, befand sich ein leerer Fleck. Keine Kratzer auf dem Stein, keine Abdrücke – kein Hinweis darauf, womit sie in diese Welt gekommen waren.

»Oh, verflucht«, entfuhr es Lucia neben ihm.

»Jemand hat sie gefunden«, raunte Anton abwesend. In seinem Kopf taten sich viele Szenarien und Gedanken gleichzeitig auf. Seine Familie, Wilhelm, die besiegt geglaubten Gegner, das unbekannte Universum, in dem er gestrandet war. »Das kann nicht sein.« Er drehte sich entsetzt zur Kriegerin. »Das kann nicht sein!«, schrie er sie an, als wäre sie die Schuldige. »Ich muss zurück!«

Lucia betrachtete den kahlen Fleck. »Wir könnten warten.

Sie kommt vielleicht zurück.« Sie legte eine Hand an den Schwertgriff. »Und wenn sie sich öffnet, vermute ich, dass wir erneut kämpfen müssen.«

»Aber wenn sie nicht wieder erscheint?« Anton war den Tränen nahe. Er hatte seine Schuld beglichen und musste zum Dank in der Fremde bleiben? Ohne Kathrin und die Kinder? Die Aussicht, jemals in sein Leben zurückzukehren, schwanden mit jeder Sekunde, die verstrich.

Jemand war ihnen gefolgt und hatte sich die Tür geschnappt. *Nótt!* Der Hacker hatte sie verraten. *Das Smartphone. Damit ortete er mich.*

Oder war es doch Wilhelms Schwester? Nachdem sie ihren Bruder entführt hatte, um einen Mitwisser auszuschalten, hatte sie sich das unermesslich wertvolle Portal und die Pläne gekrallt.

Wer auch immer dahintersteckt: Mich hat man hier zurückgelassen. Damit ich keinen Ärger auf der Erde mache.

»Ich will nicht bleiben, Lucia.« Er sah ihr forschend in die Augen. »Habt ihr noch andere Portale auf dieser Welt entdeckt?«

Die Kriegerin überlegte und rieb sich über ihre Gesichtsnarben. »Nun ja. Wir kamen durch eine Tür, als wir Marwolaeth verfolgten. Und es war nicht deine.«

»Ich flehe dich an.« Er trat auf sie zu und packte sie an den Schultern. »Bitte, führe mich dorthin!«

»Sie ist zerstört, Meister Anton.« Sie lächelte entschuldigend. »Aber sie hätte dich eh nicht auf die Erde gebracht.«

Die aufkeimende Hoffnung zerfiel zu Asche. »Und das war die einzige? Es gab nur diese?«

Lucia nickte.

Aufgeben konnte Anton nicht. Fieberhaft dachte er nach, suchte nach einem Ausweg. *Die Pläne!* Er nahm sein Smartphone heraus, betrachtete die Fotos, die er von der uralten Bauanleitung gemacht hatte. *So kann ich es versuchen.*

»Gut«, sagte er. »Lucia, wir bauen uns unseren eigenen Ausgang.« Sein Blick ging zum Batteriezeichen. *Viertelvoll.* Er musste die Zeichnungen bald auf Papier übertragen, bevor der Akku keinen Saft mehr besaß. Womöglich gab es in dieser Welt keine Chance, ihn aufzuladen.

»Guter Einfall. Aber woher nehmen wir die Particulae?«

Anton hob den Dolch. »Bestehen die Klingen nicht zu einem gewissen Anteil aus diesen Steinen? Wenn wir den Stahl einschmelzen, können wir sie herauslösen.«

Lucia grinste, die Narben bildeten neue Muster. »Du bist wahrlich ein schlaues Kerlchen, Meister Anton. Bleiben noch die übrigen Komponenten.«

»Wir werden improvisieren.« Anton wandte sich den Gleitern zu, die auf das Plateau zuhielten. *Erst überleben.* »Du warst schon hier. Sind diese Menschen freundlich?«

Lucia lachte laut auf. »Du hast ihre Welt gerettet. Was glaubst du?«

»Wissen sie das auch?«

Lucia ließ das Schwert in der Hülle und stellte sich neben ihn. »Wir werden es ihnen sicherheitshalber sagen. Aber es gab genug Menschen, die uns beobachtet haben.«

»Kennen sie dich?«

»Nein. Wir kamen von einer anderen Seite auf das Plateau. Jagore und ich haben die Stadt nicht betreten. Aber ich verstehe ihre Sprache.«

Acht Gleiter erreichten die Anhöhe, die Antriebe wummerten leise; unter den Repulsoren flimmerte die Luft wie bei großer Hitze. Sie ähnelten vom Aufbau Schiffen mit breitem Rumpf, vermutlich waren sie auch wassertauglich. Trotzdem wären sie von dem Tornado wie Spielzeuge vernichtet worden, mitsamt der Ladung und den Menschen an Bord.

Ein weißer Gleiter mit dunkelblauen Flaggen scherte aus dem Konvoi aus und senkte sich vor Lucia und Anton zu Boden, knirschend setzte der flache Kiel auf. Die verbliebenen sieben Schweber hielten Abstand, die buntgekleideten Leute an Deck und an den Fenstern schauten durch Gläser und kastenhafte Sehhilfen herüber.

Aus der sich öffnenden Luke des Gleiters schob sich eine Gangway, über die eine Gruppe von zwanzig Frauen und Männern schritt, die hundeähnliche Wesen an Leinen führten. Die einfachen Roben zeigten waghalsige Farbmuster, um die Schultern lagen dunkelrote und weiße Schärpen, die sich vor der Brust kreuzten.

»Das scheint mir offiziell zu sein«, raunte Lucia.

Anton wartete noch darauf, dass die Mastertür wieder erschien. Aber sie tat ihm den Gefallen nicht. Seine Laune verschlechterte sich.

Die Truppe kam langsam auf das Duo zu. Dabei wurden Lucia und Anton eindringlich betrachtet, man tuschelte untereinander und tauschte offenbar Meinungen über die Retterin und den Retter aus.

Ein Mann und eine Frau traten vor und legten eine Hand auf Herzhöhe auf den Oberkörper. Ihre blonden Haare reckten sich toupiert auf, darin blinkte und glänzte es golden wie von eingearbeitetem Blattgold. »Wir sind das Cyriaon von Holtonia«, sprachen sie synchron. »Seid willkommen, Unbekannte. Euch gelang es, den Fluch zu brechen, den Marwolaeth über diese Welt brachte.« Die dunkelvioletten Augen der zwei wanderten gleichzeitig von rechts nach links. »Wie habt ihr das erreicht? Gehört ihr gar zu diesem Ungeheuer, das Millionen in den Tod gestürzt hat?«

Anton registrierte verwundert, dass er die Dualsprache verstand. Entweder glichen sich Semantik und Wortschatz dieser und seiner Sprache, oder dieser Strahl, der ihn getroffen hatte, verlieh ihm diese überaus praktische Gabe.

»Wir sind Feinde Marwolaeths. Wie ihr«, erklärte Lucia. »Mein Name ist Lucia Carmen Maria Consuela dela Vega, und der Mann zu meiner Rechten ist Meister Anton.« In aller Kürze fasste sie zusammen, wie sie die Dämonin getötet und das Blut aufgefangen hatten, um es auf dem verfluchten Boden zu verteilen, damit die unheilvolle Kraft gebrochen wurde. Dass dieser Kampf auf der Erde stattgefunden hatte, ließ sie außen vor. Anscheinend wollte sie dem Cyriaon nicht zu viele Details auf die Nase binden. »Das Ende des Fluchs ist alleine sein Verdienst.« Sie zeigte auf Anton. »Ohne seine Findigkeit wäre diese Stadt und alles, was es noch auf diesem Planeten gibt, ausgelöscht worden.« Sie wandte sich ihm zu. »Entschuldige. Sie haben gesagt, dass –«

»Schon gut. Ich verstehe es.«

Lucia hob die Augenbrauen. »Wie das?«

»Ich nehme an, es war die Energie, die mich traf.« Anton lächelte das Cyriaon an. »Meine Freundin hat übertrieben. Ihr Anteil darf keinesfalls geringer eingeschätzt werden.« Er zeigte auf das Steingrab, unter dem Jagores Leiche lag. »Auch wir hatten Verluste.«

Das Cyriaon und die Gesandten sahen erleichtert aus. »Es gibt kaum einen Zweifel an dem, was wir hörten. Dennoch würden wir gerne mehr von euch erfahren: Woher ihr kommt, was ihr beabsichtigt und viele weitere Fragen brennen in uns. Ihr seid die ersten Besucher aus einem anderen Universum. Verzeiht uns bitte die Neugier«, sagten Mann und Frau gleichzeitig und melodisch.

Lucia neigte sich leicht zu Anton. »Was meinst du?«

»Wohin sollen wir sonst? Wir haben nichts zu essen und kein Dach über dem Kopf. Wir sind auf ihr Wohlwollen angewiesen.« Doch ihm widerstrebte, das Plateau zu verlassen. *Was, wenn die Tür erscheint?* »Eine andere Wahl wird uns kaum bleiben.«

»Ich habe nichts gegen ein gutes Mahl und ein weiches Bett, Meister Anton. Und einen guten Tropfen. Sofern es so etwas hier gibt.« Sie machte eine zuvorkommende Handbewegung. »Sag du es ihnen. Du bist ihr Held.«

Anton rollte mit den Augen. »Wir möchten keine Umstände machen und bedanken uns für die freundliche Einladung. Gerne nehmen wir sie an.«

»Umstände?« Wieder sprachen beide synchron. »Wir stehen bis an das Lebensende in eurer Schuld. Die ganze Welt wird erfahren, was ihr für uns tatet.« Mann und Frau machten eine auffordernde Bewegung zum weißen Schweber. »Kommt mit uns nach Holtonia. Lasst uns ein rauschendes Fest zu euren Ehren feiern!«

Auf den Gleitern brach lautstarker Jubel aus, der bis zu ihnen auf das Plateau schallte, die Freude klang aufrichtig und ohne Arglist.

Anton versuchte, den Enthusiasmus zu dämpfen. »Bitte, nein. Nicht …«

»Nicht unhöflich sein«, raunte ihm Lucia zu. »Ihnen ist es ein Anliegen, und um ehrlich zu sein, Meister Anton: Ich jagte Marwolaeth seit vielen Jahren. Mir ist durchaus zum Feiern zumute und danach, die ganze Nacht auf das Wohl meines treuen Jagore und der Dreihundert zu trinken.«

Ich Idiot. Anton lächelte ihr zu. »Entschuldige. Ich war zu egoistisch und …« Erneut sah er zur Stelle, an welcher die Tür gestanden hatte. »… mit den Gedanken woanders.«

Lucia legte ihm eine Hand auf die Schulter. »Ich verspreche dir, Meister Anton, dass wir dich zurückbringen. Zu deiner Familie. Wie lange es auch immer dauern wird.«

»Danke.« Er schluckte schwer. »Vielleicht tut mir ein Abend mit viel Wein und Bier oder was sie sonst trinken ganz gut.«

»So gefällst du mir schon besser.« Mit einem rasch geschlagenen Kreuz verabschiedete sie sich von Jagores Grab. »Gehen wir.«

Das Cyriaon geleitete sie zum wartenden weißen Schweber. Beifall brandete von den Decks und aus den offenen Fenstern auf Lucia und Anton nieder, man warf bunte Blüten und kleine Papierschnipsel. Die Boxen spielten ungewohnt schöne Melodien aus Instrumenten, deren Klang auf der Erde unbekannt war.

Anton war gerührt, beeindruckt und von Emotionen überwältigt. Er vermochte die Tränen nicht länger zurückzuhalten, ließ sie über die Wangen rollen. Lachend winkte er den Menschen auf den Schwebern zu, was die Begeisterung anfachte.

»Darf ich Sie um einen Gefallen bitten?«, fragte er das Cyriaon.

»Jeden. Und so oft du möchtest«, antworteten sie übereinstimmend.

»Kann man jemanden abstellen, der dieses Plateau rund um die Uhr überwacht? Es ist mir ein dringendes Anliegen.« Anton konnte das letzte Quäntchen Hoffnung einfach nicht aufgeben. Sollte die Mastertür erscheinen, wollte er es nicht verpassen. »Ich erkläre es später.«

Das Cyriaon nickte freundlich. »Was immer du möchtest, Meister Anton.«

* * *

»O praeclarum custodem ovium, ut aiunt, lupum!«
– Ein großartiger Wächter der Schafe: ein Wolf! –

Marcus Tullius Cicero:
Orationes Philippicae 3, 27 (44/43 v. Chr.)

KAPITEL XI

HOLTONIA AUF HOLTÓRON

Anton betrachtete die Komponenten, die in der Werkstatt säuberlich aufgereiht in den Regalen lagen: Bretter aus verschiedenen Bäumen, unterschiedliche Metallbarren, nach genauen Rezepten hergestellte Legierungen, gemäß den Bauplänen in passende Form gegossen. Aus dem Dolch, der einst Jagore gehörte, waren nach der Einschmelzung winzige Particulae gewonnen worden.

Ich bin der Mastertür näher gekommen, dachte Anton zufrieden und sah auf seine Liste. Das Ritual befolgte er jeden Tag mit Betreten und vor Verlassen des Raumes, es war Routine und Motivation gleichermaßen. Es fehlten noch einige Hölzer, die er für die Intarsien benötigte. Bisher hatte er sie nicht gefunden, was ihn nicht verwunderte. Der Fjord bot längst nicht alles.

Zusammen mit Lucia plante er mehrere Besuche über das Meer in benachbarte Länder, zu denen der Kontakt durch die tobenden Unwetter und Naturkatastrophen abgerissen war. Die Technologie war hier weiter entwickelt als auf der Erde, doch die vernichtende Kraft der Natur und Marwolaeths Fluch hatten etliche Errungenschaften vernichtet. Die Holtonianer wollten ihnen drei Schiffe mitgeben, um nach Überlebenden der Apokalypse zu suchen und Kontakt aufzunehmen. Das Prinzip von Handel und Tausch mochte einen Aufschwung erleben.

Es klopfte, und Lucia streckte den Kopf herein. »Bereit, Meister Anton?« Sie trug wie er eine bunte Robe, dazu zwei goldene Schärpen und um die Hüfte ihr Schwert.

»Ich komme.« Anton legte die Liste auf den Tisch und wischte sich das Holzmehl von den Händen. Feinarbeit verursachte den hartnäckigsten Schmutz von allen. Zwei besonders komplizierte Intarsien hatte er bereits fertiggestellt. *Element für Element.* Nach einem letzten Blick zu den aufgehängten Bauplänen der Mastertür band er die Schürze ab und verließ die Werkstatt.

Lucia grinste ihn an, die Narbenlinien auf ihrem Gesicht gerieten in Bewegung. »Bist du seefest?«

Anton wusste es ehrlicherweise nicht. »Das finden wir heraus.« Er klopfte letzte Spänchen von seinen Goldinsignien.

»Also ist es deine erste Fahrt auf einem Meer.«

»So ist es.« Die Gleiter vermochten mit Repulsatoren keine längeren Strecken zurückzulegen, deswegen ging es mit Schiffen zum nächsten Nachbarn. Zwei Ortswochen würden sie für die Reise benötigen, mit Stopps an kleineren Inseln. Anton hatte errechnet, dass eine Ortswoche vierzehn irdischen Tagen entsprach. »Angst habe ich keine, wenn du das meinst.«

»Meinte ich nicht. Doch das Heben und Senken der Wogen haben schon stärkste Krieger zum Kotzen gebracht.« Sie rempelte ihm freundschaftlich in die Seite. »Es wird keine Schande sein.«

»Das gilt auch für Kriegerinnen.«

Sie verließen das Gebäude, das mitten in Holtonia lag. Davor wartete ein offener Schweber, der sie zum Hafen brachte. Antons stilisiertes Konterfei prangte darauf, damit die Stadt sah, wer sich unter ihnen bewegte. Sein offizieller Titel lautete Cyriaon-Anketor, der Bewahrer des Guten, die Abzeichen leuchteten in Weiß auf den breiten Fahnen des Gleiters.

»Sie können es nicht sein lassen.« Anton hatte schon oft versucht, die Holtonianer davon abzubringen, ihn derart zu hofieren, aber sie bestanden darauf. Es war ihm unangenehm. Mehrmals hatte er die angetragene Regentschaft über die riesige Stadt abgelehnt, und jedes Mal kam das Cyriaon erneut auf ihn zu.

Zwei Holtonianer standen neben dem Fahrzeug, deuteten eine Verbeugung an und öffneten ihnen die Tür.

»Du bist der wahre Held dieser Welt, Meister Anton. Wer kann ihnen Dankbarkeit verdenken? Sie meinen es ehrlich.« Lucia stieg nach ihm ein. »Du wirst doch eines Tages umfallen und Ja sagen.«

Anton widersprach im Geheimen. Sosehr er die Holtonianer und ihre Stadt mit der ausgefallenen Architektur mochte, sein Platz war bei seiner Familie, bei Kathrin und den Kindern. Die Ungewissheit, wie es ihnen und Wilhelm erging, nagte an ihm und brachte ihm schlaflose Nächte. Das Cyriaon bemühte sich, ihm jeden erdenklichen Komfort zu geben, doch es half nichts gegen das Vermissen und die Sorge.

Die Fahrt des Schwebers verlief in gemächlichem Tempo, damit die Bewohner das Konterfei erkannten und jubeln konnten. Nicht weil sie mussten, wie er es von Despotien kannte, sondern weil es sie freute, den Mann und die Frau aus der anderen Welt zu sehen.

Die beiden hatten eine weitere Besonderheit: Sie lebten ohne ein Gegenstück.

Die Holtonianer bildeten stets Paare, die als Einheit agierten, wie das Cyriaon. Dabei fand eine Art Symbiose statt, ihre Gedanken verschmolzen und ergänzten sich, auch über große Distanzen. Nach einer Trennung verband man sich so schnell wie möglich neu, weil man den Zustand der Einsamkeit nicht lange ertrug: Ein Holtonianer oder eine Holtonianerin starb nach einer Woche ohne Verbindung. Dass sie dies nicht benötigten, überhöhte Lucia und Anton zusätzlich zu ihren eigentlichen Verdiensten. Autarkie gab es ansonsten nicht.

Eingeprägt hatte sich bei Anton der Besuch des Darsipols. Das Gebäude war die letzte Station eines Holtonianers oder einer Holtonianerin, der oder die keinen passenden Gegenpart gefunden hatte. *Auf der Erde hätten wir dazu Hospiz gesagt.*

Kurz vor Ablauf der Woche der erfolglosen Suche kamen die

Einheimischen in dieses wunderschön eingerichtete Anwesen, in dem es nichts Düsteres gab. Es roch nach Blumen, die Sonne durchflutete die hohen Räume. Parlsa, die Leiterin des Darsipols, hatte Anton herumgeführt und ihm die unterschiedlichen Bereiche gezeigt, in denen Männer und Frauen herumsaßen, ein oder zwei Tage von ihrem Tod entfernt, umgeben von Schönheit. »Wir geben ihnen Zuversicht und Hoffnung«, hatte Parlsa sanft erklärt. »Unsere Datenbanken filtern aufgrund einiger Eckdaten passende Personen heraus und prüfen, ob sie sich in einer Verschmelzung befinden oder zur Verfügung stünden.«

Normalerweise geschah dieses Finden auf natürlichem Weg. Wie genau, das hatte Anton noch nicht verstanden, offenbar gab es für ihn nicht spürbare Energien, die sich anzogen. Er hatte über die mehr als vierhundert Männer und Frauen geschaut, die nur noch wenige Stunden zu leben hatten. »Und es findet sich niemand?«

»Bevor Marwolaeth auftauchte und unsere Welt in die Dunkelheit warf, konnten wir mit der Technik und den Datenbanken überall auf dem Planeten nach Gegenstücken suchen. Aber diese Kreatur vernichtete unsere Langstreckenkommunikation. Damit können wir allenfalls in der Stadt und in der Umgebung suchen. Suchen und hoffen.« Parlsa lächelte traurig und warf einen Rundumblick in den Raum. »Für sie gibt es wenig Hoffnung. Es sei denn, jemand stirbt in der Stadt durch einen Unfall und der oder die Verbliebene passt zu einem von ihnen.«

Anton war hin- und hergerissen. Faszination, Mitleid, Bedauern schwangen in schnellem Wechsel in ihm. *Marwolaeth hat dieser Welt nicht nur Katastrophen vermacht, sondern die Existenz der Bewohner auf perfide Weise bedroht.*

»Wir werden es rasch ändern«, versprach er.

»Wir, Cyriaon-Anketor?« Parlsa sah ihn verwundert an.

»Ich meine … gemeinsam. Es findet sich eine Lösung.« Anton schalt sich selbst für sein Gebrabbel. Er war Schreiner und hatte keine Ahnung von Nachrichten- oder Computertechnik, schon gar nicht von extraterrestrischer. Sein Gerede war ein spontaner Impuls, weil er das Leid der Bewohner nicht hinnehmen wollte. »Kann man … keine vorübergehende Verschmelzung vornehmen? Zur Überbrückung? Bis sich der echte Gegenpart findet?« Wieder sagte er unfassbar dummes Zeug, wie ihm im gleichen Moment klar wurde. *Als wären die Holtonianer nicht selbst darauf gekommen.*

»Das ist kaum machbar. Es gab Versuche, aber meistens endete es auf unschöne Weise.«

»Was bedeutet das?«

»Wie beschreibe ich das?« Parlsa sah nachdenklich an die Decke. »Als würde man versuchen, Öl und Wasser zu mischen, indem man beides zusammengießt. Es wird sich nicht vermengen. Und nutzt man Medikamente oder Drogen als Hilfsmittel, nehmen beide Personen immensen Schaden. Länger als zwei Wochen hat eine solch erzwungene Verschmelzung nie gehalten. Meistens leiden die Personen danach unter geistigen Problemen.«

Keine vier Schritte von ihnen entfernt sackte eine Frau mit leisem Schluchzen auf einer Liege zusammen, presste beide Fäuste gegen den Solarplexus. Weinend krümmte sie sich, verfiel in einen Heulkrampf und vergoss rostfarbene Tränen, die dunkle Bahnen auf der Haut zogen.

Sofort eilte ein Schwarm Pflegekräfte herbei, die ihr eine Spritze gaben und sie trösteten, bis das herzzerreißende Wimmern leiser wurde. Sie beruhigte sich.

Antons Kehle verengte sich. »Wie lange hat sie noch?«

»Sie stirbt in dieser Sekunde.«

»Was?«

»Das Mittel, das wir ihr gaben, beschleunigt den Tod. Sonst wären die Qualen nicht zu ertragen.« Parlsa atmete lange aus. »Sie hat es schriftlich gewünscht und nicht hoffen wollen, dass sich im letzten Moment jemand zeigt, der sie davor bewahrt.«

»Aber …«

»Das ist, was täglich geschieht, Cyriaon-Anketor. Dutzendfach. Seit Marwolaeth bei uns erschien und unser Leben schlechter machte. Bis du erschienen bist und den Fluch brachst.« Parlsa deutete eine Verbeugung vor ihm an. »Du hast recht. Es *wird* besser werden. Hoffentlich leben dann noch genügend von uns, die ihren Gegenpart finden können.«

Anton konnte nichts entgegnen. Der Anblick der Sterbenden und das Wissen, umringt von Todeskandidatinnen und -kandidaten zu sein, lähmte ihn und machte ihm zugleich schmerzlich bewusst, wie sehr er seine Familie vermisste. Seine Frau. Seine Kinder. Das Band zu ihnen existierte ungebrochen. *Bis zu meinem Tod.*

»Parlsa! Komm! Wir haben eine Spontanverschmelzung«, rief ein Assistent aufgeregt aus einem Raum. »Schnell!«

»Was …?«, setzte Anton an.

»Zwei Individuen, die wir vorher testeten und die eigentlich nicht zueinander passten.«

»Ich dachte –«

»Es ist ein Phänomen. Als pole man einen Magneten um, und plötzlich funktioniert es. Wir haben noch keine rationale Erklärung dafür.« Parlsa lief los. »Wir erforschen es und hoffen, es bald erklären zu können. Damit könnten wir viele Leben retten.«

Anton folgte ihr und blieb auf der Schwelle des Behandlungszimmers stehen. Er hoffte sehr, dass sich zwei Existenzen retten ließen. *Nein, dass sie sich selbst retten.*

Zwei Männer in bunten Bademänteln saßen sich mit geschlossenen Augen gegenüber, Stirn an Stirn, die jeweils Rechte gegen das Sonnengeflecht des anderen gelegt. Um ihre Köpfe und Brustkörbe hatten sich goldene Lichterscheinungen gebildet, es roch nach süßem Schweiß und Sommerregen.

»Alle Scanner an«, befahl Parlsa leise, um den Vorgang nicht zu unterbrechen. »Ich will eine komplette Aufzeichnung des Wunders!« Das Personal schob die Maschinen geräuschlos in Position und schaltete sie ein.

»Wir brachten die beiden hierher, damit sie abseits von den anderen ins letzte Stadium eintreten«, erklärte Parlsa Anton raunend. »Sie wollten bis zur letzten Sekunde warten und kein Mittel, das das Sterben beschleunigt.«

»Aber sie waren inkompatibel?« Er presste vor Anspannung die Finger fest zusammen.

»Genau. Doch es änderte sich etwas.« Parlsa betrachtete gebannt, was geschah. »Das ist das vierte Mal, dass ich dabei zugegen bin. In vierunddreißig Jahren.«

Abrupt öffneten die Männer gleichzeitig die Lider. Zwischen den Pupillen entstand ein fingerdicker Strahl aus dunkler Energie, der zuckend tanzte und nicht abriss.

»Da! Sie verschmelzen«, flüsterte Parlsa freudig. »Sie werden zu einem geistigen Wesen!« Hastig kontrollierte sie die Anzeigen der Apparate. »Als wäre es normal. Faszinierend.«

Anton verfolgte, wie der schwarze Strahl zwischen den Augen der Männer dünn und dünner wurde, bis er kaum mehr zu sehen war und abriss. Auch das goldene Leuchten um Stirn und Körpermitte endete abrupt. Dann umarmten sich die beiden erleichtert und glücklich.

Das Personal klatschte ausgelassen, und man schüttelte den Geretteten die Hand, klopfte ihnen auf die Schulter.

Anton vernahm das Wimmern hinter sich aus der großen Halle und wusste, dass ein weiterer Mensch es nicht geschafft hatte. Und doch freute er sich unfassbar für die beiden vor ihm, die dem Tod entronnen waren.

So sollte es allen ergehen, dachte Anton, während er den Holtonianern aus dem Schweber zuwinkte. *Marwolaeths grausames Vermächtnis muss unschädlich gemacht werden.*

»Wie lange sind wir hier?«, fragte er. »Ich komme auf ein

halbes Erdenjahr, sofern ich mich nicht verzählte.« Er nutzte seine Armbanduhr, um die Zeit auf dieser Welt zu ermitteln. Die Tage dauerten hier länger als auf der Erde.

Lucia richtete die Robe erneut, die Schärpen hatten sich verschoben. »Ich kann dir nicht sagen, wie viele Wochen oder Monate bei uns vergangen sind. Während meiner Reisen auf der Jagd nach Marwolaeth gewöhnte ich es mir ab, darüber nachzudenken.«

»Du hast auch keinen Grund«, entfuhr es Anton. *Das war gedankenlos.* »Verzeih, ich …«

»Schon gut. Ich verstehe dich, Meister Anton. Auf mich wartet niemand. Schon lange nicht mehr.«

»Ich könnte dich in deine Zeit zurückbringen. Mit der Mastertür«, schlug er vor.

Lucia lehnte ab. »Ich sagte, dass ich dir helfe, deine Familie in Sicherheit zu bringen. Außerdem … ich fürchte, ich passe nicht mehr in das Mittelalter. Dafür weiß ich zu viel.« Sie lachte unbeschwert. »Sie würden mich als Hexe verbrennen, sobald ich den Mund aufmache, weil ich ständig widerspräche.« Für einen Moment verschwand die Heiterkeit, und sie warf die langen dunkelbraunen Haare zurück, die vom Fahrtwind verwirbelt wurden. »Ich bin gestrandet, Meister Anton. Zwischen allem.«

Der Gleiter hielt an, und die Türen öffneten sich.

Der Hafen lag nach dem Rückzug des Meeres zwei Kilometer weiter vom Strand entfernt und bestand noch aus Ruinen und Überresten, die von den Holtonianern nach und nach instand gesetzt wurden. Es roch nach gärendem Schlick, verwesenden Meerestieren und faulenden Algen, da die Aufräumarbeiten Zeit benötigten. Überall ragten Kräne in den blauen Himmel, das Lärmen von Maschinen erklang aus sämtlichen Himmelsrichtungen.

Unter neuerlichem Beifall und der nach wie vor ungewohnten Musik der Holtonianer, gingen Lucia und Anton an Bord des kolossalen Schiffungetüms, das erkennbar mit Waffen ausgestattet war. Die zwei Begleitkreuzer wirkten daneben klein wie Spielzeuge.

»Damit kann man Expeditionen fahren oder den Auftakt einer Invasion bilden«, flüsterte Anton der Kriegerin zu, während sich ihm der Kapitän und die Offizierinnen und Offiziere vorstellten. Ihre Roben bestanden aus mehreren Blautönen, die Schärpen waren schwarz mit grauen Strichen, die ihre Dienstgrade anzeigten.

»Die Welt litt schwer unter Marwolaeths Fluch. Ich finde es richtig, dass wir uns verteidigen können, sollten wir attackiert werden«, erwiderte Lucia und wirkte begeistert von ihrem Gefährt.

Anton musste an die *Mad Max*-Filme denken, wobei es in Holtonia wesentlich ästhetischer zuging. Ihr Schiff wies die klassische Rumpfform auf, die Aufbauten hingegen orientierten sich an dem eigenwilligen Mix aus Barock und Bauhaus. Klare Formen, umkränzt von Opulenz.

Vom obersten Deck aus blickten Anton und Lucia über die Gebäudeskelette, die gleich eines skurrilen Steinwaldes emporragten. Die Häuser wurden von der bestehenden Stadt aus je nach Zustand entweder abgerissen, um Neubauten zu weichen, oder restauriert. Gerüste und Schwenkarme erhoben sich über den Ruinen, Menschen und Maschinen wuselten um die Mauern und Baustellen. Der Wind wehte ihnen das beständige Rattern und Hämmern zu.

Lucia hatte sich lange in der Stadt umgesehen und kannte die Straßen und Arkaden, die Alleen und Gassen mittlerweile wie ihre Westentasche. Jeden Tag war sie unterwegs und bewunderte die Gebäude, die alleine durch ihre Bauweisen beeindruckten. Selbst die größten Häuser und Wolkenkratzer in München, Frankfurt oder Leipzig sahen dagegen blass aus. Die Holtonianer machten keinen Unterschied zwischen einem religiösen Tempel und einer Einkaufspassage, auch wenn sie andere Worte dafür nutzten. Bombastische Dimensionen und Zierrat gehörten zu allen öffentlichen Gebäuden.

Anton hatte Lucia mehrmals begleitet. Er fand die Verschmelzung aus schlichtem Stil und Kanten plus Bauhaus-Funktionalität mit akzentuierter Barock-Opulenz äußerst interessant. An einer einfachen grauen oder weißen Fassade prangte plötzlich ein zehn mal zehn Meter großes, abstraktes Schmuckornament in Dunkelbraun, Schwarz und Gold, was dadurch perfekt in Szene gesetzt wurde. Manchmal beschränkten sich die aufwendigen Verzierungen auf die Ecken und Kanten des Gebäudes, milderten sie ab und betonten sie zugleich.

Die Holtonianer setzten sehr viele Stützsäulen und Gewölbedächer ein, wie Anton beim Betreten einer Einkaufspassage gesehen hatte – die sich achtzig Meter und mehr in die Höhe stemmten, um titanische Dachkonstruktionen zu halten, die an Kathedralen in Rom, den Dom in Köln oder Notre-Dame in Paris erinnerten. *Sie müssen die besten Statiker der Galaxis haben.*

Auf den verschiedenen Stockwerken dieser Passagen gab es alles zu kaufen, von Kleidung über Nahrung bis zu elektronischen Geräten, deren Sinn sich Anton noch nicht in Gänze erschloss. Manche verglasten oder offenen Ebenen dienten einzig der Aussicht, darauf wuchsen Pflanzen und bildeten regelrechte Dschungel, in denen sich Tiere angesiedelt hatten.

Am meisten staunte Anton über den selbstverständlichen Umgang mit Drogen. Die Holtonianer hatten keine Scheu, sich mit allerlei Substanzen zu versorgen. Ganz offiziell. In Geschäften. Verboten war nichts davon, selbst die härtesten Mischungen. Die Nutzung hingegen sollte so erfolgen, dass niemand dabei zu Schaden kam.

Im Gegensatz zu Anton zeigte sich Lucia experimentierfreudig. Er musste immer grinsen, wenn er an ihr »erstes Mal« dachte.

»Was machen die grünen Plättchen?«, hatte Lucia den Verkäufer gefragt. »Wie ist die Wirkung?«

»Die Tejeden? Oh, sie heben die Stimmung und lassen dich über ziemlich alles lachen.«

»Nebenwirkungen?«

»Muskelkater im Bauch und in den Wangen. Bei einer Überdosierung schläfst du einfach ein. Es kann nichts geschehen.«

Lucia hatte sich ein Plättchen geben lassen und es vor den Augen des Verkäufers auf die Zunge gelegt. Es schmolz wie ein Stück hauchdünnes Lardo und setzte einen süßlichen Geschmack frei. »Wann beginnt es?«

»Eigentlich sofort.«

Offenbar bemerkte sie nichts. »Mh. Mir ist nicht sonderlich lustig.«

Der Verkäufer schnitt eine Grimasse und lachte selbst über sich.

Lucia grinste nicht einmal, und Anton musste wiederum über das Schauspiel lachen. »Kann es sein, dass es nicht anschlägt?«

Verwundert bot der Verkäufer ihr daraufhin ein anderes Präparat an, das halluzinogen wirkte und das Tejedin unterstützen sollte.

Das blaue Plättchen schmolz, es schmeckte angeblich salzig, aber die Wirkung blieb aus. Lucia warf dem Verkäufer vor, dass er sie auf den Arm nehmen wolle, und nach fünf weiteren Substanzen war der Mann der Verzweiflung nahe – und probierte es an sich selbst aus.

Bereits nach dem vierten Plättchen brach der Verkäufer lachend hinter dem Tresen zusammen und japste nach Luft, nicht mehr imstande, irgendwas Vernünftiges von sich zu geben.

Das wiederum fanden Lucia und Anton schon lustig, ganz ohne Drogen. Kurzerhand übernahmen sie den Dienst im Laden, bis die diabolische Wirkung des Cocktails bei dem Mann nachgelassen hatte.

Seitdem wussten Anton und Lucia: Ihr irdischer Metabolismus reagierte auf die Angebote nicht. Das machte sie in den Augen der Holtonianerinnen und Holtonianer noch wunderlicher.

»Du musst das Signal zum Ablegen geben«, raunte Lucia. »Sonst liegen wir morgen noch hier.«

»Einen Moment noch.« Anton erbat sich ein Fernglas und schwenkte es hinauf zum Plateau, wo Jagores Grab und die Stelle lagen, an der die Tür erschienen war.

Daneben saßen zwei Wachen, ausgestattet mit Funkgeräten, Signalpistolen und Wimpeln. Nichts verhinderte, dass sie Alarm schlugen. Jeden Tag und jede Nacht.

Zweimal hatte es Aufregung und Hoffnung gegeben, doch sobald Anton voller Freude die Anhöhe erreicht hatte, war dort nichts mehr gewesen, außer den verlegenen Holtonianern, die Stein und Bein schworen, die Umrisse einer Tür aufflackern gesehen zu haben.

Dass Anton sich nun weiter von der Stelle entfernen würde, machte ihn nervös. *Aber wenn ich die fehlenden Komponenten nicht suche und die Mastertür nie erscheint, kehre ich niemals zu meiner Familie zurück.* Jede Entscheidung konnte die falsche sein und musste doch getroffen werden.

»Wie lange willst du warten?« Lucia legte ihm eine Hand auf den Rücken. »Du brauchst das Portal nicht. Du errichtest deine eigene Mastertür.«

Anton atmete tief durch. *Sie hat recht.* »Leinen«, rief er laut. »Anker hoch und …« Er bemerkte die irritierten Blicke der umstehenden Offizierinnen und Offiziere. Anscheinend existierten weder Leinen noch Anker. »Ablegen und Abfahrt?«

Der Kapitän salutierte und gab das Signal.

Laut dröhnte eine Sirene, und das Schiff entfernte sich vom Kai; am Heck wirbelte das Wasser, Schaum stieg in dichten Flocken auf und umwehte die Ruinen.

»Ich gehe nach vorne.« Anton begab sich an den Bug und betrachtete den sich endlos ausbreitenden Ozean, über den sie mit steigender Geschwindigkeit fuhren. Die Kreuzer flankierten sie.

Schnell und schneller rauschte das Schiff über die Wogen, der kühle Wind riss an seiner Kleidung. Schließlich hob sich der massige Rumpf fühlbar aus dem Wasser, und das Tempo steigerte sich weiter.

Ein Tragflächenboot! Bei dieser Größe? Anton hielt seine Kappe fest, sonst wäre sie davongeflogen. Geschätzt fuhren sie mehr als hundertfünfzig Stundenkilometer. Das Gefühl der Geschwindigkeit brachte ihn wie einen kleinen Jungen zum Grinsen.

Bis er aus dem Augenwinkel den winzigen roten Stern bemerkte, der über ihnen in den Himmel stieg.

Nein! Das … nicht jetzt. Anton wandte sich aufgeregt zum Plateau und sah den nächsten Signalschuss in die Höhe schießen. *Die Tür ist erschienen!*

»Umdrehen«, schrie er zur Brücke und rannte los. »Wir müssen umdrehen!« Wild fuchtelnd deutete er auf das Plateau. »Ich muss zur Tür!«

Lucia kam ihm entgegen und zog ihn zu den an Deck befestigten Enterbooten. »Ich habe es auch gesehen. Wir nehmen die. Das geht schneller.«

»Aber –«

»Es sind Gleiter. Für die kurze Strecke wird es ausreichen. Damit erreichen wir die Klippen schneller.« Sie stieg in das raketenähnliche Schnellboot und scheuchte den Piloten auf seinen Posten. »Los!«

Anton vertraute ihrer Einschätzung und sprang hinein. Sogleich hob sich das Gefährt etliche Meter in die Luft und jagte von ihrem Schlachtschiff weg auf die Anhöhe zu.

Anton richtete das Fernglas nervös auf die Stelle, an der er das Portal zum letzten Mal gesehen hatte. »Sie ist es«, rief er mit sich überschlagender Stimme. »Lucia, sie ist es! Sie ist zurück! Das Kraftfeld hat die gleichen Farben wie damals!«

»Es kann eine Falle sein«, gab sie zu bedenken. »Für dich. Um dich anzulocken und –«

Anton wollte das nicht hören. Hastig korrigierte er die Einstellungen der Sehhilfe. »Sie ist einen Spaltbreit geöffnet.« *Wie eine Einladung.* Solange sie sich nicht schloss, konnte sie nicht verschwinden. Die Aufpasser der Holtonianer hatten Anweisung, nichts zu unternehmen, was er just verfluchte. Ein Stab oder ein Keil hätte verhindert, dass sie verschwand.

»Schneller«, wies Anton den Fahrer an. »Ich muss dort sein, bevor sie verschwindet.«

Der Gleiter heulte in scharfer Kurve aufwärts an den Steilhängen entlang und setzte keine fünf Meter von der energieumspielten Tür entfernt auf.

Die Holtonianer salutierten bei seinem Eintreffen und wichen ehrfürchtig zur Seite.

Anton fiel mehr aus dem Fahrzeug, als dass er ausstieg und stolperte auf das Portal zu. »Lucia, mach schon!«

»Ich bin direkt hinter dir«, rief sie. »Egal was jenseits der Tür kommt oder auf uns wartet, ich stehe dir bei, Meister Anton.«

Es ist keine Falle, sagte er sich und stieß den Durchgang auf.

Kribbelnd umsponnen ihn die Entladungen, die intensiven Farben und das Leuchten blendeten ihn für Sekunden. Er machte einen langen Schritt, und aus dem unebenen Steinboden wurde eine glatte Fläche, auf dem seine Sohlen quietschten. Es roch nach nichts, überhaupt nichts.

»Nicht schießen!«, rief Anton prophylaktisch, da er nichts sah, und hob die Arme als Zeichen seiner Friedfertigkeit. Erneut befiel ihn Schwindel, als müsste sein Körper erst mit der ungewohnten Luft zurechtkommen. »Wir sind harmlos. Wir sind von der Erde.«

Nach mehrmaligem Blinzeln erkannte Anton einen sterilen hellen Raum, in dem mehrere Menschen in geschlossenen weißen Sicherheitsanzügen standen. Durch die visierähnlichen Sichtgläser schauten ihn überraschte Gesichter an.

Neben ihm erschien Lucia, die Pistole und Schwert in der Hand hielt. »Wo sind wir?«

Jenseits dicker Glaswandscheiben saßen etliche Wissenschaftlerinnen und Wissenschaftler in weißen Kitteln, in den Ecken eingelassene Kameras filmten das Geschehen. Auch die lafettenmontierten Maschinengewehre, Flammen- und Raketenwerfer entgingen Anton nicht. Man war auf Feinde, die aus der Tür traten, bestens vorbereitet.

»Jedenfalls ist es die Erde. Und unsere Welt.« Er schob die Hand über die Augen, um sich gegen das gleißende Licht der Scheinwerfer zu schützen. An der Wand erkannte er ein Logo, über das in japanischem Kanji geschrieben stand: *Kadoguchi-Stiftung*. Kaum hatte Anton es gelesen, fragte er sich, wie er zu der Gabe gekommen war, die Schriftzeichen zu lesen. *Auch eine Folge des Strahls in Holtonia?*

»Guten Tag«, sagte er laut. »Können Sie mir sagen, wo meine Begleiterin und ich sind?«

»Seit wann sprichst du Japanisch?«, flüsterte ihm Lucia zu. »Du beherrschst es perfekt.«

»Eigentlich kann ich es nicht.«

»Sag ihnen besser, dass wir durch einen Zufall durch diese Tür gingen«, riet sie leise. »Sollten diese Leute –«

Ein Lautsprecher knackte. »Mister Gärtner? Mister Anton Gärtner?«, erkundigte sich eine Männerstimme verblüfft.

»Scheiße. Sie wissen, wer wir sind.« Lucia blickte finster. »Das wird böse enden. Ich sagte doch, es ist eine Falle.«

»Wer sind Sie?«, erwiderte Anton. Er war nicht gewillt, das Schlimmste anzunehmen.

»Mein Name ist Yūki Takahashi«, sagte der Mann. »Um ehrlich zu sein, wir hielten Sie für tot, Herr Gärtner.«

Tot? Oh, mein Gott! Sind etwa Jahre vergangen?

»Welcher Tag ist heute? Jahr und Datum?«, fragte er. Als er die Angabe hörte, verstand Anton, dass sie weniger als zwei Wochen aus der realen Welt verschwunden waren. Erleichterung durchflutete ihn. »Woher kennen Sie mich?«

»Wir hatten eine gemeinsame Bekannte«, antwortete Takahashi. »Kommen Sie. Das besprechen wir bei einer Tasse Matcha oder was immer Sie beide mögen.«

Das schwere Stahlschott zu ihrer Rechten summte und schwang langsam zurück, um die Besucher aus der Versuchskammer zu entlassen.

Sicher ist sicher. Anton zog die Mastertür hinter sich zu und betätigte den Klopfer. Das Kraftfeld erlosch, und die Leute in den Schutzanzügen sahen ratlos durch die Glasscheibe zu den wartenden Wissenschaftlern. »Keiner rührt sie mehr an. Bis ich es sage«, verlangte Anton. »Sie riskieren schwere Schäden an Rahmen und Blatt.«

»Sollten wir sie nicht zerstören?«, murmelte Lucia. »Wir wissen nicht, wer diese Menschen sind und was sie damit vorhaben. Womöglich erhalten wir keine zweite Gelegenheit. Das Schott sieht verflucht dick aus.«

»Nein. Ich will wissen, wo wir sind und was geschehen ist.« Anton ging voraus und durch das gepanzerte Tor. Ohne einen blassen Schimmer von dem, was in den zwei Wochen vorgefallen war, entschied es gar nichts.

Lucia folgte ihm murrend.

Sobald sie die Kammer verließen, wurden sie von vier Bewaffneten empfangen, die sie durch einen blechverkleideten Korridor zu einem nüchtern eingerichteten Aufenthaltsraum brachten, indem genauso gut Verhöre stattfinden konnten. Die Edelstahloberfläche der Möbel ließ sich hervorragend abwaschen.

Sie wurden von einem Asiaten im schwarzen Anzug und einem Rudel aufgeregt wirkender Wissenschaftler und Wissenschaftlerinnen erwartet. Der Mann Ende vierzig trug einen dunklen Schlips über dem weißen Hemd und wirkte wie ein Yakuza, der versuchte, ehrlich auszusehen. Auf dem Tisch standen Schalen mit grünem Tee, daneben wartete ein Teller mit Gebäck.

»Entschuldigen Sie den Empfang und die überschaubare Auswahl zur Stärkung. Ich bin Yūki Takahashi. Bitte, nehmen

Sie Platz, Mister Gärtner.« Er verbeugte sich auf traditionelle Weise, die Kittelträgerinnen und -träger taten es ihm nach, dann setzte er sich. »Sie sprechen ein exzellentes Japanisch. Willkommen zurück.« Er sah zu Lucia. »Sie sind?«

»Lucia Carmen Maria Consuela dela Vega.«

»Woher genau –«

»Moment«, unterbrach ihn Anton. »Wer ist die Bekannte, von der Sie sprachen, Mister Takahashi? Und wie kommt die Tür in diese … Einrichtung?«

»Sie hatten Kontakt zu Nótt.« Takahashi lächelte. »Die Hackerin arbeitete für uns und suchte alles, was mit Particulae und Türen zu tun hatte. Sie sehen vor sich einen Menschen mit einigem Wissen, Mister Gärtner. Nicht so viel, wie Sie haben, wie mir Miss Levent berichtete, aber doch ein wenig.« Er nahm eine Schale und trank vom Tee. »Miss Levent ist leider bei einem Flugzeugabsturz ums Leben gekommen.«

Anton war betroffen, von Nótts Tod zu hören. *Eine Hackerin.* Die verzerrte Stimme hatte ihre Identität perfekt verschleiert. »Das ist schade. Ich hätte sie gerne kennengelernt. Und ihr gedankt. Sie hat mir geholfen.«

»Nun, auch wir bedauern das sehr. Miss Levent hat uns wertvolle Informationen besorgt, aufgrund derer die Kadoguchi-Stiftung es sich unter meiner Führung zum Ziel gesetzt hat, fremde Welten zu erforschen. Während andere Nationen Milliarden verbrennen, um zum Mond zu kommen oder auf den Mars, gehen wir einfach durch die Tür. Von Tokio aus in Welten, in denen noch kein Mensch je zuvor gewesen ist. Außer Ihnen beiden.«

Lucia roch am Tee und kostete ihn, verzog das Gesicht. »Kann ich Milch und Zucker haben, bitte? Das schmeckt grausam.«

»Nicht jeder hat die Zunge für perfekten grünen Tee, Miss dela Vega.« Takahashi ließ das Gewünschte bringen. »Ihrer Familie geht es gut, Mister Gärtner. Körperlich. Den letzten Informationen nach ist Ihre Frau nach …?«

»Annweiler?« Und schon ärgerte sich Anton über sein Vorpreschen. Damit war der Wohnort verraten.

»Genau. Nach Annweiler zurückgekehrt und gab eine Vermisstenmeldung auf. Die Polizei geht davon aus, dass Sie bei dem Überfall auf den gemieteten Transporter ums Leben kamen. Wenn Sie meinen Rat haben wollen: Bleiben Sie vermisst und dann tot. Es gibt sehr viele Behörden mit Fragen an Sie. Was Sie in Lettland gemacht haben, beispielsweise.«

Anton atmete auf. *Sie sind wohlauf!* So schnell wie möglich musste er nach Deutschland, um sie in die Arme zu schließen. *Tokio. Das dauert mindestens einen Tag.* Dass ihn Ärger erwartete, hatte er vermutet. Viel wichtiger war die Frage: »Wie kamen Sie an die Tür?«

»Und warum steht sie in Tokio, in einem Versuchsraum?«, fügte Lucia hinzu, die löffelweise Zucker in die Tasse gab und mit Milch auffüllte.

»Miss Levent oder besser gesagt Nótt ortete Sie über Ihr Handy, Herr Gärtner. Durchgehend. Sie hat Sie abgehört. Wir wussten immer, was Sie taten«, verriet Takahashi und lächelte. »Leider erreichten mich die letzten Informationen von Miss Levent sehr spät. Es muss das Letzte gewesen sein, was ihr Smartphone vor der Explosion sendete.«

»Sie haben Leute geschickt, um die Tür abzugreifen?«, fragte Anton und kostete vom Tee. Auch er hatte keine Zunge für grünen Tee, wie der Japaner so blumig meinte. Der Geschmack erinnerte ihn an Gras.

Takahashi nickte. »Wir hatten Kenntnis, dass Ihnen erneut eine Gruppe von Fanatikern auf den Fersen war. Sie erinnern sich an den Überfall auf Ihren alten Ausbilder?«

»Natürlich!«

»Mit diesen Gestalten ist nicht zu spaßen, und so setzte ich alle Hebel in Bewegung, der Mastertür vor denen habhaft zu werden.« Takahashi zog eine Schublade auf und nahm eine Fernbedienung heraus, drückte einen Knopf.

Auf dem großen Bildschirm neben dem Eingang wurden Aufnahmen sichtbar, welche das Sichern der Tür durch eine Handvoll Bewaffnete zeigten. Und wie sie dabei geschlossen und deaktiviert wurde.

Nótt sagte ihnen, was zu machen ist. Sie wusste über alles Bescheid. Anton unterdrückte seinen Ärger über die Verbündete, und das Gefühl des Bedauerns, Suna Levent nicht begegnen und sich bedanken zu können, endete abrupt. »Ihre Leute ließen uns zurück, Mister Takahashi! In einer Fremdwelt!«

Der Japaner machte ein bedauerndes Gesicht. »Vergeben Sie ihnen. Es sind Söldner. Sie ahnten nicht, dass Sie beide auf der anderen Seite waren. Wir auch nicht. Sonst hätte ich Sie natürlich herausholen lassen und schon längst das Angebot gemacht, für die Stiftung zu arbeiten. Als Erschaffer der Mastertür.« Takahashi lächelte breiter und gewinnender. »Sie können Ihre Familie nach Tokio holen und jedem Ärger aus dem Weg gehen, der in Europa auf Sie wartet, Mister Gärtner. Wir bieten Ihnen ein sehr üppiges Gehalt.«

Anton ging vorerst nicht darauf ein. »Was ist mit Wilhelm Pastinak? Meine Frau sagte, er sei entführt worden.«

»Herr Pastinak befindet sich bei uns. Wir haben ihn sicherheitshalber aus dem Krankenhaus evakuiert und kümmern uns um ihn.« Takahashi blickte auf die Uhr. »Soweit ich weiß, ist er vor zwei Tagen aus dem Koma erwacht. Er wird sich freuen, seinen besten Schüler zu sehen. Wir können gerne im Anschluss weiterreden.«

»Er ist hier?« Die guten Nachrichten nahmen allmählich überhand. Was vor wenigen Stunden in Holtonia nach Katastrophe ausgesehen hatte, wendete sich auf wunderschöne Art und Weise. »Ich würde Wilhelm gerne sehen.« Anton stand auf. Es fühlte sich an, als bekäme er nach dem ganzen Irrsinn sein altes Leben zurück. Im Kreis seiner Liebsten und mit keiner anderen Aufgabe, als Möbel herzustellen.

Leise betrat Anton das Patientenzimmer, das die Kadoguchi-Stiftung für Wilhelm Pastinak eingerichtet hatte. Die lebenserhaltenden Maschinen standen im Raum, ohne mit dem Mann verbunden zu sein, der alleine atmete. Sogar den Herzmonitor hatten sie ausgeschaltet und die Kabel entfernt; die Elektroden hafteten noch auf der Haut.

Er hat ganz schön was abbekommen. Wilhelm hatte einiges an Substanz verloren. Die Wochen im künstlichen Schlaf, künstlich ernährt und beatmet, hatten ihn Kraft gekostet und zahlreiche neue Falten eingebracht; auch der Bart war gewachsen.

Beim Einrasten des Türschlosses schlug Wilhelm die Augen auf. »Ist es schon wieder Zeit für Essen?« Die Lider weiteten sich, als er Anton erkannte. »Du?« Aus dem Unglauben wurde unbändige Freude, die das Antlitz schlagartig jünger machten. »Anton, du … sie … haben mir gesagt, dass …« Er reckte die Hände zur Umarmung. »Komm her, Junge!«

Anton schloss den dünnen Mann in die Arme und drückte ihn behutsam, der dichte Bart kratzte im Gesicht. Noch bevor er etwas sagen konnte, schossen ihm ebenso die Tränen aus den Augen wie Wilhelm.

Schließlich schob Wilhelm seinen einstigen Schüler von sich. »Du bist es wirklich. In den komischen Sachen erkannte ich dich zuerst nicht. Herrgott, du bist es wirklich!«, rief er freudig und schlug auf die weiße Decke, mit der anderen wischte er die Feuchtigkeit von den Wangen. »Ich wollte mich schon so oft entschuldigen, weil ich Kathrin, die Kinder und dich –«

»Wir bekommen das alles hin«, unterbrach ihn Anton und nahm Wilhelms Hand in seine. »Du hattest recht, Meister.«

»Womit?«

»Mit den Plänen. Die Mastertür. Sie ist wie ein Generalschlüssel, um die großartigsten Dinge zu erfahren.« Ruhig fasste Anton die Ereignisse der letzten Wochen zusammen, angefangen bei seiner Flucht vor Marwolaeth, die Erlebnisse mit

Lucia und Jagore, die Reise nach Holtonia. Und dass er dachte, er kehre vielleicht nie wieder zurück. »Du hast es geschafft, Wilhelm. Du hast die –«

»Nein, *du* vollbrachtest das Wunder«, unterbrach ihn der betagte Schreiner und setzte sich auf. »Und ich muss mich bei dir entschuldigen. Es war egoistisch von mir, dich um diesen Gefallen zu bitten.« Wilhelm seufzte schwer. »Ich werde es mir niemals verzeihen. Was hätte Kathrin und den Kindern alles geschehen können! Und was sie Grausames mit ansehen mussten, kann sie ein ganzes Leben verfolgen.«

Anton drückte die alten Finger. »Lass diese Gedanken sein. Es hat sich zum Guten gewendet.« Dann fiel ihm etwas ein. »Wer war eigentlich Mic Silver?«

Wilhelm schaute erstaunt und atmete durch. »Wir waren einst gute Freunde und gehörten wie unser Ausbilder einer Verbindung von Verschwörern an, einem Geheimzirkel. Bis wir die schlechten Absichten erkannten und uns lossagten. Aber die Türen faszinierten mich zu sehr. Ich wusste, dass man sie bauen kann«, erzählte er gefasst. »Fast alle Türen, welche die Verschwörer nutzten, sind uralt und können schon bald zerfallen. Die Particulae nutzen sich durch das Kraftfeld ab und werden instabil.«

»Und Silver schlug einen anderen Weg ein?« Anton erinnerte sich an die Unterhaltungen mit dem alterslosen Mann. »Wieso wollte er verhindern, dass du die Tür baust?«

»Weil er ihre Macht fürchtete. Nein, dass jemand ihre Macht missbrauchte. Er sah sich seit unserem Ausstieg als Wächter. Ich glaube, er legte sich mit etlichen Leuten des Zirkels an und schaltete sie aus. Das lag mir fern. Ich wollte eine Tür errichtet haben, um … um zu beweisen, dass es nicht einfach ein Hirngespinst ist«, sagte Wilhelm. »Gleichzeitig wusste ich, dass er sich an unsere Abmachung halten würde, die wir einst trafen.« Er lachte trocken auf. »Ein wahrer Wächter und dem Recht verpflichtet.«

»Deswegen die Schuldscheine und die versuchte Pfändung.« Damit hätte Mic Silver ganz legal die Tür einfordern können.

»Ja. Er hätte mich fast gehabt.« Wilhelm drückte Antons Finger. »Ohne dich hätte er mich überrascht. Er hätte die Mastertür vor meiner Nase abtransportieren lassen.«

»Um sie zu zerstören?«

»Ich nehme es an.« Wilhelm sah Anton fest in die Augen. »Sollten wir das nicht auch tun?«, raunte er. »Mic hatte mit einer Sache recht: Sie ist übermächtig. Sobald Takahashi verstanden hat, wie sie funktioniert, kann er damit alles Mögliche anstellen. Die Geschichte verändern, den Kontakt zu anderen Welten herstellen, Außerirdische anlocken, die Stiftung zu einer Macht führen, welche die Erde beherrscht«, zählte er auf. »Ich hätte sie niemals bauen dürfen!«

»Ich erbaute sie. Zusammen mit Silver. So gesehen trifft dich keine Schuld.«

»Was? Ausgerechnet er?«

»Damit ich meine Familie retten kann. *Dich* retten kann. Das Schlechte verhindern, bevor es geschehen kann«, sagte Anton mit einem Lächeln.

»Siehst du! Sogar *du* hättest in der Historie herumgepfuscht! Wir wissen nicht, welche Konsequenzen das nach sich zieht.« Wilhelm zeigte auf die medizinisch-elektronischen Geräte um ihn herum. »Ich hatte viel Zeit, um nachzudenken. Würde mich Mic heute besuchen, würde ich ihm die zerstörte Tür und die Asche der verbrannten Pläne präsentieren.«

»Takahashi bot mir an, für die Stiftung zu arbeiten. Er klang für mich vernünftig«, sagte Anton und half Wilhelm auf, der sich überraschend aus dem Bett schwang und nach seinem Bademantel langte. »Was hast du vor?«

»Ich will sie sehen. Die Mastertür.« Wilhelm warf sich den Mantel über den schlichten Pyjama und hakte sich bei Anton unter. »Mit dir zusammen. Erst dann werde ich begreifen, dass es sie wirklich gibt. Oder ich denke die ganze Zeit, dass ich im

Koma liege und träume.« Wilhelm zog an ihm. »Takahashi wird nichts dagegen haben. Da bin ich sicher.«

Gemeinsam verließen sie das Zimmer und gelangten über Korridore zurück in den Bereich, wo sich die bestens geschützte Versuchskammer befand.

Takahashi stand mit einer Gruppe von Weißkitteln vor dem Schott und diskutierte.

»Oh, Mister Pastinak!«, rief er. »Sie sehen großartig aus. Die Ärzte vermuteten schon, dass der Anblick von Mister Gärtner wahre Genesungswunder bewirkt.«

»Danke, Mister Takahashi. Und auch fürs Kümmern«, erwiderte Wilhelm. »Anton soll mir die Tür zeigen. Ich muss sie mit eigenen Augen sehen.«

»Aber natürlich.« Takahashi nahm seinen umgehängten Ausweis und zog ihn durch das Lesegerät. Summend schob sich die große, runde Panzerluke auf. »Miss dela Vega legte sich ein wenig hin. Sie sei müde, sagte sie.« Er machte eine einladende Handbewegung und begleitete sie in den verlassenen Raum. »Erwägten Sie bereits mein Angebot, Mister Gärtner? Dass ich Sie unter Vertrag nehme und Sie mit Ihrer entzückenden Familie nach Japan übersiedeln?« Sein Tonfall blieb lockend. »Wie gesagt, Sie gingen jeglichem Behördenärger aus dem Weg. Der dürfte inzwischen beträchtlich sein. Nicht nur auf deutschem Boden. Wie ich hörte, sind Überwachungsbilder aus Lettland aufgetaucht, auf denen man Sie leider recht deutlich erkennt. Bei der Flucht aus der Raststätte. Glücklicherweise wissen die Behörden davon noch nichts.«

Anton mochte nicht, wie Takahashi den Druck auf ihn erhöhte. *Die Drohung ist nicht zu überhören.* »Wir reden gleich darüber. Ich bin auf Ihr Angebot gespannt.«

»Das freut mich.« Takahashi legte die Hände vor der Gürtelschnalle übereinander. »Da ist sie, Herr Pastinak. Das Meisterwerk, das Sie begannen und Ihr bester Schüler vollendete. Ist es nicht fantastisch?«

Wilhelm schlug eine Hand vor den Mund und musterte die Tür, bevor er langsam am Arm von Anton drum herum ging. »Mein Gott«, murmelte er unentwegt. Nach mehreren Umkreisungen trat er näher heran, berührte die Intarsien, die Metallelemente und erkannte die beschädigte Stelle, die von Jagore und Anton ausgebessert worden war. »Das ist … wundervoll! Einmalig!«, brach es aus ihm heraus. »Sie ist vollendet. Mein Werk ist vollendet!« Er wandte sich um und gab Anton einen Kuss auf die Stirn. »Du bist ein wahrer Meister, ein zweifacher Meister. Sieh dir dieses Wunderwerk an! Jedes Detail, jede getriebene Stelle im Metall, jeder Schnörkel ist perfekt.«

Takahashi begleitete den Begeisterungsausbruch mit einem freundlichen Lächeln und verbeugte sich, als Anton zu ihm sah. »Sie sind ein Genie, Mister Gärtner. Danke im Namen der Stiftung, dass Sie uns diese Möglichkeit gaben.«

»Eigentlich haben Sie sich mein Eigentum genommen«, verbesserte Anton. »Es ist weder eine Leihgabe noch eine Schenkung. Und um ein Haar hätten Sie mich und Lucia für alle Zeiten in Holtonia gelassen.«

»Sie bezichtigen mich indirekt einiger unschöner Dinge, Mister Gärtner.« Takahashi ließ sich nicht anmerken, was die Vorwürfe in ihm auslösten. »Dabei habe ich diese einmalige Erfindung vor dem Zugriff zweier gefährlicher Organisationen bewahrt, wenn ich das richtig verstanden habe. Miss Levent fand diesbezüglich etwas heraus. Die Kadoguchi-Stiftung wird darauf aufpassen, meine Herren. Das verspreche ich Ihnen.«

Anton und Wilhelm tauschten einen knappen Blick. Die Befürchtungen des alten Schreinermeisters kamen Anton in den Sinn. Und dass Mic Silver mit seiner Ansicht recht gehabt hatte. Doch eine Handhabe gegen die Stiftung gab es nicht. *Wer glaubt mir schon diese Geschichte?*

Abgesehen davon wurde er vermutlich in Lettland im Zusammenhang mit den Ereignissen in der vernichteten Raststätte mit den vielen Toten gesucht.

»Gut, Mister Takahashi.« Anton wollte zumindest so tun, als ließe er sich überzeugen, weil es ihnen Zeit zum Pläneschmieden brachte. Er brauchte Lucias Meinung dazu. Sie war die Erfahrenere in Sachen Abenteuer. »Wie gehen wir –«

Im Kontrollraum jenseits der Glasscheibe setzte Hektik ein. Sicherheitsleute flogen über Tische und Pulte, Kittelträger gingen hinter Schränken und Computerbänken in Deckung. Durch die Zentrale tobte offenbar eine Schlägerei. Die Frau in der bunten Robe mit den goldenen Schärpen war unverkennbar.

Das ist Lucia! Anton runzelte die Stirn. »Was geht da vor, Mister Takahashi?«

»Das würde ich auch gerne wissen. Es scheint, als wäre Miss dela Vega verwirrt.« Der Japaner nahm ein Funkgerät aus der Tasche und sprach leise hinein.

Lucia schlug ihren letzten Gegner nieder und hechtete nach vorne an die Scheibe, drückte den Sprechknopf der Kommunikationsanlage. »Meister Anton! Takahashi hat Leute losgeschickt, die deine Familie entführen sollen«, sagte sie hastig. »Er will dich damit in seinen Dienst zwingen. Dich und Meister Wilhelm, damit …«

Ein aus Nase und Mund blutender Securitymann erhob sich und zog seine Pistole.

»Nein! Achtung, Lucia!«, schrie Anton und deutete auf den Angreifer. »Rechts von dir …!«

Die Schüsse knallten durch die Übertragung der Lautsprecher blechern und verzerrt. Das Blut der Kriegerin spritzte an das Fenster, als die Kugeln aus der Brust austraten.

Wilhelm gab einen erschrockenen Laut von sich.

Lucia sackte gegen das Glas und rutschte langsam daran herab, blieb mit dem Gesicht nach unten auf dem Pult liegen.

»Miss dela Vega zog es vor, mein Angebot abzulehnen«,

kommentierte Takahashi mit dem Funkgerät in der Hand. »Außerdem brach sie in mein Büro ein, wie ich gerade erfuhr, schlug mehrere meiner Leute nieder und verletzte sie schwer.« Er steckte das Gerät weg. »Mein Securitychef hielt sie für eine Saboteurin. Entschuldigen Sie seine Härte.«

Seine Härte entschuldigen? Das war pure Absicht! Anton konnte den Blick nicht von der ermordeten Kriegerin abwenden. In dem herabrinnenden Blut ergaben sich abstrakte Formen und Bilder auf dem Glas. Durch den Schock, seine Freundin verloren zu haben, fraß sich die Erkenntnis: *Takahashi wird mich niemals gehen lassen.* Erneut zog Gefahr für Kathrin und die Kinder auf.

Es würde sich alles wiederholen, die Erpressungen, der Zwang, die Drohungen. Es machte keinen Unterschied, welche Gruppe die Mastertür oder das Wissen darüber wollte. Sie waren alle gleich in ihren Methoden und in ihrer Unverantwortlichkeit im Umgang mit den Möglichkeiten, die sie sich erhofften.

Ich werde keine Ruhe finden. Nicht hier. Anton wandte sich zu Wilhelm. »Wenn du gedacht hast, der Anblick wäre etwas Besonderes, mach dich auf was noch Besseres gefasst.« Blitzschnell fasste er den Klopfer und schlug ihn auf die Platte. Das Kraftfeld flammte gehorsam auf und baute den Durchgang nach Holtonia auf. Eilends öffnete Anton die Tür und wies Wilhelm an hindurchzugehen. »Ich bin direkt hinter dir.«

»Ist gut.« Der alte Schreiner verschwand vertrauensvoll im Wabern und Leuchten.

»Oh, das wagen Sie nicht!« Takahashi hob das Funkgerät an die Lippen. »Wachen zu mir!«

»Doch, das wage ich.« Anton sah Bewegungen am geöffneten Schott, hörte Stiefelsohlen auf dem glatten Boden. »Und am liebsten wäre mir, dass Sie für das, was Sie Lucia antaten, den Tod fänden.«

»Es geht um Größeres als ein Menschenleben. Ich habe Ihre

Familie, Mister Gärtner«, rief Takahashi. »Sie werden Ihre Liebsten nicht im Stich lassen. Oder? Seien Sie kein Narr und bleiben Sie! Ich kann Ihnen –«

»Nein, ich bin kein Narr.« Anton ging langsam rückwärts und fühlte die vertraute Energie des Kraftfeldes. Als die ersten Bewaffneten ihn fast erreicht hatte, trat er durch die Öffnung. »Ich bin ein Wächter.«

In der nächsten Sekunde roch Anton das Meer und hörte die Schreie der Vögel im Wind. *Holtonia hat mich wieder.* Schnell schlug er das Portal zu und betätigte die Pochvorrichtung, um das Energiefeld zusammenbrechen zu lassen.

Und verstellte die Schieber mit den Particulae. Es gab keinen anderen Weg.

* * *

DEUTSCHLAND, ANNWEILER AM TRIFELS, SPÄTSOMMER

»Frau Gärtner, bitte, beeilen Sie sich.« Der bullige Kommissar trieb Kathrin leise an, damit die Mädchen im Wohnzimmer nichts mitbekamen. Zum vierten Mal. »Ich habe gerade neue Informationen von der Zentrale bekommen. Es kann sein, dass eine zweite Truppe von Entführern auf dem Weg ist.«

»Ist gut.« Kathrin hatte zwei Koffer gepackt, in denen überwiegend Sachen der drei Kinder waren. Immer wieder wischte sie sich stumm vergossene Tränen weg. Die Schwestern sollten sie nicht sehen. Das Kleinkind schlief selig in seinem Bettchen und bekam von alldem nichts mit. Kathrin eilte in Gammelhose durchs Haus, suchte und kramte; die langen blonden Haare stopfte sie kurzerhand unter eine Mütze, damit sie nicht nervten.

Vor einer Stunde war Kommissar Kurz mit vier Beamten in Zivil und zwei Transportern aufgetaucht und hatte sie aus den Betten geklingelt.

Entsetzt hatte Kathrin vernommen, dass ihr Mann mit der russischen Mafia aneinandergeraten war. Der freundliche Kommissar legte ihr mehrere Aufnahmen vor, die Anton mit einer dunkelhaarigen Frau in einem weißen Transporter zeigten. Das vernarbte Gesicht der Unbekannten wirkte einschüchternd, wie man es sich bei einer Klischeekriminellen vorstellte. Sie sei die Kontaktperson, hatte Kurz erklärt, und sie habe Anton unter einem Vorwand abgefangen und entführt.

Genaueres wollte der Kommissar Kathrin sagen, sobald sie sich in einem Safehouse befanden. Die Russenmafia habe Teams losgeschickt, um sie zu entführen. Als Druckmittel gegen Anton.

Das Beste an der schlimmen Nachricht aber war: Ihr als vermisst gemeldeter Mann lebte!

Habe ich alles? Das sollte reichen. Seit zwei Wochen war Kathrins Leben ein Chaos. Die ganze Familie litt unter den Vorfällen, Annabell und Evelin wachten nachts oft auf und hatten Albträume. Die Bilder von Timmendorfer Strand verfolgten die Mädchen. Kathrin bekämpfte die Sorgen mit viel Arbeit in der Schreinerei und hielt den Laden am Laufen, verwaltete offene Aufträge und schrieb vertröstende Mails an wohlhabende Kundschaft.

Kommissar Kurz warf einen Blick ins Zimmer. »Frau Gärtner, noch zehn Minuten. Ich will nicht riskieren, mit den Iwans in eine Schießerei zu geraten.«

»Ist gut.«

»Sagen Sie Ihren Kleinen, dass wir einen Ausflug machen. Zu ihrem Vater.«

Kathrin erstarrte in der Bewegung. »Zu Anton? Ich kann sie doch nicht anlügen. Die Enttäuschung würde sie –«

»Müssen Sie nicht, Frau Gärtner.« Kurz lächelte, und sein hartes Gesicht bekam für Sekunden einen weichen Zug. »Kam gerade rein. Wir haben Ihren Mann befreien können. Umso mehr wird die Russenmafia Sie und die Kinder haben wollen.« Erneut verschwand er und gab leise Befehle an seine Leute.

Frei! Anton ist frei! Kathrin hyperventilierte und suchte sich eine Plastiktüte, um hineinzuatmen, wie sie es in den Filmen gesehen hatte. *Wir fahren zu ihm*, drehte sich die Information in ihrem Kopf. *Endlich wieder zusammen!*

Was danach käme, kümmerte Kathrin nicht. Erst wollte sie ihren Mann in die Arme schließen.

Der dritte Koffer war in weniger als zwei Minuten gepackt, außer ihren eigenen stopfte sie noch Sachen für Anton hinein. Dann eilte sie die Stufen hinab und übergab das Gepäck einem der Zivilpolizisten, der sie nach draußen trug und in den hinteren Transporter lud.

»Annabell, Evelin. Los, Schuhe anziehen, es geht gleich los«, drängte sie die Mädchen.

»Wohin fahren wir denn so früh?«, quengelte Evelin schlecht gelaunt.

»Ich wollte den Film schauen, Mama!« Annabell kreuzte die Arme vor der Brust.

»Wir« – Kathrin unterdrückte die Freudentränen – »wir fahren zu Papa!«

»Was?«, quietschten die Schwestern ausgelassen.

»Ja, stellt euch das vor! Papa ist wieder aufgetaucht!« Noch bevor die Mädchen sie mit Fragen bombardieren konnten, schob Kathrin sie zu den Schuhen. »Schnell, schnell. Er freut sich schon, euch zu sehen. Ich gehe hoch und hole euren Bruder. Und ihr husch, husch, Jacken an und in den Wagen.«

Sie eilte die Stufen hinauf ins Kinderzimmer, in dem Hans alleine schlief, weil die lebhaften Schwestern ihn sonst ständig aufweckten. Auf der Schwelle verharrte sie.

Neben dem Bettchen erhob sich ein schwarzer Schatten.

Kathrins Gedanken überschlugen sich. Die vier Polizisten befanden sich im Erdgeschoss, redeten mit Annabell und Evelin, Kurz war zum Wagen gegangen. Es konnte keiner von ihnen sein. *Die Russenmafia.* »Ich flehe Sie an«, begann sie, »tun Sie meinem Jungen –«

»Bitte, sei leise«, raunte eine bekannte Stimme. Eine sehnlichst vermisste Stimme. »Kein verräterischer Laut.« Mit zwei großen Schritten war Anton bei ihr und zog sie ins Zimmer, schloss sie in die Arme. Dann lagen seine Lippen auf ihren.

Kathrin küsste ihren Mann, der sich vertraut und doch anders anfühlte. Seine Umarmung war kräftiger, voller Energie, die förmlich aus ihm strömte und ihn wie eine Aura umgab. Seine Kleidung wirkte ungewohnt und mutete wie eine Rüstung an, fasste sich jedoch an wie Stoff. Sie sog unbewusst seinen Geruch ein, wie um sich zu vergewissern. »Ich dachte, die russische Mafia hätte dich entführt«, flüsterte sie und streichelte das geliebte Gesicht. *Er ist es! Ich habe ihn wieder!*

»Wer sagt das?«

»Kommissar Kurz. Er kam, um mich abzuholen und zu dir zu bringen.« Jetzt erschien es ihr seltsam. »Aber … wenn du hier bist, dann …«

»Das sind keine Polizisten, Kathrin. Sie wollten dich und die Kinder entführen.«

Aus dem Glück wurde jäh schreckliche Angst. »Annabell und Evelin sind bei ihnen. Sie sitzen im Transporter.« Sie klammerte sich an ihn. »Anton, was tun wir?«

»Überlass das mir.« Anton küsste sie sanft und innig. »Es wird ihnen nichts passieren. Bleib du bei Hans.«

Vor seinem wochenlangen Verschwinden hätte Kathrin versucht, ihren Mann aufzuhalten. Er war Schreiner, ohne Erfahrung mit Schlägereien oder dem Kampf gegen Bewaffnete. Seine Bundeswehrzeit lag lange zurück. Sie bewahrten nicht einmal Schreckschusswaffen im Haus auf. Aber etwas hatte sich an Anton verändert. *Spürbar verändert.* Kathrin traute ihm alles zu, ohne zu wissen, woher diese neue Überzeugung kam.

Sie hob den schlafenden Hans aus dem Bettchen und begab sich ans Fenster, von dem aus sie den Transporter sehen konnte. Die Schiebetür stand offen, Annabell und Evelin saßen dick eingepackt gegen die nächtliche Kälte in den Kindersitzen. Die falschen Polizisten dachten an alles.

Kurz stand neben den Schwestern und entdeckte Kathrin hinter der Scheibe. »Kommen Sie, Frau Gärtner! Wir können los.« Er winkte. »Ihr Mann wartet.«

Sie öffnete das Fenster einen Spaltbreit. »Moment. Ich muss Hans noch wickeln.« Kathrins Herz schlug so laut in ihrer Brust, dass sie Angst hatte, der falsche Kommissar könnte es hören.

»Tim und Luke, geht hoch und holt sie«, befahl Kurz nicht leise genug. »Das dauert mir zu lange.«

Nein! Kathrin winkte ab. »Ich schaffe das schon. Ehrlich. Ich bin gleich bei Ihnen.«

»Sie kommen *jetzt!* Ich habe ausreichend lange gewartet.« Als Kurz sich zu Annabell und Evelin drehte und die Schiebetür geschlossen hatte, rutschte Anton wie aus dem Nichts über das Dach des Transporters und rammte dem falschen Kommissar die Sohlen ins Gesicht, sodass er nach hinten und weg vom Fahrzeug geschleudert wurde.

Fluchend landete Kurz auf der Auffahrt und griff unter seine Jacke nach der Pistole. »Scheiße! Wo kommst du denn her?« Er legte an und feuerte zweimal auf Anton, der auf ihn zusprang, die Arme weit ausgebreitet, um die Mädchen in seinem Rücken zu schützen.

»Anton!«, schrie Kathrin voller Entsetzen. Hans schreckte an ihrer Brust zusammen und fing an zu weinen.

Der Stoff von Antons Kleidung leuchtete an den Stellen auf, an dem die Kugeln einschlugen, und die deformierten Projektile fielen klirrend auf den Beton. Anton schien es gar nicht gemerkt zu haben. Sein Tritt gegen das Kinn ließ den Mann zusammenbrechen.

Der Fahrer des ersten Transporters sprang aus der Kabine und legte eine schallgedämpfte Maschinenpistole an. »Du dämlicher Wichser!«

»Achtung!« Kathrin fiel beinahe in Ohnmacht bei dem, was sie mit ansehen musste. Dabei wiegte sie den weinenden Hans und drückte ihn an sich, um das Kind zu beruhigen. *Gott, nein!*

Annabell und Evelin saßen verängstigt und stocksteif in den Kindersitzen. Glücklicherweise konnten sie kaum sehen, was um sie herum geschah.

Hinter dem Angreifer erschienen unvermittelt zwei schwarzgepanzerte Gestalten, die Helme machten ihre Gesichter unkenntlich. Eine schlug dem Gegner eine stangenähnliche Waffe in den Nacken, die andere packte den Lauf und riss ihm die MP aus den Händen.

Wie vom Blitz getroffen brach der Angreifer zusammen, der Kopf baumelte haltlos. Der Hieb hatte das Rückgrat gebrochen.

Der Beifahrer des ersten Wagens wollte ebenfalls aussteigen, wurde jedoch von einer Garbe der eroberten Maschinenpistole durchsiebt. Die Kugeln hinterließen Löcher in Scheibe und Mensch.

Anton sah zu ihr hinauf. »Du kannst runterkommen. Es kann nichts mehr geschehen.«

Kathrin lief los, Hans an sich gepresst. Erst als sie die Treppe erreichte, fiel ihr ein, dass zwei Angreifer auf dem Weg zu ihr waren. Tim und Luke hatte Kurz sie genannt.

Nein! Nein, ich … Vorsichtig lauschte sie. *Ich muss weiter.* Schritt um Schritt ging sie ins Erdgeschoss hinab, schlich durch das Wohnzimmer vorwärts.

Im Flur lagen die beiden ausgesandten Männer, die Hälse überstreckt und mit gebrochenen Wirbeln.

Schnell weg! Kathrin hastete mit dem weinenden Kind auf dem Arm an den Leichen vorbei und gelangte endlich ins Freie.

* * *

Anton öffnete die Seitentür des Transporters und ließ seine Töchter aussteigen. Dabei ging er auf ein Knie und fing die Mädchen auf, die ihn von der Kante herab ansprangen.

»Da seid ihr ja«, rief er und fühlte die unvergleichliche Wärme, die sich in seinem Innersten ausbreitete.

Als seine Frau weinend vor Erleichterung an seine Seite kam und ihn umarmte, war Antons Glück perfekt. Keiner war verletzt worden, er hatte seine Liebsten wieder. *Alleine dieser Moment ist jede Strapaze wert gewesen.*

»Jetzt wird alles gut«, sagte er und küsste zuerst Annabell und Evelin, danach Hans und zu guter Letzt Kathrin. »Ich kenne einen Ort, der absolut sicher ist.« Er richtete sich auf und hob dabei seine Töchter rechts und links mit in die Höhe, warf sie einhändig in die Luft und fing sie auf.

»Boah, Papa! Du bist aber stark geworden«, rief Annabell überrascht.

»Das konntest du aber früher nicht«, krähte Evelin und lachte.

»Das stimmt. Ich konnte früher viele Dinge nicht.« Er zwinkerte ihnen geheimnistuerisch zu. »Wartet nur ab. Bald erleben wir ein Abenteuer nach dem anderen.«

»Ich will keine Abenteuer mehr erleben«, sagte Kathrin leise und sah verunsichert zu den beiden gepanzerten Holtonianern, die den Fahrer des ersten Wagens ausgeschaltet hatten. Zwei weitere kamen aus dem Haus, die sich um die falschen Polizisten im Flur gekümmert hatten. »Wer sind diese Leute?«

»Es werden gute Abenteuer sein. Das verspreche ich. Kommt

mit.« Anton bedeutete den Holtonianern, die drei Koffer aus den Transportern zu holen. »Ich zeige euch, wohin wir reisen.«

Hinter dem Haus stand die geschlossene Mastertür, mit der er nach Annweiler gereist war, um Takahashis Truppe abzufangen.

»Die sieht aber schön aus«, sagte Evelin staunend.

»Voll cool«, befand Annabell.

»Wir sollen damit reisen?« Kathrin betrachtete die Holtonianer, welche die Koffer neben dem Portal abstellten und warteten.

»Wer sind die, Papa?«, wollte Annabell neugierig wissen.

»Und warum haben die Helme auf?«, fügte Evelin etwas schüchtern an. »Sind das Außerirdische?«

»So ein bisschen schon.« Anton setzte die Mädchen auf dem Rasen ab und blickte seine Frau an. »Kathrin, es sind Dinge geschehen, die ich kaum erklären kann. Du musst sie dir mit eigenen Augen ansehen, um sie zu begreifen. Aber auf der Erde, in dieser Welt können wir nicht bleiben.«

»Es ist wegen dieser Tür«, verstand sie.

»Wegen meines Wissens und der Tür. Zu viele Menschen wollen beides haben. Die Tür ist zu mächtig, um sie anderen zu überlassen. Sie kann durch die Zeit reisen, durch die Universen, an fremde Orte«, fasste er zusammen. »Ich erschuf sie. Und somit bin ich ihr Wächter.«

»Aber wir … wir geben alles auf? Die Schreinerei, unsere Freunde und …« Kathrin war fassungslos. »Unser Leben wegwerfen?« Sie wiegte Hans, der erneut eingeschlafen war. »Nach allem, was wir aufgebaut haben?«

»Wir werden ein neues Leben aufbauen. An einem neuen Ort.« Anton küsste sie verständnisvoll. *Sie wird es einsehen.* »Auf der Erde ist keiner von uns sicher. Weder ihr noch ich noch diese außergewöhnliche Tür.«

Annabell grinste. »Wir ziehen in eine neue Welt? Zu den Feen? Gibt es da Einhörner?«

»Ja, Feen! Ich will Feen sehen«, rief Evelin und hüpfte klatschend auf der Stelle.

»Nicht unbedingt in Holtonia. Aber ich bin sicher, dass wir einen Ort finden, an dem es diese Dinge gibt«, sagte Anton. *Daran zweifle ich kein bisschen.* Er lächelte seine Töchter an und fuhr ihnen über die Haare. »Und Opa Wilhelm ist schon dort und wartet auf uns.«

»Wilhelm?« Kathrin wirkte verstört. »Ich … das ist zu viel für mich, Anton. Eben noch dachte ich, du bist verschwunden, dann diese falschen Polizisten und … jetzt sollen wir durch diese Tür in eine andere Welt gehen?« Sie sah ihn bittend an. »Muss es wirklich sein? Wenn man damit durch die Zeit reisen kann, wieso greifst du nicht an dem Tag ein, an dem Wilhelm und wir überfallen wurden? Warum verbrennst du diese Pläne nicht und vernichtest die Tür?«

Anton strich ihr eine blonde Strähne aus dem Gesicht. »Weil ich es nicht kann. Ich bin ihr Wächter. Ich mische mich nicht in die Vergangenheit ein. Was geschehen ist, soll bleiben. So weh es mir auch tut.« Er dachte an Lucia, die ihr Leben gegeben hatte, um ihn zu warnen. *Wie gerne würde ich es verhindern. Aber es darf nicht sein.* »Sonst gerät noch mehr durcheinander, und das kann nicht gut sein.«

Kathrin ließ die Schultern hängen und küsste den im Schlaf brabbelnden Hans. »Wovon sollen wir an diesem anderen Ort leben, Anton?«

»Schreiner braucht man immer«, steuerte Annabell altklug bei.

»Gerade so gute wie Papa«, ergänzte Evelin.

Jetzt musste Anton grinsen. Woher sollte Kathrin auch wissen, welche Rolle er in Holtonia spielte? Dass er als Cyriaon-Anketor, der Bewahrer des Guten, galt? *Dagegen ist eine eigene Schreinerei ein Kindergeburtstag.* »Das wirst du bald sehen.« Er küsste sie nochmals und ging zur Tür. »Ich habe schon mal was vorbereitet.«

Anton war überzeugt, dass seiner Familie der Neuanfang gefiel. Die Kinder fänden bei den Holtonianern neue Freunde, und Kathrin käme aus dem Staunen nicht mehr heraus, wenn sie die Stadt sah. Aber vor allem waren sie in Sicherheit. *Wir alle zusammen.*

Mit der Rechten hob Anton den Klopfer der Mastertür. »So, Kinder: Ohren zuhalten. Das ist ziemlich laut.«

* * *

NACHKLANG

JAPAN, TOKIO, SPÄTSOMMER

Yūki Takahashi hatte sich in sein Stiftungsbüro verkrochen und sah über das nächtliche, strahlende Tokio, in dem es flirrte und funkelte. Die Nacht besaß keine Macht über die Millionenstadt, die er hassliebte vom ersten Tag an.

Der heiße Grüntee belebte seine Sinne und beschleunigte sein Nachdenken. Doch echte, sinnvolle Lösungen wollten ihm nicht einfallen.

Anton Gärtner hatte ihn ausgetrickst. Zweimal.

Die Mastertür und Pastinak waren verloren, und der junge Schreinermeister hatte seine Familie rechtzeitig befreit und weggebracht, vermutlich in diese andere Welt.

Abhaken. Die Schmach nagte an seinem Stolz. Die Zeiten, in denen man sich für Niederlagen den Bauch aufschlitzte oder vom Dach eines Hochhauses sprang, waren vorbei.

Vielmehr sah Yūki seine persönliche Aufgabe nun darin, seine *eigene* Mastertür zu bauen. Um das Wunder erneut zu erschaffen und die Möglichkeiten zu nutzen, die sich daraus ergaben.

Dieser miese Kerl. Gärtners Handeln war egoistisch. Durch den Diebstahl der Tür entzog er der Menschheit die Chance auf Veränderung, Verbesserung, Revolution und Evolution. Yūki war bereit, für dieses Ziel in größeren Dimensionen zu denken und entsprechend aggressiver vorzugehen. Deswegen hatte er die Teams in Lettland und Annweiler losgeschickt. Nicht auszudenken, sollte ein Staat oder eine andere Organisation in den Besitz dieses Schatzes geraten. Dass nun im Endeffekt niemand Zugriff darauf hatte, versöhnte ihn ein bisschen.

Die Pläne für eine zweite Mastertür besaß Yūki bereits, die Komponenten wären innerhalb eines Jahres zu beschaffen. Die Forschungsabteilung der Stiftung untersuchte das Schwert der erschossenen Kriegerin, weil sie darin unbekanntes Material vermuteten. Lucias Tod hätte es nicht bedurft, aber was geschehen war, ließ sich nicht umkehren. *Außer mit der Tür.*

Yūki nippte am Tee und betrachtete die grellen Werbetafeln der Stadt. *Nun brauche ich mehr Geld.* Die Familie van Dam würde gewiss investieren, wenn sie hörte, woran er arbeitete. Ein erstes Schreiben an die Finanziers von Kadoguchi war vorbereitet, Notizen für einen ausführlichen Bericht standen auf einem Zettel, der auf dem Schreibtisch lag.

Der Gedanke, dass Anton Gärtner dank seines Portals jederzeit überall auftauchen konnte, passte ihm nicht. Auch das zeigte, welche Macht in der Tür schlummerte. Es gab kaum ein Mittel, eine derartige Attacke abzuwehren, sollte der junge Deutsche beschließen, in die Vergangenheit zu reisen und das Geschehene zu revidieren.

Ich brauche die gleiche Tür. Yūki stellte die Schale ab, sah auf den Wasserkocher. Die Temperaturanzeige stand auf knappen siebzig Grad, was sich für einen zweiten Aufguss anbot. Grüner Tee war so viel besser als schwarzer. *Er wird mir die richtige Strategie eingeben.* Er streckte die Hand nach dem Wasserkocher aus.

Überraschend klopfte es an der Tür.

»Herein.«

Seine Assistentin Keiko Nakatomi trat ein und verbeugte sich. »Takahashi-san, eine Besucherin für Sie.«

Er überlegte. »Hatte ich einen Termin?«

»Frau Anna-Lena van Dam.«

»Richtig.« *Wie konnte ich das verdrängen?* Er goss den Tee erneut auf. Dabei kontrollierte er sein Äußeres in der großen Scheibe. Anzug und Krawatte saßen gut, die schwarzen Haare hatten die Frisur behalten. Er wollte den besten Eindruck auf die junge Frau machen, um frische Millionen für die Erforschung der Mastertür lockerzumachen. »Schicken Sie sie bitte herein.«

Nakatomi verbeugte sich und verschwand hinaus.

Yūki setzte sich halb auf seinen Schreibtisch, faltete die Finger zusammen, damit seine teure Uhr zur Geltung kam; die dampfende Schale positionierte er als klischeehaftes Japanaccessoire neben sich. Er hatte im Hinterkopf, dass die Tochter von Walter van Dam Anfang zwanzig war. Es hieß, sie sei für einige Zeit unter mysteriösen Umständen verschwunden gewesen.

Verwundert stellte Yūki fest, dass die eintretende Frau im weißgrauen Kostüm älter war.

Wesentlich älter.

Um die sechzig und mehr.

Entweder hatte er falsch recherchiert oder die betagte Besucherin hatte sich in der Tür geirrt. *Dabei kann die van Dam jeden Moment auftauchen.*

»Guten Abend, Miss ...?«, grüßte er freundlich und rutschte vom Schreibtisch, legte die Hände rechts und links an die Hosennaht.

»Felicitas Pastinak-Strong, Mister Takahashi.« Sie hatte eine kleine grüne Handtasche umgehängt und hielt ihren schwarzen Hut in der Linken.

Bei dem Namen Pastinak schrillten sämtliche Alarmglocken. Vom Alter her konnte es die Schwester des gleichnamigen Schreinermeisters sein. Dass sie persönlich anrückte, um nach ihrem Bruder zu suchen, fand er mutig. *Woher bekam sie die Information, dass die Stiftung darin verwickelt ist? Von Gärtner?* Vor allem wollte er vermeiden, dass sie mit Anna-Lena van Dam zusammentraf. Keine Szene, kein Gesichtsverlust. »Was kann ich für Sie tun?«

»Aus meinem Büro verschwinden.« Sie kam langsam auf ihn zu und griff mit ringbesetzten Fingern in ihre Handtasche. Daraus zog sie einen Schrieb hervor. »Sie sind mit sofortiger Wirkung entlassen.« Schwungvoll drückte sie ihm das Blatt in die Hand. »Lesen Sie's.«

Yūki fühlte sich wie in einem üblen Scherz. »Erklären Sie mir Ihren Auftritt.«

Felicitas Pastinak-Strong musterte ihn. »Sie wissen es nicht?«

»Nein.« *Sie blufft.*

»Oh.« Sie sah aus dem Fenster und bemerkte den fantastischen Ausblick über die Skyline mit dem Werbebannermeer. »Das ist wunderschön. Tokio. Mein erstes Mal.«

Yūki zog derweil sein Smartphone und prüfte den Nachrichteneingang. *Nichts*? Er warf einen Blick auf das Schreiben, das ihn mit kurzen Sätzen auf die Straße setzte. Die Begründung las sich denkbar einfach: *Wegen Auflösung der Stiftung?* »Ich fürchte, ich verstehe es nicht.«

»Sie hatten einen Termin mit Miss van Dam.«

»Das ist richtig.«

»Warum wird sie wohl nicht gekommen sein?« Pastinak-Strong lächelte kühl. »Weil sie nicht mehr zuständig ist. Schauen Sie im Netz nach, Mister Takahashi. Die Familie van Dam ist pleite. Ich habe mir erlaubt, die Kadoguchi-Stiftung zu übernehmen.«

»Pleite.« Yūki lehnte sich abstützend gegen die Tischplatte. *Verfluchte Scheiße.* Seine ambitionierten Vorhaben lösten sich in Rauch auf. Und natürlich wusste die ältere Dame Bescheid, was die Türen anging. *Sie kam, um sich alles anzueignen. Wie konnte ich das übersehen?*

»Pleite. Irgendetwas hat nicht so funktioniert, wie es sich die Geschäftemacher vorstellten. Oder war es eine Schadenersatzklage? Wie auch immer, der Ausverkauf hat schon begonnen.« Pastinak-Strong umrundete den Schreibtisch und setzte sich auf seinen Stuhl. »Sehr bequem. Gut ausgesucht, Mister Takahashi.«

»Und … was haben Sie jetzt vor?« Er konnte es nicht fassen.

Die Pläne der Mastertür, das ungewöhnliche Schwert, sein Vorhaben, ein Portal zu errichten, seine Visionen einer neuen Welt verpufften innerhalb weniger Minuten.

»Ich werde die Stiftung abwickeln und auflösen. Es gibt bessere Projekte, in die man investieren kann.«

Yūkis Stolz rebellierte leise. »Verstehe.« *Ich gebe bestimmt nicht auf, was ich schon zum Greifen nahe hatte.* Er wandte sich zum Ausgang und schrieb dabei via Smartphone Nachrichten an die Laborleiter. Sie sollten alles ausräumen, was sie fanden, und nach draußen bringen.

»Falls Sie mit dem Gedanken spielen, mir mein Eigentum zu stehlen, Mister Takahashi«, traf ihn die Stimme in den Rücken, »werden Sie enttäuscht werden. Es gibt nichts mehr zu holen.«

Diese alte Hexe! Wie angewurzelt blieb Yūki stehen, ein kalter Klumpen bildete sich im Magen. »Bitte?« Langsam drehte er sich zu ihr um.

»Mein Credo ist: Manchmal sollten Geheimnisse durchaus Geheimnisse bleiben.« Pastinak-Strong stellte die grüne Handtasche auf dem Schreibtisch ab und legte die Finger zusammen, die Edelsteine blinkten in den Fassungen auf. »Diese alten Baupläne sind verbrannt, die Daten und sonstige Aufzeichnungen gelöscht. Es existiert *nichts* mehr, mit dem Sie oder einer Ihrer übereifrigen Mitstreiter etwas anfangen könnten. Die Forschungsabteilung ist in bezahlten Urlaub geschickt worden, Mister Takahashi. Stellen Sie sich das Labor vor: leer und mit weißen Tüchern abgedeckt. Eingemottet.«

»Sie wissen also Bescheid.«

Sie neigte ihr grausilbernes Haupt wie eine Königin. »Ich war nicht der gleichen Meinung wie mein Bruder.«

»Woher wissen Sie von dem Projekt?«

»Sagt Ihnen der Name Mic Silver etwas?«

Yūki durchfuhr ein eisiger Schreck. *Nótt hatte von ihm berichtet.* »Er arbeitete zusammen mit Anton Gärtner an der Tür.«

»Ganz genau. Mic und ich kennen uns schon lange, und er setzte mich über ein paar Dinge in Kenntnis. Als ich hörte, dass er in Timmendorfer Strand ums Leben kam, schaltete ich meine Kontakte ein. So durfte es nicht enden.« Pastinak-Strong drehte den Stuhl, sodass sie wieder auf das erleuchtete Tokio blickte. »Die Pleite der van Dams erleichterte mir die Arbeit. Sonst hätte ich mir etwas anderes einfallen lassen müssen.«

Yūki zerknüllte seinen Rauswurf und schleuderte ihn wutschnaubend in den Papierkorb. »Sie wissen nicht, was Sie der Menschheit vorenthalten! Das ist *unverantwortlich!*«

»*Unverantwortlich* wäre es, das Entstehen dieses Portals zu erlauben.« Sie zeigte auf den Ausgang. »Das Arbeitszeugnis geht Ihnen via Mail zu, Mister Takahashi. Schönen Abend noch. Gehen Sie doch in eine Karaoke-Bar und singen sich Ihren Frust von der Seele.«

Ohne ein weiteres Wort verschwand Yūki aus dem Büro. Der Gesichtsverlust war kaum zu verkraften.

Was sollte er nun tun? Sein Leben hatte den Inhalt und das Einkommen verloren. *Ich habe nichts mehr. Nichts mehr, wofür es sich lohnt, auf der Erde zu sein.*

Plötzlich erschien ihm der Sprung vom Hochhausdach in die Tiefe gar nicht mehr abwegig.

* * *

Felicitas Pastinak-Strong sah dem Japaner nach, der vornübergebeugt aus dem Büro schlich.

Was aus ihm wurde, war ihr gleichgültig.

Nach allem, was sie in den Berichten aus der Forschungseinrichtung quergelesen hatte, kam ihr Eingreifen zur richtigen Zeit. Es hätte Takahashi weniger als ein Jahr gekostet, die Mastertür nachzubauen. Das Schwert bestand zu einem großen Teil aus geschmiedeten Particulae, was er noch nicht erkannt hatte.

Das Laboratorium war in der Tat stillgelegt, sämtliche Mitarbeiter waren von ihren eigenen Leuten hinausgeworfen worden, die wie ein Rollkommando aufgetaucht waren, um zu verhindern, dass etwas beiseitegeschafft wurde. Ihre IT-Experten checkten die relevanten Datensätze auf extern angefertigte Kopien. Eine erste Prüfung sorgte für vorsichtige Entwarnung. Das Schlimmste war verhindert.

Sollten ihr Bruder und sein Anton Gärtner mithilfe der Tür im stillgelegten Labor auftauchen, um die Pläne in einer heldenhaften Aktion zu sichern, fänden sie ein Beutelchen Asche und einen Brief an Wilhelm vor, in dem sie erklärte, was geschehen war. Und dass es nichts mehr zu befürchten gab. Das Schwert ruhte längst in einem Banktresor.

Felicitas lächelte und betrachtete die quirlige, strahlende Stadt. Tokio gefiel ihr. »Karaoke«, sagte sie leise und rief die Vorzimmerdame herein. »Sagen Sie, Miss Nakatomi: Haben Sie am Abend schon was vor?«

»Nein, Miss Pastinak-Strong.«

»Haben Sie schon einen neuen Job?«

»Noch nicht, Miss Pastinak-Strong.«

Sie klatschte begeistert in die beringten Hände. »Wollen Sie meine persönliche Assistentin werden? Ich hätte mir schon längst eine suchen sollen.«

»Sehr gerne, Miss Pastinak-Strong«, erwiderte Nakatomi verdattert.

»Wir fangen damit an, dass Sie mir Tokio zeigen.« Sie griff sich die kleine grüne Handtasche. »Dann haben wir was vor.«

Nakatomi gewann schnell ihre Fassung zurück. »Was immer Sie wünschen, Miss Pastinak-Strong.«

Felicitas Pastinak-Strong erhob sich. »Ich bestehe darauf, in eine Karaoke-Bar zu gehen. Mir ist nach *My Way*.«

DREI SEKUNDEN –
DEINE ZWEITE CHANCE

Wen wirst du diesmal retten?
Entscheidest du dich anders?
Erfahre, was dann passiert, in …

DOORS – VORSEHUNG

Erfahre, wie die Schicksale von Milana, Anton und Nótt durch die geheimnisvollen Türen miteinander verknüpft sind – und ob sie die Unsterblichen auf einer tödlichen Mission stoppen können.

DOORS – ENERGIJA

Untersuche mit Milana, weshalb ihr Vater sterben musste, der für einen Großkonzern in einem experimentellen Fusionsreaktor gearbeitet hat. Was hat es mit seinen mysteriösen Aufzeichnungen auf sich?